Amy Gentry hat ihr Studium an der Universität von Chicago mit einem PhD abgeschlossen und lebt in Austin, Texas, wo sie als freie Literaturkritikerin arbeitet und Englische Literatur an einer Highschool unterrichtet. *Good as Gone* ist ihr erster Roman, der noch vor Erscheinen für riesiges Aufsehen sorgte und in über 20 Länder verkauft wurde.

Good as Gone in der Presse:

»Grandiose Spannungssteigerung, faszinierende Perspektivwechsel und tiefgründige weibliche Figuren.«
Booklist

»Ein kluger Thriller über das Rätsel eines verschwundenen Mädchens und die Frage, was menschliche Identität überhaupt ausmacht.«
The New York Times

»In einer smarten Parallelmontage deckt Amy Gentry in ihrem Debütroman finstere Geheimnisse auf und gibt ihrer Geschichte eine verblüffende und erschütternde Wendung.«
LiteraturSPIEGEL

»Hochspannend.«
Elle

Amy Gentry

GOOD AS GONE

Ein Mädchen verschwindet.
Eine Fremde kehrt zurück.

Roman

Aus dem amerikanischen Englisch
von Astrid Arz

PENGUIN VERLAG

Die amerikanische Originalausgabe erschien 2016
unter dem Titel »Good as Gone« bei Houghton Mifflin Harcourt,
Boston New York.

Sollte diese Publikation Links auf Webseiten Dritter enthalten,
so übernehmen wir für deren Inhalte keine Haftung,
da wir uns diese nicht zu eigen machen, sondern lediglich auf
deren Stand zum Zeitpunkt der Erstveröffentlichung verweisen.

MIX
Papier aus verantwortungsvollen Quellen
FSC® C014496

Verlagsgruppe Random House FSC® N001967

PENGUIN VERLAG

1. Auflage 2018

Umschlag: bürosüd
Umschlagmotiv: plainpicture/Demurez Cover Arts/Sonja Losberg;
www.buerosued.de
Satz: Uhl+Massopust, Aalen
Druck und Bindung: GGP Media GmbH, Pößneck
Printed in Germany
ISBN 978-3-328-10255-7
www.penguin-verlag.de

Dieses Buch ist auch als E-Book erhältlich.

Für Curtis, den besten Menschen auf Erden

Prolog

Jane wachte auf und flüsterte: »Julie?«

Ringsum gähnende Leere. Jane schlief nun seit zwei Jahren in dem neuen Haus im eigenen Zimmer und träumte mittlerweile nicht mehr, dass der Deckenventilator aufs Bett fallen und sie zerstückeln würde. In den Schatten lauerten auch keine Spinnen mehr; bei Zehnjährigen muss man vor dem Einschlafen nicht mehr in jeder Ecke nachsehen. Nur ab und an, wenn sie mitten in der Nacht von etwas geweckt wurde, fehlten ihr in der Stille Julies leise Atemzüge. Im alten Haus hatte sie immer einen Fuß über das Geländer des oberen Bettes gehängt und gekichert, bis Julie *pssst* gemacht und *schlaf weiter, Janie* gesagt hatte. Jetzt kniff sie die Augen fest zu, bevor sie zu den finsteren Winkeln wandern konnten, wo Wände und Decke ineinander übergingen.

Das nächste Geräusch kam eindeutig aus Julies Zimmer.

Jane schlug die Decke zurück und setzte die bloßen Füße auf den Teppich. Im alten Haus war sie beim Aufstehen auf einen rutschigen Flechtteppich über glatten Holzdielen getreten. Jetzt berührten ihre Füße nahezu geräuschlos dichten Teppichflor, während sie zur Tür tappte und den dunklen Flur hinabspähte. Am Ende war unscharf der Umriss eines etwas helleren Rechtecks auszumachen – eine geschlossene Tür.

Sie schliefen selten bei geschlossener Tür: In Janies Zimmer wurde es zu heiß, in Julies zu kalt. Mom klagte über den schlechten Luftaustausch in doppelstöckigen Häusern, aber die Tür zum Elternschlafzimmer unten im Erdgeschoss blieb immer zu, weil Mom und Dad Erwachsene waren. Julie wollte das jetzt offenbar auch sein, seit sie dreizehn war, und schien ständig dafür zu üben: bürstete sich unendlich lange vor dem Badezimmerspiegel die Haare, als würde sie heimlich für ein Theaterstück proben, und saß an ihrem Schreibtisch, um Tagebuch zu schreiben, statt sich wie Jane bäuchlings auf dem Bett zu lümmeln. Und jetzt machte sie also die Zimmertür zu.

Ganz hinten im Flur zitterte das hellere Rechteck, bis sich an einer Seite ein dunkler Spalt auftat. Julies Tür wurde nach innen aufgezogen, von vier großen Fingern, die die Kante umfassten.

Noch ehe Jane einen klaren Gedanken fassen konnte, war sie in ihren Wandschrank geschlüpft, machte sich darin klein und zog die Tür hinter sich zu. Diese Finger – sie waren zu hoch oben am Türblatt gewesen, um zu Julie zu gehören, und zu groß für ihre Mutter. Ihrem Vater gehörten sie auch nicht, doch sie wusste nicht, wieso ihr das klar war, und das beunruhigte sie am allermeisten.

Ein kurzes scheußliches Klicken erinnerte sie daran, dass die Schranktür nie lange zublieb. Sie griff danach, aber zu spät: Die Tür glitt bereits langsam auf.

Jane kniff die Augen zusammen, während leise Sohlen über den Flur näher kamen.

Als sie wieder einen Blick riskierte, war die Schranktür von selbst keine zehn Zentimeter vom Rahmen entfernt stehen geblieben. Der schmale Streifen Flur, den sie aus ihrem Versteck sehen konnte, leuchtete fast vor der tieferen Schwärze im Schrank: Sie sah jede Faser im beigen Teppichboden, jede kleine Delle in der Wandfarbe und das gerahmte Fotostudioporträt im Flur, auf dem eine Jane von ganz früher auf dem Schoß einer Julie von ganz früher saß, in einem Babykleidchen mit aufgesticktem Segelschiff. Das Schiff zitterte auf seinen Garnwellen. Auch alles andere vibrierte. Die Schritte näherten sich Janes Zimmer.

Die laute Bodendiele mitten im Flur knarrte, und die Schritte hielten an. Der Besitzer der Hand war halb bis zu ihrem Zimmer gekommen. Konnte er das Knacken in ihren Ohren hören, jedes Mal, wenn ihr hämmerndes Herz das Schiffchen zum Zittern brachte? Jane widerstand dem Drang, sich tiefer in ihren Kleidern an den klappernden Bügeln zu verkriechen.

Da erschien ein schmaler Fuß auf dem Teppich, mit einem rosa Lackfleck am Nagel des großen Zehs, und Jane atmete auf. Es war bloß Julie. Vor ihrer Geburtstagsparty im Juni hatte sie den pinkfarbenen Lack eine Stunde lang sorgfältig auf ihre Zehennägel aufgetragen, doch im Hochsommer war das meiste davon am rauen weißen Boden des Swimmingpools abgeschabt, sodass sich nur diese kleinen dreieckigen Ränder gehalten hatten. Bei den Fingern hatte Jane sich also getäuscht, sich wieder Sachen eingebildet, wie mit den Spinnen in den Ecken. Na klar, da kam Julie ja schon ins Blickfeld, und ihr vertrautes Micky-Maus-Schlafshirt schlackerte ihr um die vertrauten Knie. Sie ging zur Treppe hinter Janes Zimmer, wahrscheinlich unterwegs in die Küche zu einem Mitternachtssnack. Janes eigenes dazu passendes Donald-Duck-Shirt war in einer braunen Tüte, aussortiert für den Wohltätigkeitsladen; sie war schon rausgewachsen. Mom sagte, eines Tages würde sie größer sein als Julie. Erleichtert schlang Jane die Arme um ihre Schlafanzugknie.

Doch da waren die Finger wieder, diesmal um Julies Schulter gekrallt, packten den Stoff ihres T-Shirts und klemmten ihre langen blonden Haare zwischen knubbeligen Knöcheln ein. Jane bekam gerade noch mit, wie stocksteif Julie ging, wie eine Puppe mit weit aufgerissenen Augen, bevor sie den großen fremden Mann sah, der direkt hinter ihr war. Wie in Zeitlupe bewegten sich Julie und der fremde Mann zusammen, so als wäre sein langer Arm mit der behaarten Hand eine Kette, die sie miteinander verband.

Wach auf, wach auf, wach auf, befahl Jane sich selbst, doch nichts geschah. Alles, auch sie, war erstarrt, wie in einem Traum; nur Julie und der Mann gingen weiter. Langsam, aber nicht erstarrt; langsam, aber schon fast an ihrem Zimmer. Jane wollte losschreien.

Da fiel Julies Blick auf sie.

Jane verschluckte ihren Schrei, als Julie direkt in ihr Versteck im Wandschrank sah. Sie erwiderte den Blick, flehte Julie stumm an, ihr zu sagen, was sie tun sollte, sie würde gehorchen: schreien, heulen oder vielleicht sogar lachen, falls das Ganze bloß ein Spaß war. Julie würde sie doch sicher nicht in diesem Albtraum alleinlassen. Wenn Julie ihr nur sagte, was zu tun war, gelobte sie sich selbst, würde sie ab jetzt immer auf sie hören und sich nie wieder beschweren.

Ohne den Kopf zu bewegen, zog Julie die Brauen hoch und wies mit den Augen auf den Mann hinter ihr, dann wieder auf Jane, wie um ihr zu sagen, sie solle ihn sich genau ansehen, aber Jane wollte nicht: lieber behielt sie Julie im Blick. Mädchen und Mann bogen auf dem Flur ab, ohne an ihrer Tür anzuhalten, und da sah Jane, warum Julie so steif ging: Der Mann hielt ihr die Spitze eines langen scharfen Messers an den Rücken. Jane spürte einen gemeinen Stich wie von einer Mücke zwischen den eigenen Schulterblättern, und Tränen schossen ihr in die Augen.

Sie hatten schon die Treppe erreicht, als es vom Dachboden her laut knackte. Jane wusste, es war nur das Holz, das arbeitete, doch der Mann blieb stehen und sah sich nervös um. In diesem Sekundenbruchteil drehte Julie, wie von einem Zauberbann befreit, den Kopf zu Jane und legte den Zeigefinger an die gespitzten Lippen zu einem lautlosen *Pssst*.

Jane gehorchte. Julie stieg die Treppe hinab, gefolgt von dem Mann mit dem Messer.

Und das ist, der einzigen Augenzeugin zufolge, die Geschichte, wie ich in einer Nacht meine Tochter – nein, meine beiden Töchter, einfach alles – verloren habe.

1

Julie ist seit acht Jahren fort, aber tot ist sie schon viel länger – seit Ewigkeiten. Ich trete in die schwüle Luft hinaus, um meine letzte Seminarstunde des Frühjahrssemesters zu halten. Mitte Mai ist es in Houston so schwül, als würde einem jemand seinen heißen Atem ins Gesicht blasen. Noch bevor ich die Haustür abgeschlossen habe, bildet sich ein feuchter Film zwischen Haut und Kleidern; fünf Schritte zur Garage, und jede noch so versteckte Körperstelle ist glitschig geworden. Als ich schließlich am Auto bin, läuft mir der Schweiß sogar zwischen die Finger, sodass mir der Thermobecher mit Kaffee beim Einsteigen in den Geländewagen fast entgleitet und heiße Tropfen herausspritzen. Ein paar landen auch auf meiner Hand, aber ich ignoriere den brennenden Schmerz und stelle die Klimaanlage an.

Jedes Jahr kommt der Sommer ein Ideechen früher.

Ich setze den Wagen zurück durch das eiserne Sicherheitstor, das wir einbauen ließen, als es schon zu spät war, und fädele mich auf Anliegerstraßen zum Zubringer und auf die Interstate 10 durch, wo sich massive Autobahnauffahrten aus Beton wie geriffelte Dinosaurierschwänze in den Himmel schwingen. Um acht Uhr, wenn die Hauptverkehrsadern in der Rushhour völlig verstopft sind, schleiche ich durch den vierzehnspurigen Verkehrsinfarkt, eine Landschaft aus glänzenden Motorhauben und roten Rückleuchten, die im diesigen Morgenlicht matt blinken.

Weil ich freie Sicht über die Autos brauche, steht der benzinsparende Prius in der Garage, während ich tagein, tagaus mit Toms Koloss von schwarzem Range Rover – nicht, dass er ihn brauchen würde – über drei verschiedene Freeways zur Universität und zurück fahre. Wenn ich im Schneckentempo dahinkrieche, kann ich die anderen Fahrer im Berufsverkehr vergessen und mich auf die abblätternden Buchstaben an den Betonvordächern von Ladenzeilen konzentrieren: BIG BOY DOLLAR STORE, CARTRIDGE WORLD, L-A HAIR. Das neonpinke Grinsen eines Tex-Mex-Restaurants, ein gelb-blaues IKEA-Ungetüm ragen hinter der Mautstraße auf, die gelbstichigen Backsteine von Apartmentanlagen, durch wuchernde Hecken aus Kräuselmyrten kaum vom Freeway abgeschirmt – alles erinnert mich daran, dass das Schlimmste bereits geschehen ist. Ich brauche das, wie meine Mutter ihren Rosenkranz brauchte. *Gegrüßet seist du, Mister Carwash, voll der Gnade, der Herr ist mit dir. Bitte für uns, o Qwik-Fast-Copyshop. Heilige Mutter des Self-Storage, zu dir seufzen wir.*

Selbst Julies Plakatwände sind weg. Genau hier war mal eine, an der Kreuzung zwischen der I-10 und der Umgehungsstraße 610, am Seniorenhochhaus, das zwischen Baptistenkirche und Betonüberführung eingepfercht ist, doch die Treuhänder haben vor fünf Jahren beschlossen, dass die Plakate weg sollten. Oder ist es noch länger her? Ich glaube, es wurde ihnen zu teuer, auch wenn ich nie wusste, was sie kosteten – der Julie-Fonds ist Toms Terrain. Heute strahlt das überdimensionale zahngeweißte Lächeln des Predigers einer Megakirche von der Plakatwand, neben den Worten

STATT JEDERMANNSGLAUBEN: JEDEN TAG NEU GLAUBEN! Ich wüsste gern, ob sie ihn einfach direkt auf ihr Gesicht gepappt oder ob sie sie zuvor in Streifen heruntergerissen haben. Was für ein unsinniger Gedanke; seither war so vieles andere plakatiert. Zahnärzte, Vasektomie-Rückoperationen. Aus dem Seminarplan von heute geistert mir ein Vers von Wordsworth durch den Kopf: *Wohin ist nun die Strahlung der Vision,/Wohin die Herrlichkeit des Traums entflohn?*

Ich setze den Blinker und fädele mich auf die Umgehungsstraße ein. Trotz all der Jahre, in denen ich die Lyrik von Wordsworth gelesen und erforscht habe – obschon ich nun also gleich in einem Seminarraum voll formbarer junger Studenten darüber dozieren werde und das auch weiterhin vorhabe, solange meine Universität mich auf meinem Posten belässt, ohne Publikationen, Gremienarbeit oder sonstige Turnübungen zusätzlich zu der großen Überwindung, die es mich kostet, mich jeden Morgen aus dem Bett zu quälen und einer Welt zu stellen, in der meine schlimmste Befürchtung wahr geworden ist und ich dennoch irgendwie weiterlebe –, trotz alledem glaube ich weder an die Strahlung der Vision noch an den Traum. Sondern an Statistiken.

Statistiken besagen, dass die meisten entführten Kinder von Tätern verschleppt werden, die sie kennen; Julie wurde von einem Fremden entführt. Laut Statistik versuchen die meisten Kindesentführer, ihre Opfer in ein Fahrzeug zu locken; Julie wurde mitten in der Nacht mit vorgehaltenem Messer aus ihrem eigenen Zimmer entführt, während meine andere Tochter Jane in einem Schrank versteckt zusah. Und schließlich kommen statistisch gesehen drei Viertel aller entführten Kinder, die ermordet werden, in den ersten drei Stunden ihrer Entführung ums Leben. Wir nehmen an, dass Jane ziemlich genau drei Stunden lang im Wandschrank hockte, starr vor Schreck, bevor sie Tom und mich mit panischem Schreien weckte.

In dem Moment, in dem wir Julies Verschwinden bemerkten, war ihr Schicksal bereits besiegelt.

Die Unerbittlichkeit hat sich auf alles übertragen, wie eine ansteckende Krankheit oder wie Benzingestank. Um mir selbst einzubläuen, dass Julie tot ist, sage ich mir, dass sie es schon immer war: schon vor ihrer, schon vor meiner Geburt. Bevor Wordsworth zur Welt kam. Wenn ich an den Kiefern des Memorial Parks vorbeikomme, stelle ich mir vor, wie sie unter einer Decke rötlich-goldener Nadeln mit leerem Blick nach oben starrt. Wenn ich am Crestview-Wohnkomplex vorbeifahre, sehe ich sie im Azaleenbeet begraben liegen. Die Ladenzeile mit dem SunRay Nagelstudio und Spa ruft vor meinem inneren Auge Bilder vom Müllcontainer hinter dem SunRay Nagelstudio und Spa auf. Das ist meine Vision, mein Traum.

Früher wollte ich die ganze Welt für Julie. Jetzt will ich nur etwas zum Bestatten.

Mein Seminar – das letzte vor den Sommerferien – verstreicht wie auf Autopilot. Wordsworth könnte ich im Schlaf herbeten, und auch wenn ich jetzt wach bin, träume ich vor mich hin. Ich sehe den kristallblauen Pool, glitzernd wie ein Juwel, umgeben von einem frisch abgeschliffenen Sonnendeck unter hohen, hageren Kiefern. Die Mädchen waren völlig aus dem Häuschen wegen dieses Pools, und ich weiß noch, wie ich Tom, den Buchhalter, gefragt habe, ob wir ihn uns wirklich leisten konnten. Der gehobene Stadtteil Energy Corridor mit seinem Mehrwert an Starbucks und gut erreichbaren Country Clubs war eigentlich nicht unser Stil – vor allem nicht meiner. Aber die Mädchen fanden den Pool toll, sogar noch toller, als eigene Zimmer zu bekommen. Sie hatten nichts daran auszusetzen, dass wir aus einer schäbigen, von der Universität zu Verfügung gestellten Dienstwohnung in eine noble Wohngegend der Einfamilienhäuser mit Doppelgaragen und grünen Rasen zogen, bestückt mit Schildern zur Unterstützung von Highschool-Footballteams. Wir hatten verschiedene Gründe dafür, aber natürlich wollen alle nur hören, dass es uns sicherer schien.

»Das war's für heute. Und nicht vergessen, Abgabetermin für Ihre Seminararbeiten ist der achtundzwanzigste, in meinem Postfach, spätestens fünf Uhr.« Als ich bei »einen schönen Sommer noch« angelangt bin, sind die meisten schon zur Tür raus.

Ich gehe über den Flur zu meinem Büro und spüre ein leises Vibrieren an der Hüfte. Eine SMS von Tom.

Kannst du Jane abholen? IAH 4:05, United 1093.

Ich lege das Handy weg, setze mich an meinen Computer und googele »universität washington akademischer terminkalender«. Dann sehe ich im Telefonverzeichnis nach, rufe eine Verwaltungsangestellte der Uni Washington an, mit der ich auf der Graduiertenschule war, und unterhalte mich kurz mit ihr.

Ich schreibe Tom zurück: *Soll ich auch Abendessen holen?*

Ein paar Minuten später: *Nee.*

Mehr haben wir beide uns offenbar nicht dazu zu sagen, dass Jane kurz vor dem Ende ihres ersten Studienjahrs nach Hause kommt.

Zurzeit ist es eine Kunst für sich, Jane in einer Menschenmenge zu erkennen. Man weiß nie, welche Farbe ihre Haare gerade haben. Ich warte in der Nähe von Gepäckkarussell neun, bis sich ein großes Mädchen mit schwarz-burgunderrotem Schopf aus dem Passagierknäuel löst. Nur eine ausgebleichte grüne Stirnlocke hat die letzte Färbeaktion unversehrt überstanden und baumelt ihr nun vor den Augen.

»Hi, Mom.«

»Hallo, Jane.« Wir umarmen uns, ihre schwere Büchertasche schlägt gegen meine Hüfte, als sie sich vorbeugt, und dann erzittert das leere Gepäckförderband mit einem kreischenden Geräusch, nach dem wir uns beide umsehen, während ich mir strikt verbiete, sie nach ihrem vorgezogenen Besuch auszufragen.

»Du hast die Haare wieder anders«, stelle ich fest.

»Jap.«

Alles, was Jane sagt oder tut, ist eine Variation des Türenknallens, das sie in der Mittelstufe zu ihrem Markenzeichen erhob, ein paar Jahre nach Julies Entführung. Auf der Highschool nahm sie zusätzlich laute Musik, gefärbte Haare und das eine oder andere Piercing ins Repertoire auf, doch das Türenknallen war und blieb die Hauptattraktion ihrer Auftritte. Tom folgte ihr dann immer pflichtschuldigst die Treppe rauf, wo er das Schluchzen und Schreien über sich ergehen ließ, das nur in gedämpfter Lautstärke zu mir durchdrang. Ich ließ ihr lieber ihre Ruhe.

»Hattest du einen guten Flug?«

»War okay.«

Lang war er. Ich habe Jane im Verdacht, dass sie sich hauptsächlich wegen der Entfernung von Houston für die Uni Washington entschieden hat. Als kleines Mädchen hat sie gesagt, sie wolle dort zur Uni gehen, wo ich unterrichte, doch damit war es etwa um die Zeit vorbei, als es mit dem

Türenknallen losging. Sie hätte in Alaska enden können, wenn sie nicht auf einer Uni mit Quartalen statt Semestern bestanden hätte – auf jedes nur erdenkliche Unterscheidungsmerkmal kam es an. Sicher, alles typisches Teenagerverhalten, doch bei Jane nahm es eine besondere, verquere Bedeutung an, wie auch der Umstand, dass sie jetzt laut der Dame im Prüfungsbüro keins ihrer Frühjahrs-Module vollständig abgeschlossen hat.

Und das, nachdem sie ein ganzes Jahr ununterbrochen in Seattle geblieben ist. Thanksgiving machte mir nicht viel aus, Studenten im Quartalssystem lassen das meistens ausfallen, weil die Uni im Herbst so spät anfängt. Doch als sie uns Mitte Dezember am Telefon schonend beibrachte, dass sie noch dabei sei, sich einzuleben, dass eine Professorin sie zu einem Weihnachtsessen eingeladen habe, dass unsere Familie doch sowieso nie so richtig Weihnachten feiere, oder?, und dass sie das Gefühl habe, es täte ihrer Entwicklung zur Selbstständigkeit gut, zu bleiben, konnte ich förmlich hören, wie Tom, der an seinem Anschluss mithörte, das Herz brach. Ich überspielte sein Schweigen mit der einzig vernünftigen, wenn nicht einzig möglichen Antwort: »Du wirst uns natürlich fehlen, aber wir haben Verständnis dafür.«

Jetzt kommt es mir so vor, als sei die ganze Weihnachtssache noch so eine zugeknallte Tür gewesen, auf die ich nicht angemessen reagiert habe.

»Und«, setze ich erneut an. »Gefällt's dir noch an der Uni?«

»Go Huskies«, imitiert sie den Washingtoner Schlachtruf mit schlaffer Siegerfaust. »Klar, Mom. Seit unserem letzten Telefonat hat sich eigentlich nichts geändert.« Die ersten Gepäckstücke fallen aufs Band, und wir beugen uns beide vor.

»War die Jacke warm genug für Januar da oben? Wintersachen sind gerade herabgesetzt, wir könnten shoppen gehen.«

Sie zupft verlegen an dem Parka, den sie trägt, seit sie sechzehn ist. »Der hier geht schon klar. Ich hab euch doch gesagt, so furchtbar kalt wird's da gar nicht.«

»Alles gut mit deinen Seminaren?«

»Ja«, sagt sie. »Warum?«

»Ich frag ja nur.«

»Eigentlich läuft's sogar richtig gut«, sagt sie. »Und zwar so gut, dass meine Profs mich Hausarbeiten einreichen lassen, als gleichwertige Prüfungsleistung statt Klausuren.«

Gleichwertige Prüfungsleistung! Wenn sich das nicht amtlich anhört. Ich frage mich, wie sie sie dazu gebracht hat, ihr einen zweiten Prüfungsversuch einzuräumen, statt sie durchfallen zu lassen. Meine Studenten sagen normalerweise einfach »Notfall in der Familie« und bauen darauf, dass ich nicht weiter nachhake.

Vorsichtig frage ich: »Gibt's das öfter an der U-Dub?«

»Mom«, sagt sie. »Sag einfach ›University of Washington‹.«

Ich drücke kurz ihre Schulter. »Wir freuen uns so, dass du zu Hause bist.« Ich lasse den Arm wieder sinken, und wir starren Seite an Seite den glänzenden Metallschacht an, bis die Hälfte ihrer Mitreisenden ihr Gepäck heruntergeholt und weggerollt hat und sich das Rattern des Förderbands wieder lauter anhört. Schließlich purzelt Janes Rollkoffer den Schacht hinab und landet mit einem Plumps vor uns auf dem Band. Er war ein Geschenk zum Schulabschluss – apfelgrün und schon abgenutzt von seinem Jungfernflug nach Seattle und zurück, sodass er fast Ton in Ton ist mit ihrer grün gefärbten Strähne. Sie schnappt ihn sich vor mir, doch als sie nach den automatischen Schiebetüren stehen bleibt, um sich in dem schwülen Luftstoß, der uns draußen entgegenschlägt, aus dem Parka zu schälen, überlässt sie mir ihre Büchertasche.

»Ich merke, wir sind schon im Tropen-Modus.«

»Willkommen zu Hause«, gebe ich zurück und werde mit einem halbherzigen Lächeln belohnt.

Die Autofahrt wird dann wieder heikler. Obwohl ich selbst so viel Zeit an einer Universität zubringe, tappe ich bei ihrem Collegeleben im Dunkeln.

»Wie ist das Wohnheim?«

»Ganz gut.«

»Findest du deine Zimmergenossin noch nett?«

»Sie ist in Ordnung. Wir gehen uns aus dem Weg.«

»Wirst du nächstes Jahr wieder mit ihr zusammenwohnen?«

»Wohl eher nicht.«

Schließlich rette ich mich zu einem Thema, das bestimmt mehr hergibt, obwohl es schmerzhaft für mich ist. »Dann erzähl mir mal von dieser Anglistik-Professorin, bei der du zum Weihnachtsessen eingeladen warst.«

»Sie heißt Caitlyn und ist eigentlich Semiotik-Professorin.«

Caitlyn. »Ich hab nicht gewusst, dass an Anglistik-Instituten noch Semiotik gelehrt wird.«

»Das Seminar heißt ›Intersektionalitäten‹. Es gehört zur Anglistik, wird aber von der Linguistik, der Genderforschung, den Ethnologen und den Anthropologen gleichzeitig angeboten. Es gibt alle möglichen Zugangsvoraussetzungen, aber ich bin einfach am ersten Tag in Caitlyns Sprechstunde aufgetaucht und hab sie überredet, mich aufzunehmen.«

Mich packt unwillkürlich der Stolz. Als echte Professorinnentochter kennt Jane alle Schliche. Außerdem ist dies die längste zusammenhängende Wortfolge, die ich seit Ewigkeiten ohne Tom in der Nähe aus ihrem Mund vernommen habe. »Erzähl mir mehr darüber, was habt ihr gelesen?«

»Ich glaube, damit warte ich lieber, bis Dad auch dabei ist«, sagt sie.

»Aber sicher«, erwidere ich.

»Ich möchte nicht alles zweimal erzählen müssen.«

»Klar, Liebes.«

Ich stelle das Radio an, einen nicht-kommerziellen Sender, und der gemessene, tröstliche Klang von Nachrichtenkommentaren zur Rushhour erfüllt das Auto, während wir an einem Schießstand und an einer Turnhalle vorbeischleichen, wo ein Trainer vielleicht eben gerade auf eine Schar junger Kunstturnerinnen mit Pferdeschwänzen einbrüllt. Jane starrt aus dem Fenster. Wahrscheinlich fragt sie sich, warum nicht Tom sie abholt, sondern ich. Das wüsste ich auch gern.

Wenig später wird es uns beiden klar. Als wir in die Auffahrt einbiegen und am Himmel gerade das erste Abendrot aufzieht, sehe ich Tom durchs Küchenfenster, wie er das Abendessen zubereitet. Ich öffne die Hintertür und gehe rein, da schlägt uns beiden der leckere Geruch von Janes Lieblingspasta entgegen: Fettuccine Alfredo mit panierten Shrimps und gebratenem Spargel, ein absurd dekadentes Rezept, das Tom aus einer Fernseh-Kochshow hat und nur zu besonderen Anlässen zubereitet. Zum Ausgleich steht ein frischer Blattsalat in einer Schüssel neben dem Schneidbrett und wartet darauf, zum bunten Keramikgeschirr auf den Esszimmertisch gestellt zu werden.

»Janie!« Tom macht mit ausgebreiteten Armen einen Schritt auf sie zu, und Jane umarmt ihn stürmisch und drückt sich ihm mit geschlossenen Augen an die Brust. Ich verschwinde ins Bad, dann ins Schlafzimmer, um meine Seminarkleidung gegen eine bequemere Jeans zu wechseln, und vertrödele ein paar Minuten damit, zusammengelegte Wäsche aus einem Korb am Fußende des Bettes einzuräumen. Als ich wiederkomme, unterhalten sie sich angeregt; während Tom Tomaten einer alten Sorte für den Salat schneidet, trommelt Jane mit den Fingerspitzen auf der Echtholz-Arbeitsplatte herum, als spielte sie Klavier.

»Dad, du glaubst es nicht, mit was für Begriffen die Leute in dem Seminar um sich geschmissen haben«, sagt sie. »Derrida, all so was. Alle waren so viel schlauer als ich.«

»Hey, sie hat dich reingelassen, und sie ist die geniale MacArthur-Stipendiatin.«

»Jedes Mal, wenn ich den Mund aufgemacht hab, ist schwachsinniges Zeug rausgekommen.«

»Immerhin hast du den Mund aufgemacht«, sagt er und lässt das Messer kurz ans Schneidbrett gelehnt ruhen, während er ihr in die Augen sieht. »Wetten, andere haben sich nicht getraut, überhaupt was zu sagen.«

Janes dankbares Lächeln, das ich über Toms Schulter eben noch sehen kann, lässt mich wie Milch gerinnen. Als könnte er es spüren, dreht Tom sich um und sieht mich da stehen. Er wirft die gewürfelten Tomaten auf das Grünzeug und nimmt die Salatschüssel in die Hand.

»Alles fertig!«, sagt er. »Schnapp dir die Pasta, Jane. Kommt, Zeit für das erste Familienessen seit Ewigkeiten.«

Und genau in dem Moment klingelt es doch tatsächlich an der Tür.

2

Das Erste, was ich sehe, ist ihr helles Haar, ganz ins schmutzig rosa Licht eines Houstoner Sonnenuntergangs getaucht.

Dann ihr Gesicht: fahle Haut, die sich über breiten Wangenknochen spannt und dort gerötet ist, was die dunklen Ringe unter den eingefallenen grauen Augen betont. Ein Gesicht, das jung und alt zugleich aussieht. Sie hat eine verschlissene Jeans an mit Löchern an den Knien, ein T-Shirt. Sie öffnet den Mund, will etwas sagen, und mein Blick fällt auf ihre bloßen Füße.

Sie kommt mir irgendwie bekannt vor, aber mir ist, als sei mein Körper völlig mit der Umgebung verschmolzen, mein Hirn so neu verkabelt, dass es blind tastenden Händen gleicht und meine Sinneseindrücke vergeblich nach Anschluss suchen: *Haare. Augen. Jung. Barfuß.*

Ihre Augen weiten sich, und die Farbe weicht aus ihrem Gesicht.

Mit weit gespreizten Fingern strecke ich beide Hände aus, wie um mich vor dem atomaren Abendrot zu schützen oder um meinen Sturz aufzuhalten, doch dann fällt das Mädchen auf der Veranda, die Knie geben unter ihm nach, und es sackt auf die Fußmatte, wobei sich das blonde Haar leicht im Rhododendron verfängt. Ich rufe wohl nach Tom, auch wenn ich nichts höre, weil mein Hirn noch betäubt ist vom Licht des Sonnenuntergangs, das von ihrem Gesicht zurückstrahlt. Er kommt angelaufen, hält kurz inne, dann stürmt er auch schon zur Tür hinaus auf sie zu. Beim nächsten Hinsehen ist sie beinahe in seinen Armen verschwunden, ihre wirren, verfilzten Haare zwischen seinen Fingern, während er sie an die Brust drückt, sie in den Armen wiegt. »Julie, Julie, Julie«, schluchzt er, wie der Refrain meiner Albträume, die, das wird mir jetzt klar, nie aufgehört haben, sondern seit acht Jahren Nacht für Nacht abliefen, und vielleicht auch alle Tage, in einer Endlosschleife, die ich bewusst ausgeblendet habe.

Der Anblick von Jane, die reglos im Flur steht, bringt mich wieder zur Besinnung. »Wähl den Notruf«, bringe ich mühsam heraus. »Sag, wir brauchen einen Krankenwagen.« Und zu Tom, der seltsam tierische Trauerlaute ausstößt, wie ich sie auch aus meinen Träumen kenne: »Bring sie rein.«

Und damit wird das Schlimmste einfach so ungeschehen gemacht: Julie ist wieder zu Hause.

Die ersten vierundzwanzig Stunden nach Julies Rückkehr sind den ersten vierundzwanzig Stunden nach ihrem Verschwinden seltsam ähnlich, eine spiegelverkehrte Symmetrie, die jeder Kleinigkeit besondere Bedeutung verleiht. Da ist die Schwüle zu Beginn eines langen heißen Sommers; die Kräuselmyrte, die ihre Blütenblätter verlor, als Julie damals im frühen Herbst entführt wurde, steht nun kurz davor, ihre neuen Blüten zu entfalten, die aussehen wie zerknüllte Fetzen Seidenpapier. Die Sirenen, die sich durch die Nachbarstraßen bis zu unserem Haus durchheulen, genau wie beim letzten Mal, nur diesmal mit dem Rettungsdienst, nicht der Polizei, und bei Sonnenuntergang statt Sonnenaufgang, sodass die Nachbarn, die neugierig die Haustür öffnen, jetzt in Arbeitskleidung statt im Bademantel sind, mit Topfhandschuhen statt Zeitungen in Händen. Alles ist verkehrt herum, wie das Fotonegativ einer Tragödie.

Nur einer von uns darf mit Julie im Krankenwagen fahren, und da Tom sofort vortritt, folgen Jane und ich ihnen im SUV. Als wir vor der Notaufnahme halten, laden sie ihre Trage aus, jetzt verbunden mit einem fahrbaren Tropf, und sie wird hinein und in ein durch Vorhänge abgetrenntes Abteil geschoben, alles in dieser quälenden Kombination von Langsamkeit und Dringlichkeit, wie sie Notaufnahmen zu eigen ist.

Die nächsten dreißig Minuten vergehen wie Stunden unter den Neonröhren. Julie wacht auf, nuschelt etwas, schläft wieder ein. Tom sitzt am Bett, hält ihre Hand und murmelt Unverständliches; ich gehe auf und ab; Jane steht an die Wand gelehnt herum; Krankenschwestern tauchen in unregelmäßigen Abständen auf und gehen wieder, teilen uns nie auch nur das Mindeste mit, sondern fragen uns aus nach Julies Versicherungsstatus und Krankengeschichte – Fragen, die mir so nutzlos und überflüssig scheinen, dass ich überzeugt bin, einige dieser Leute kommen lediglich, um das berühmte Whitaker-Mädchen mit eigenen Augen zu sehen. Eine Krankenschwester rückt an, um ihr Blut abzunehmen, und Julie wird wach von dem kalten nassen Tupfer in der Armbeuge, behält die Augen lange genug auf, um die munteren Fragen der Schwester mit vagem Nicken zu beantworten, und wird nach dem Einstich gleich wieder bewusstlos. Der Vorhang, der uns vom Gang trennt, flattert, wenn Leute vorbeieilen, und tut nichts dazu, die Kakofonie aus quietschenden Rädern, unverständlichen Lautsprecherdurchsagen und von lautem Seufzen und sporadischem Gelächter durchsetzten Unterredungen draußen auszusperren.

Als die Ärztin endlich kommt, schickt sie entgegen Toms und meiner Proteste alle raus.

»Ich brauche sie nur zwei Sekunden«, sagt sie. »Sie, die Eltern, halten sich bitte in der Nähe.«

Selbstverständlich machen wir nichts anderes, aber Jane nutzt die Gelegenheit, zur Toilette zu gehen. Nach einem gedämpften Gespräch, das ich vergeblich zu belauschen versuche, kommt die Ärztin heraus, und im Hintergrund sehe ich kurz Julie, wach, aber schlapp und verwirrt, bevor der Vorhang wieder zugezogen wird. Julie ist dehydriert, erklärt uns die Ärztin, erschöpft und mitgenommen und hat seit ein paar Tagen nichts gegessen, doch es liegen keine Verletzungen oder Krankheiten vor, nichts Alarmierendes in ihrem Blutbild. »Sobald die Infusionslösungen anschlagen, wird sie aller Wahrscheinlichkeit nach wieder völlig auf dem Damm sein.« Ihre Wortwahl beweist entweder, dass sie unmöglich das Krankenblatt gelesen haben kann oder dass sie noch nie Nachrichten gesehen hat oder von ihrem Beruf so abgestumpft ist, dass ihr die Kraft fehlt, über eine Floskel hinauszudenken, die in ihrem Kopf untrennbar mit dem Begriff »Infusionslösungen« verknüpft ist. »Bringen Sie sie einfach in ein paar Wochen zur Nachuntersuchung in die Klinik. Man wird ihr einen Termin geben, wenn sie entlassen ist.«

Als wir uns wieder zu Julie hineinquetschen, klopft jemand an die Wand, und ein Kripobeamter zieht den Vorhang einen Spalt weit auf und betritt das überfüllte Kabuff. Vor uns steht ein Mann um die vierzig, dunkelhaarig und einem Fernsehkommissar nicht unähnlich, wenn auch weit weniger attraktiv. Er lässt den Vorhang einen Spaltbreit offen und starrt Julie von der behelfsmäßigen Türöffnung aus an.

»Julie Whitaker«, sagt er. »Kaum zu glauben.«

Julie beachtet ihn nicht, sondern lässt sich beim Anblick von Tom und mir ins Kissen zurücksinken und weint tränenlos. Tom eilt zu ihr, um sie in die Arme zu schließen. Als die Ärztin meinen Gesichtsausdruck sieht, sagt sie noch rasch, dass sie Julie in ein Zimmer mit Tür verlegen werden, sobald eins frei wird, und eilt dann davon. Der Polizeibeamte stellt sich als Detective Overbey vor und fängt an, mich nach den Umständen von Julies Ankunft zu befragen, die ich nach bestem Wissen und Gewissen wiedergebe, wenn man bedenkt, dass sie nach allem, was ich weiß, direkt dem orange glühenden Sonnenuntergang oder der Stirn eines Gottes entstiegen oder aus der Rippe eines schlafenden Mannes geformt worden sein kann. So unwichtig erscheint mir die Frage, wie sie zu uns gelangt ist.

Im Hintergrund höre ich Tom immer wieder sagen: »Jetzt bist du in Sicherheit. Alles wird gut. Die Ärztin sagt, du kommst wieder in Ordnung.« Das sagt er ebenso zu sich selbst wie zu ihr, und obwohl die Worte nicht mir gelten, sind sie so tröstlich, dass ich mich dadurch von Detective Overbeys Fragen ablenken lasse.

Was ihm nicht entgeht. »Ich würde gern ein paar Minuten mit Julie allein reden.«

»Nein«, sagt Julie und packt Toms Arm, während sie mich ansieht. »Geh nicht.«

»Es dauert nicht lange.«

Tom steht direkt vor Julies Bett. Er ist ein großer, breiter Mann, selbst mit Bäuchlein stattlich. »Kommt nicht infrage. Wir haben sie vorhin schon alleingelassen, mit der Ärztin. Noch mal machen wir das nicht.«

Die beiden Männer wechseln hitzige Worte, und das kleine abgetrennte Abteil schrumpft noch mehr. Schließlich wendet sich Detective Oberbey direkt an Julie, ohne weiter auf Tom zu achten. »Ich weiß, dass es Ihnen nicht gut geht, Ma'am, und ich störe Sie gerade jetzt wirklich nur ungern«, sagt er. »Aber ich muss wissen, ob Sie sexuell missbraucht wurden.«

Julie sieht den Detective nur an und nickt. Tom spannt die Kiefermuskeln an, aber ich bin in diesem Moment nur erleichtert, dass Jane noch nicht von der Toilette zurück ist.

Detective Overbey erklärt uns, dass eine auf forensische Untersuchungen an Opfern von Sexualdelikten spezialisierte Krankenschwester benötigt wird. »Wir müssen etwaige Missbrauchsspuren sichern. Eine Krankenschwester ist schon unterwegs«, sagt er. »Sie müsste bald hier sein, um das Untersuchungszimmer herzurichten. Sobald Sie vom Tropf sind, kann sie anfangen.«

Julie schüttelt ablehnend den Kopf, und Tom tritt vor, offenbar wild entschlossen, sie mit Fäusten zu verteidigen.

Detective Overbey, ebenso achtunggebietend, lässt sich nicht einschüchtern. »Bei Spuren von sexueller Gewalt muss das gerichtsmedizinisch ...«

»Hören Sie«, sagt Tom und zeigt mit dem Finger auf den Detective, um seinen Worten Nachdruck zu verleihen. »Wir haben vom ersten Tag an alles gemacht, was Sie von uns verlangt haben, und nie auch nur eine unerwünschte Frage gestellt. Acht Jahre später, nachdem wir ...« Seine Stimme wird brüchig. »Nachdem Jahre vergangen sind, ohne dass wir irgendwelche Neuigkeiten erfahren haben, taucht unsere vermisste Tochter an unserer Haustür auf, was nicht Ihr Verdienst ist. Und jetzt wollen Sie sie die ganze Nacht wachhalten und verhören, sie einer solchen Tortur unterziehen? Wir kommen morgen aufs Revier.«

Detective Overbey setzt zu einer Erwiderung an, doch ein schwaches Geräusch aus Julies Bett hält ihn davon ab.

»Das letzte Mal ist schon ... lange her«, sagt sie leise. »Mindestens sechs Monate.«

Detective Overbey seufzt, als sei die Nachricht, dass unsere Tochter seit einem halben Jahr nicht vergewaltigt wurde, zwar enttäuschend, aber hinnehmbar. »Na gut. Wir empfehlen Ihnen immer noch, zur Untersuchung wiederzukommen, aber aus gerichtsmedizinischer Sicht besteht kein Grund zur Eile. Ruhen Sie sich erst mal aus, und wir nehmen morgen im Revier Ihre vollständige Zeugenaussage auf.«

Ein schwaches Nicken von Julie. Tom sackt nach vorn, die Hände auf den Knien.

Jane kommt wieder rein, ein Trinkpäckchen in der Hand. Sie muss es im Schwesternzimmer bekommen haben. Als sie bemerkt, dass Julie wach ist, lächelt sie ihr schüchtern zu und sagt: »Willkommen zurück.«

Sechs Stunden später, mitten in der Nacht, wird Julie entlassen, nicht mehr dehydriert und im Patientenhemd statt speckigem T-Shirt und Jeans, die die Polizei als Beweismaterial beschlagnahmt hat. Sie stützt sich auf Toms Arm, während ich alles in meine Handtasche packe: Antibiotika gegen Geschlechtskrankheiten, ein Valium-Rezept, falls sie Schlafstörungen hat, und eine prall gefüllte Sammelmappe mit Broschüren über sexuellen Missbrauch sowie Telefonlisten mit Opferberatungsstellen der Houstoner Polizei und etlichen Frauenhäusern. Auch die Visitenkarte des Detective befindet sich darin, auf der vorderen Umschlagklappe in vier Schlitze gesteckt, damit sie nicht verloren geht, doch ich nehme sie an mich und stecke sie in die Gesäßtasche meiner Jeans.

Tom fährt uns nach Hause. Julie schläft auf dem SUV-Rücksitz mit dem Einwegkissen, das sie ihr gelassen haben. Jane, die im Krankenhaus eine ganze Menge geschlafen hat, starrt sie jetzt still an. Niemand sagt etwas – nicht nur, weil wir Julie nicht wecken, sondern auch, weil wir selbst nicht aufwachen wollen. Oder vielleicht geht es nur mir so.

Mitternacht ist lange vorbei, als wir die Hintertür öffnen und nacheinander durch die Waschküche in die Küche gehen. Es kommt einem vor wie das Haus einer fremden Familie, an einem ganz normalen Tag konserviert, ein Museum des Alltäglichen: Über der Waschmaschine ist eine Bluse zum Trocknen aufgehängt; auf dem Schneidbrett liegt das Messer, an dem noch Tomatenreste hängen. Durch die Esszimmertür ist Janes aufwendig zubereitetes Willkommensessen verlassen auf dem Tisch zu sehen, der Salat welk, die Panade der gebratenen Shrimps matschig, die Soße auf den kalten gummiartigen Nudeln geronnen. Während die anderen durch die Küche ins Wohnzimmer tapern, schnappe ich mir hastig die Teller und werfe die Nudeln in den Müll. Es dauert nicht lange, und die Beweise unseres Weiterlebens stapeln sich in der Küchenspüle.

Ich gehe zu den anderen ins Wohnzimmer, und da stehen Julie, Jane und Tom verlegen um das Sofa herum, wie beim Übernachtungsbesuch einer entfernten Verwandten. Tom, ganz rot im Gesicht, schüttelt den Kopf, und als ich merke, worüber sie beraten, scheinen meine Bemühungen in der Küche sinnlos.

Tom hat sein Büro vor sieben Jahren in Julies Zimmer verlegt, ohne es vorher mit mir zu besprechen. So wie er mir auch nichts davon sagte, dass er seine Stelle als Buchhalter kündigen wollte, wegen der wir überhaupt in den Energy

Corridor gezogen waren, und sich als Steuerberater selbstständig machen würde. Eines Tages ging ich an ihrem Zimmer vorbei und sah, dass es in einen sorgfältig gehüteten Schrein verwandelt worden war, mit einem Schreibtisch und Aktenschrank, wo zuvor ihr Bett gestanden hatte, und gerahmten Fotos von Julie statt Postern an den Wänden. Da verstand ich, auch ohne dass wir ein Wort darüber verloren, dass dieses neue Büro seine Kommandozentrale für die Suche war, dass er aus seiner Sehnsucht nach ihr eine Vollzeitbeschäftigung machte. Erst jetzt, da Julie vor uns steht, hat es etwas von Exorzismus.

»Das Sofa reicht mir völlig«, sagt Julie.

»Sie kann mein Zimmer haben«, beteuert Jane, die sich immer noch ein wenig im Hintergrund hält, als habe sie Angst, zu nah zu kommen. Verlegen den einen Ellenbogen umklammernd, sieht sie ihrem früheren Ich mit zehn Jahren ähnlicher, als ich für möglich gehalten hätte, obwohl mir schmerzlich bewusst wird, dass sie fast eine Handbreit größer als Julie ist. Jane starrt Julie an, nicht gierig wie Tom, der aussieht, als wollte er sie nie wieder aus den Augen lassen, sondern eher wachsam. »Es macht mir nichts aus.«

»Nein, wirklich«, sagt Julie. »Ich will niemandem das Zimmer wegnehmen.«

Plötzlich möchte ich sie am liebsten zwischen Tom und mich ins Bett legen, wie damals mit sieben, als sie Fieber und Schüttelfrost hatte. Freilich wäre das nicht machbar, und unterdessen umschließt uns das Wohnzimmer wie ein gähnendes Maul, mit dunklen Fenstern hinter den Gardinen.

»Tom, die Luftmatratze?«, schlage ich vor. »Darauf könnte sie erst mal in ihrem Zimmer schlafen, bis wir deinen Schreibtisch rausstellen.«

»Eine richtige Tür wär super«, sagt sie, und damit ist es entschieden. Sie hat weder Kulturbeutel noch sonstiges Gepäck, und niemand will nach dem Grund fragen, also gibt Jane ihr ein T-Shirt und Shorts zum Schlafen, und ich suche eine noch verpackte Zahnbürste heraus. Als wir nicht mehr geschäftig zugange sind, verschwindet Julie hinter der Tür zu Toms Arbeitszimmer wie die Sonne hinter Wolken. Ich frage mich, ob die vielen Fotos von ihr dort drin sie trösten oder eher beunruhigen werden.

Als wir auch Jane gute Nacht gesagt haben, mit vielen Umarmungen und Versicherungen, es liege ganz bei ihr, ob sie morgen früh mit uns zum Revier fahren wolle, ist es nach drei Uhr morgens. Die Schlafzimmertür schließt sich, und die Beine wollen unter mir wegsacken, aber zugleich fühle ich mich so wach wie schon lange nicht mehr. Meine Gedanken überschlagen sich nicht direkt, kullern aber umeinander und stupsen sich gegenseitig an, als ich mich im Bad bettfertig mache.

Tom ruft »Anna?« in einem Tonfall, der darauf schließen lässt, dass es der zweite oder dritte Versuch ist. Als ich aus dem Bad komme, liegt er bereits im Bett und sieht mich erwartungsvoll an.

Statt mich nach seinem Anliegen zu erkundigen, spreche ich zu meiner eigenen Überraschung laut aus, was mir gerade durch den Kopf geht: »Was sollen wir machen?«

»Sie ist wieder da«, sagt er. »Wir müssen gar nichts mehr machen.«

Ich schlüpfe aus der Jeans, behalte das T-Shirt zum Schlafen an.

»Sie ist wieder da«, wiederholt er, bockig wie ein Kind.

»Wir wissen nicht, was sie durchgemacht hat.« Ich denke

an die Visitenkarte des Detective in der Gesäßtasche meiner Jeans, die ich an die Innenseite der Wandschranktür hänge. »Wir müssen vorsichtig sein.«

»Wir hätten damals vorsichtiger sein müssen.« Seine Stimme überschlägt sich ein wenig.

Ich trete aus dem Wandschrank. »Sie könnte sich ... verändert haben.«

»Haben wir das nicht alle«, sagt Tom. Eine lange Pause entsteht. »Du hast nicht geglaubt, dass sie jemals zurückkehrt.«

Ich setze mich auf die Bettkante, spüre seinen bohrenden Blick im Hinterkopf und schließe die Augen, lasse den Vorwurf sacken.

Dann drehe ich mich zu ihm um. »Ich hab nicht geglaubt, dass wir sie *finden* würden«, sage ich im Vertrauen darauf, dass er den Unterschied versteht.

Er antwortet nicht. Doch als ich mich vorbeuge, um meine Nachttischlampe auszuknipsen, spüre ich, wie sich etwas verlagert, ein winziger Hauch Nachtluft zwischen uns durchzieht, wie wenn ein Luftstoß durch einen Spalt in der Wand weht. Er dreht sich auf seine Seite, weg von mir, aber etwas an diesem Wortwechsel erinnert mich an unsere Ehe, wie sie früher war, die Streitereien, die nur hochkochten, wenn wir beide im Bett waren. Wie bereitwillig wir uns damals auf jede Auseinandersetzung einließen, in der Gewissheit, dass wir am nächsten Morgen immer noch nebeneinander aufwachen würden.

Jetzt, während ich Toms Rücken betrachte, denke ich: *Julie ist wieder da. Alles ist möglich.*

Ich sehe wieder ihr Gesicht vor mir, wie ich es an der Haustür gesehen habe, als es mir vage bekannt vorkam, ihre

Wangen und der Kiefer so eingefallen, dass die Knochen schmetterlingsförmig hervortraten.

»Gute Nacht«, sage ich.

Ich schlafe bis mittags und wache erst zu Geschirrklappern und Stimmengewirr unten in der Küche auf.

Diesen Traum kenne ich. Es ist der, in dem Julie auftaucht und ich sage: »Ich hab so oft von dir geträumt, aber jetzt bist du wirklich zu Hause.« Jetzt stehe ich auf, klatsche mir im Bad Wasser ins Gesicht und schaue in den Spiegel, warte, dass meine Gesichtszüge verschwimmen und sich auflösen. Alles bleibt, wie es ist. Diesmal ist es die Wirklichkeit.

Kurz überläuft mich ein Schauer, und hinter der Stirn setzt ein leichter Kopfschmerz ein. Ich schlüpfe in meine Jeans von gestern und gehe nach unten.

Der Küchentisch ist lichtüberflutet. Meine leuchtend blonde Tochter sitzt an der Fensterseite, noch in Janes T-Shirt, das ihr zu groß ist. Tom strahlt sie vom Kopfende aus an, während sie reden – offenbar über nichts Besonderes: Orangensaft, das Wetter, ob irgendwer mehr Eier möchte. Man könnte fast meinen, alles wäre normal. Dann kommt Jane mit einem Glas in der Hand herein und setzt sich Julie gegenüber, und mich überlauft es kalt, als ich wieder die seltsame Symmetrie bemerke, zu der unsere Familie zurückgekehrt ist: ein Mädchen an jeder Tischseite, vier Seiten für vier Leute. Blakes Worte vom »entsetzlich Gleichmaß« kommen mir in den Sinn.

»Guten Morgen«, sage ich in der Türöffnung.

»Du hast ewig geschlafen«, stellt Jane fest, aber Julie steht schon auf und hat mich nach drei großen Schritten umarmt. Das überrumpelt mich. Wie lange ist es her, dass eine meiner Töchter zuletzt vom anderen Ende des Zimmers in *meine* Arme gekommen ist? Als ich gerade anfange, an ihrem Haar zu schnuppern, macht sie sich los und sieht mich an, lässt ihre Hände an meinen Armen herabgleiten und ergreift meine Hände. »Morgen, Mom«, sagt sie ein bisschen befangen, und einen Moment lang schauen wir uns in die Augen.

Ich bin so an Janes Anblick gewöhnt, die meine markanten Gesichtszüge hat, meine kantige Nase und tiefliegenden Augen. Als ich in Julies erwachsenes Gesicht sehe, merke ich, dass es keinerlei Muttermale, Unebenheiten, Schönheitsfehler oder Fältchen aufweist.

Sie ist *makellos*.

Verlegen macht sie sich los, und da wird mir erst klar, dass ich sie ungehemmt angestarrt habe.

»Tut mir leid«, sage ich. »Ich hab dein Gesicht so lange nicht mehr gesehen.«

»Ich weiß«, sagt Tom.

»Setz dich, ich hol mir nur einen Kaffee«, sage ich. »Hast du gut geschlafen?« Auf dem Herd steht eine große Pfanne mit noch etwas Rührei drin, und mit plötzlichem Heißhunger lade ich mir davon auf einen Teller.

»Sogar sehr gut«, sagt sie wie ein höflicher Gast. »Die Luftmatratze war bequem.«

»Sie ist auch eben erst aufgestanden«, sagt Tom. »Ich hab den ganzen Morgen über die Anrufe von der Polizei abgewimmelt. ›Kommen Sie, wann immer Sie wollen‹ heißt offenbar übersetzt: ›Wenn Sie nicht bis um neun auf der Matte stehen, machen wir Ihnen die Hölle heiß.‹« Sein Gesicht verfinstert sich. »Wahrscheinlich nicht ganz zu Unrecht. Sie sind besorgt wegen der Presse. Damit geht es jetzt bestimmt jeden Moment los.«

Julies Lächeln versiegt. »Dann sollten wir wohl besser los, jetzt, wo Mom wach ist.«

Tom legt auf dem Tisch eine Hand auf ihre. »Lass dir alle Zeit, die du brauchst.«

»Je eher wir aufbrechen, desto eher haben wir es hinter uns«, sage ich.

Tom bekommt feuchte Augen, und mir wird klar, dass er nicht wissen will, was sie durchgemacht hat. Im Gegensatz zu mir, wie mir ebenfalls aufgeht.

Julie sieht mir jetzt ins Gesicht, mit prüfendem, fast dankbarem Ausdruck. »Ja«, sagt sie. »Ich will es hinter mich bringen.« An ihrem Blick erkenne ich, dass Julie mich und sonst niemanden dabei haben will. Tom kann ich unmöglich vom Polizeirevier fernhalten, aber ich werde ihn zu überreden versuchen, dass er draußen im Gang bleibt; also muss Jane mit, damit er jemanden zum Behüten hat.

»Na komm, Julie«, sage ich. »Ich such dir was zum Anziehen aus meinem Schrank.« Einen Rock, denke ich mit einem Blick auf ihren abgemagerten Körper. Und dazu ein paar Sicherheitsnadeln.

»Er hat gesagt, er würde mich töten, wenn ich mich wehre. Er würde meine Familie töten.«

»Sie haben ihm geglaubt?«, fragt Overbey.

Wir sitzen zusammen in der Wache – ich, Julie, Overbey und eine jüngere Kollegin, Detective Harris – in einem separaten Raum mit Milchglasfenstern und einem einzigen Tisch. Tom wartet, auf Julies Wunsch hin, draußen mit Jane im Empfangsbereich. Overbey wollte Julie allein befragen, doch ihr Blick wanderte stumm zwischen seinem und meinem Gesicht hin und her, also bat er mich seufzend mit hinein. Ich halte einen Styroporbecher mit schwarzem Kaffee in der Hand, den ich nicht trinke und der so dünn ist, dass man die Luftblasen an der Innenseite des Bechers sehen und die aufgeprägte Seriennummer am Boden lesen kann. Detective Harris hat ihn mir gebracht – *typisch*, denke ich –, während Overbey mit der Befragung anfing.

»Natürlich hab ich ihm geglaubt«, sagt Julie jetzt. »Er hat mir ein Messer an die Kehle gehalten.«

»Ein Messer aus der Küche«, sagt Overbey mit einem Blick in seine Aufzeichnungen, als wüsste er nicht bereits alles, was in der Polizeiakte steht. »Hatte er noch andere Waffen bei sich?«

»Sie war dreizehn«, mische ich mich ein, doch Overbey bremst mich mit erhobener Hand und nickt Julie aufmunternd zu, die tatsächlich einen ganz und gar ruhigen Eindruck macht.

»Nein, ich hab keine gesehen. Aber ich hab ihm geglaubt. Und wenn es mir jetzt noch mal zustoßen würde, nach allem, was ich über ihn weiß, würde ich ihm wieder glauben.« Sie holt Luft. »Als wir aus dem Haus waren, sind wir bei der CVS-Apotheke in einen Bus gestiegen, da am Memorial Drive, und zum Busbahnhof im Zentrum gefahren.«

»Hat irgendwer Sie gesehen?«

»Der Busfahrer vielleicht, aber ich hatte zu viel Angst, um was zu sagen. Am Busbahnhof hat er zwei Tickets gekauft. Wir sind in El Paso ausgestiegen.« Sie unterbricht sich, und ihr Blick wird stumpf. »Da hat er mich das erste Mal vergewaltigt.«

»Wissen Sie noch, wo Sie waren?«

»Irgendein Motel. Ich kann mich nicht erinnern, was für eins.«

»Motel Six? Econo Lodge?«

Sie starrt ihn mit eisigem Blick an. »Sorry. Wir sind nur ein paar Tage dageblieben, dann waren wir wieder weg. Wir waren die ganze Zeit unterwegs. In El Paso hat er ein Auto gestohlen ...« Overbey gibt Harris unauffällig ein Zeichen, ohne sie anzusehen, und sie notiert etwas. »... und eine Zeit lang sind wir damit herumgefahren, aber ich schätze, er hat's irgendwie verkauft. Eines Tages ist er einfach ohne Auto wiedergekommen.«

»Er hat Sie allein gelassen?«

»Ja. Er hat mich gefesselt und geknebelt, wenn er weg musste. Ich glaube, wir waren in Mexiko, als er das Auto verkauft hat, aber ich bin mir nicht sicher, weil meine Augen verbunden waren, und dann war ich lange Zeit hinten in einem Transporter.« Der Mit-Klebeband-gefesselt-in-einem-Transporter-Albtraum spult sich vor meinem inneren Auge ab. »Erst viel später hab ich kapiert, dass er mich verkauft hat.«

»Er hat was?« Overbey schaut abrupt auf.

»Er hat mich verkauft«, sagt sie. »An fünf Männer, vielleicht sechs.«

Harris nickt und wendet sich wieder ihrem Schreibblock zu.

»Haben diese Männer ...«

»Aber ja.« Mit kaltem, sprödem Lächeln. »Ja, allerdings.«

Ich muss die Augen schließen.

»Mrs. Whitaker, alles in Ordnung?«, höre ich Harris' Stimme.

Ich habe das Gefühl, mit geschlossenen Augen in kaltem schwarzen Nebel zu versinken, der an Armen und Beinen kribbelt. Ich höre, wie Overbey seine Kollegin korrigiert –

»Mrs. *Davalos* hat ihren Mädchennamen beibehalten« –, und reiße ruckartig die Augen auf, doch es dauert etwas, bis sich die schwarzen Punkte verziehen.

»Schon gut«, flüstere ich. Ich möchte nach Julies Hand greifen, doch sie hält die Arme fest vor der Brust verschränkt.

»Könnten Sie Einzelne von ihnen identifizieren?«

»Ich hatte verbundene Augen«, wiederholt sie geduldig.

»Irgendwelche Akzente?«

Sie überlegt. »Ein paar von ihnen haben sich untereinander auf Spanisch unterhalten, aber besonders viel hat keiner geredet. Das waren jedenfalls ein paar Tage, glaub ich. Ich kann mich nicht so genau erinnern. Dann haben sie mich weiterverkauft. Diesmal an einen wichtigen Mann.«

Die Detectives tauschen vielsagende Blicke. »An wen?«

»Seinen Namen hab ich nie erfahren. Die anderen Männer haben ihn *el Jefe* genannt, wenn sie über ihn geredet haben, und ihn mit *señor* angesprochen.«

»Weiter«, sagt Overbey ruhig, während Harris wie wild kritzelt. »Woher wussten Sie, dass er wichtig war?«

»Er hatte eine riesige Villa, ein richtiges Anwesen, mit Bodyguards und Personal, und jede Menge Typen mit dicken Knarren, die sich von ihm Befehle geben ließen.« Sie macht eine Pause und holt Luft. »Fragen Sie mich bitte nicht, wo es war. Ich weiß es nicht. Ich bin nicht rausgegangen.«

»Wie lange nicht?«

»Acht Jahre.«

Später erzähle ich Tom so wenig wie möglich; nur so viel wie nötig zur Erklärung der endlos vielen Seiten mit Polizeifotos, die Julie auf dem Revier durchgeblättert hat: Fotos mexikanischer Männer Mitte fünfzig mit hoher Stirn und feistem Kinn. Ich berichte von den verschiedenen Stadien ihrer Gefangenschaft, lasse aber die Zigarettenbrandwunden weg, nachdem sie versucht hatte zu fliehen; von den jahrelangen Vergewaltigungen, aber nicht, wie sie davon gesprochen hat, als schildere sie die Handlung einer eher uninteressanten Fernsehserie. Ich erzähle ihm, dass ihr Geiselnehmer sie sattbekam, aber nicht, dass sie ihm zu alt wurde, als sie kein Teenager mehr war; ich erzähle ihm, dass sie mit verbundenen Augen in einem Hubschrauber zum Dach eines Gebäudes in Juárez geflogen wurde, aber nicht, dass der Bewacher sie aller Wahrscheinlichkeit nach eher töten als freilassen sollte. Ich erzähle ihm, dass sie sich hinten im Laderaum eines Lasters versteckte, um über die Grenze zu kommen, aber nicht, dass sie sich vor der amerikanischen Grenzpolizei fürchtete, weil sie nicht wusste, ob sie nach so langer Zeit noch Englisch – oder überhaupt etwas – sprechen konnte. Dass sie an einer Ampel aus dem Laster sprang und wegrannte, aber nicht, dass sie sich viele Kilometer lang an der Zubringerstraße zur I-10 entlangschleppte, ohne vom Freeway aus gesehen zu werden, genau wie die Leute, die all ihre Habe in Plastiktüten an sich drücken und die man auf Parkplätzen von Raststätten geflissentlich übersieht.

»Mein Gott«, sagt er im Flüsterton. Als die Mädchen oben im Bett sind, sitzen wir beide am Küchentisch; eine sonderbare Rückkehr zu den Diskussionen, die wir vor langer Zeit hatten, über so banale Themen, dass mir unbegreiflich ist, warum wir uns damals die Mühe gemacht haben, das strikt unter uns abzuhandeln. »Sie glauben also, dass sie erst an einen Menschenhändlerring verkauft wurde? Und dann an einen Drogenbaron?«

Seltsam, wie sich das alles erst jetzt, da er diese Sätze laut ausspricht, zu einer Geschichte fügt, anders als bei dem Durcheinander an Worten im Verhörraum. »Es klingt ganz danach, ja.«

Tom beugt sich auf beide Ellenbogen gestützt am Küchentisch vor. Er ringt wirklich um Fassung, jeder Muskel ist angespannt.

»Nun, haben die Detectives das gesagt?«

»Eigentlich haben die kaum etwas gesagt«, antworte ich. »Sie haben nur ihre Aussage aufgenommen und Fragen gestellt.«

»Klar. Sie wollen nichts sagen, was uns aufwühlen könnte, beispielsweise, du weißt schon, *Menschenhandel* oder *Zwangsprostitution*. Das könnte ja bedeuten, dass sie davon wissen und nichts dagegen unternehmen können!« Bei diesem letzten Ausruf kippt Tom die Stimme, und er macht sich nicht mehr die Mühe zu flüstern.

»Es kann schon sein, dass sie etwas wissen. Harris hat was von einer Sondereinheit gesagt.«

»Ja, es gibt auf Landesebene eine Sondereinheit für Menschenhandel«, bestätigt Tom zu meiner Verblüffung. Mir fällt ein, wie viel Arbeit er da reingesteckt, wie vielen Suchorganisationen er sich angeschlossen hat, die Selbsthilfegruppe für Eltern vermisster Kinder, die Facebook-Seiten, und ich frage mich, welches Wissen er mir sonst noch voraus hat. »Die wurde vor ein paar Jahren ins Leben gerufen, nachdem eine große Reportage erschienen ist. Natürlich zu spät, um Julie zu helfen. Aber wir sollten wohl froh sein, dass sie ihnen helfen kann.« Er seufzt schwer. »Wie hat sie sich da drin gehalten?«

»Sie schien es ... gut zu verkraften«, sage ich. »Unter den

Umständen. Ein Detective hat mir gesagt, dass sie unter Schock steht und eine Therapie braucht.«

»Natürlich«, sagt Tom. »Ich suche ihr jemanden. Ich ruf noch heute Abend an.«

3

Um durch die erste Woche zu kommen, gehe ich mit ihr zum Shoppen. Was sonst soll ich mit dieser Einundzwanzigjährigen anfangen, die als Ersatz für meine dreizehnjährige Tochter aufgekreuzt ist? Außerdem hat sie nichts anzuziehen. An den ersten paar Tagen leihe ich ihr Sachen von mir – sie ist näher an meiner Größe als an der von Jane –, aber ich habe ein ganz merkwürdiges Gefühl dabei, sie in einer meiner strengen schwarzen Tuniken zu sehen, das blonde Haar vom übergroßen Kragen verschluckt. Auf mich wirkt sie wie eine Anziehpuppe aus Papier, ausstaffiert für eine Beerdigung.

»Ich hab was bei Target zu erledigen«, schwindele ich. »Kommst du mit? Wir können dir was zum Anziehen besorgen.«

Julie war immer ganz versessen auf den Großeinkauf zum Schulanfang. Wie begeistert sie all die Hefte, Füller und Buntstifte in Lila, Pink und Glitzergrün ausgesucht hat! Als i-Tüpfelchen habe ich ihr nach dem Üblichen – Jeans, T-Shirts, Unterwäsche – immer ein komplett nagelneues Outfit extra für den ersten Schultag gekauft, das sie dann wochenlang an ihrem Türknauf hängen hatte, während sie die Tage zählte. Ich gehe wieder in dasselbe Kaufhaus, Target, das sich in den acht Jahren natürlich kaum verändert hat, und frage mich, ob es bei ihr ähnlich angenehme Erinnerungen wie bei mir an eine unserer wenigen gemeinsamen Mutter-Tochter-Aktivitäten auslöst.

Doch als wir dann da sind, kommen mir die roten Wände irgendwie zu aggressiv vor, und vom Neonlicht, das die weißen Linoleumgänge grell ausleuchtet, kriege ich Kopfschmerzen. Julie folgt mir brav durch die Gänge, als wäre sie zum ersten Mal hier oder überhaupt in einem Laden, und ich zucke unwillkürlich zusammen beim Anblick der neonfarbenen Bikinis, sämtlich verheddert an ihren Bügeln, der Viskose-Minikleider, die unter dem Angebotsständer auf dem Boden liegen, und des schwarz-roten Zielscheiben-Logos, das über Wühltischen mit bunter Unterwäsche hängt. Wenn die Kleider in meinem Schrank zu freudlos für eine Einundzwanzigjährige wirken, so kommt mir hier alles zu billig und fadenscheinig vor für jemanden mit einem Gesicht wie Julies. Ich scheuche uns an der Bekleidungsabteilung vorbei, schnappe mir im Haushaltwarenbereich auf gut Glück einen Käsehobel, und wir stellen uns, ein wenig albern, an der Expresskasse an, um zu zahlen.

Julie stiert auf die Reihen von Schokoriegeln in ihren knallbunten Schachteln, und ich staune, wie sehr es der Situation ähnelt, als ich mit Jane am Gepäckkarussell stand: das Schweigen zweier Menschen, die so tun, als sei es das Normalste von der Welt, kaum miteinander zu reden. Bei Jane weiß ich freilich, dass sie nicht reden will, jedenfalls nicht mit mir. Bei Julie – wer weiß. Doch ganz gleich, auf welches Gespräch mit ihr ich warte, wir werden es jedenfalls nicht an der Expresskasse im Target führen, auch nicht während der zwei zusätzlichen Minuten, in denen die Frau vor uns über einen Rabattpreis diskutiert. Die Geschichte habe ich gehört, doch wer weiß schon wirklich, was sie durchgemacht hat und wie es ihr damit geht? *Sieh sie dir jetzt an*, denke ich, *wie sie ins Leere starrt.*

Was aber nicht stimmt. Als wir aus dem Laden raus sind und ins Auto steigen, sagt sie: »Den Film hab ich geliebt.«

»Welchen Film?«

»*Die Traumprinzessin*.«

Da fällt mir ein, dass ich ihn am Verkaufsständer bei der Kasse gesehen habe. Von dem Film erinnere ich mich an kaum etwas, bis auf die ungewöhnlich grellen Farben. Es ist eine dieser Internatsgeschichten, weiß ich noch, in der sie fies zu dem Waisenmädchen sind. Sie sperren sie auf dem Dachboden ein. Ich verspüre einen Anflug von Panik.

»Du hättest was sagen sollen, dann hätten wir ihn gekauft.«

»Schon okay. Ich will ihn nicht haben.«

»Wir können zurückgehen.«

»Mom. Es ist mir bloß wieder eingefallen.«

Doch in dem anschließenden Schweigen ist mir zum Heulen zumute. Sie sieht aus dem Fenster und sagt: »Der indische Herr sucht überall nach ihr, um ihr das Erbe ihres Vaters zu überbringen, dabei stellt sich raus, dass sie die ganze Zeit direkt nebenan gewohnt hat.«

Ich versuche etwas zu sagen, bringe aber keinen Ton heraus.

»Daran hab ich manchmal gedacht«, sagt sie knapp, wie zur Erklärung, und wendet sich wieder mir zu. Der Schleier der Freundlichkeit hat sich wieder über ihre Augen gelegt. Draußen beginnt es zu regnen.

Wir rasen zu Nordstrom, wo ich ihr haufenweise Seiden-Tanktops, Designerjeans, Kaschmirpullis im Ultra-Schlussverkauf, Kragenhemden, Folkloreblusen und schlichte, hauchdünne T-Shirts für fünfzig Dollar das Stück kaufe. Ich kaufe ihr eine Handtasche, einen Geldbeutel, einen Gürtel. Ein Paar braune Kalbsleder-Slipper, weiße Sandalen und drei Paar Ballerinas in verschiedenen Farben, alles Markenware, aber mit dem Label innen, damit man nicht sieht, wie teuer sie sind. Aber ich weiß es.

Sie wird es auch wissen, obwohl ich mir die größte Mühe gebe, die Preisschilder vor ihr zu verbergen, nachdem ich sie dabei ertappt habe, wie sie eins an einer Bluse gemustert hat und sie dann unauffällig an den Ständer zurückhängen wollte. »Julie«, sage ich mit fester Stimme. Sie nickt mit einem Anflug von Lächeln, und mich erfasst ein Freudentaumel, stark wie der erste Schluck Kaffee nach einer guten Nachtruhe.

Die nächsten beiden Stunden stehe ich vor der Umkleidekabine und reiche ihr alles in diversen Größen und Ausführungen: BHs, Blazer, selbst Badeanzüge. Während ich gerade überlege, in welches schicke Restaurant wir sie zuerst zum Essen ausführen werden, stößt sie die Tür der Umkleidekabine auf und streckt die Hand aus nach einem taillierten knielangen königsblauen Kleid in kleinerer Größe. Als ich es ihr reiche, erspähe ich durch die klaffenden Ärmelöffnungen des zu großen Kleids auf ihrem Brustkorb einen münzgroßen Klecks in einem bläulich-grünen Schwarz, das irgendwie nicht nach blauem Fleck aussieht. Die Tür geht zu, bevor ich sie danach fragen kann, und weil ihr das Kleid nicht steht, kaufen wir es schließlich nicht. Wir haben genügend andere zur Wahl.

Wir verlassen den Laden mit vier bis oben hin vollen Rieseneinkaufstüten, in jeder Hand eine, wie in einer Szene eines Films über reiche und mächtige Frauen. Und ich fühle mich *wirklich* mächtig, fast so, als wären wir ungestraft mit etwas davongekommen, obwohl die vierstellige Quittungssumme eher das Gegenteil belegt. Julie, in einem Stricktop und Jeans, lächelt ebenfalls, unbekümmert; die Preisschilder haben wir gleich an der Kasse abgerissen, noch während sich die lange Quittung aus dem Drucker schlängelte. Die Sonne ist hervorgekommen, während wir drinnen waren, und steht jetzt hoch und strahlend am Himmel, sodass die Pfützen auf dem Parkplatz verdunsten. Alles glitzert. Ein bisschen nervös stelle ich mir vor, wie Tom am Computer sitzt und die Transaktion in seinem angeschlossenen Buchhaltungsprogramm aufblinken sieht. Der Betrag ist höher als unsere monatliche Hypothek.

Erst spätnachts, kurz vor dem Einschlafen, bringt mich dieser spezielle bläulich-grüne Farbton auf ihrem Brustkorb auf das Wort »Tätowierung«.

Am nächsten Tag fahre ich sie zu einem Bürohochhaus mit Waschbetonfassade am Memorial Drive, nachdem Toms Anruf eine Überweisung an die düstere, leicht heruntergekommene Praxis einer Diplompsychologin namens Carol Morse ergeben hat. Julie geht hinein, und im Wartebereich, wo die Gummibäume seltsamerweise ganz ohne natürliche Lichtquelle wachsen und gedeihen, ziehe ich ein Buch über Byrons Landschaftsauffassung aus der Tasche, nur um es wieder aus der Hand zu legen und die nächsten anderthalb Stunden in Zeitschriften zu blättern. Ich denke an die vielen Termine, die noch kommen werden, sämtliche Wartezimmer, in denen ich noch sitzen werde, und hoffe auf regelmäßigen Zeitschriftennachschub.

Auf dem Rückweg fragt Julie, ob sie nicht selbst zweimal die Woche zu ihren Therapieterminen fahren könne.

Tom und ich streiten uns volle drei Tage über das Thema.

»Sie kann nicht ohne Führerschein fahren«, sagt er. »Schluss, aus, fertig.«

»Die Praxis der Therapeutin ist nicht so weit weg. Julie muss noch nicht mal auf den Highway ...«

»Dann besorgen wir ihr ein Fahrrad.«

Aber in einer Stadt ohne Bürgersteige, von Fahrradwegen ganz zu schweigen, kommt mir ein Fahrrad gefährlicher vor als ein Auto. »Damit sie angehupt oder sogar angefahren wird? Leute werden vom Fahrrad gerissen und verschleppt, Tom. Und im Bus ist es auch nicht besser.« *Schutzlos*, möchte ich sagen. Ich denke an Julie, wie sie an der Zubringerstraße entlanggeht. »Natürlich wird sie den Führerschein machen, aber das dauert Monate, und dann die ganzen Tests, Formulare und Dokumente. Was soll sie solange machen? Sie wird einen Sehtest brauchen ...«

»Sicher! Aus gutem Grund«, sagt Tom, aber ich merke, dass er ins Schwanken kommt, und lege mich weiter ins Zeug. Es ist das Erste, worum Julie mich wirklich gebeten hat, und sie hat *mich* gebeten, nicht Tom. Wahrscheinlich will sie aus dem gleichen Grund wie ich allein im Auto sein. Man fühlt sich beschützt, gepanzert, wenn man hoch hinter den getönten Scheiben in der klimatisierten Luft sitzt und vollkommen seine Ruhe hat. Hier geht es um etwas Besseres als Kleider, und ich kann es ihr verschaffen.

Schließlich einigen wir uns auf einen Kompromiss. Ich melde Julie zum Sommer-Führerscheinkurs am Community College in unserer Nähe an, und Tom ist einverstanden, jetzt schon mit ihr Fahren zu üben, sodass sie selbst zur Therapie und zurück fahren kann, vorsichtig, auf kleinen Seitenstraßen. Mit den Privatstunden kriege ich ihn herum. Angesichts ihrer Begeisterung schmilzt sein Widerstand dahin, und in der nächsten Woche sind sie wie zwei Verschwörer in aller Frühe auf den Beinen und brechen für ein paar Stunden zu diversen Parkplätzen im Stadtgebiet auf. Wenn sie wiederkommen, essen wir zusammen Mittag, und dann geht Tom arbeiten, während Julie und ich im Pool schwimmen. Nachmittags fahre ich mit ihr Einkaufen – Möbel für ihr Zimmer, die wir in einem Aufwasch bei IKEA erstehen wie für eine Collegestudentin – oder zu ihren Therapiesitzungen oder gelegentlich ins Kino. Nach dem gemeinsamen Abendessen sehen wir fern, und Jane hält sich in der Nähe und schreibt eifrig in ihr Notizbuch. Es ist ein gemütlicher Tagesablauf, bei dem wir immer wissen, wo Julie gerade ist, und uns die gemeinsame Zeit angenehm mit Beschäftigungen vertreiben. Wir brauchen nie lange nach Gesprächsthemen zu suchen, die nichts mit ihrem achtjährigen Verschwinden zu tun haben, oder nach Gründen, sie sacht am Unterarm zu berühren, ohne dass wir uns etwa von ihrer Anwesenheit überzeugen wollten.

In den ersten paar Wochen scheint es, als würde es immer so weitergehen, kleinere Störungen ungeachtet. Tom wird am Telefon barsch, wenn er die Rufnummer nicht erkennt, und sagt den Journalisten, die anrufen, dass wir noch nicht an einem Gespräch interessiert sind. »Ich weiß nicht, wann«, blafft er sie an. »Unsere Familie braucht jetzt erst einmal Ruhe.« Er wimmelt die Anrufer ab, und ich lasse mich in die selige Gewissheit zurücksinken, dass er sich um alles kümmert – wie damals in den Tagen nach der Tragödie. Im Hinterkopf lauert einiges, was ich beiseiteschiebe – meine Arbeit, Janes Leistungsnachweise, Hilfsangebote für Vergewaltigungsopfer –, doch dann schreibe ich meinem Institutsleiter eine Mail, dass ich die Studenten meines Seminars später benoten werde, und sage mir, dass Jane, die neben Julie stiller geworden ist, bestimmt gut mit ihren Seminararbeiten vorankommt. Womit sonst kann sie ihre Kladde vollkritzeln? Und als Julie nach ein paar Wochen frühmorgendlicher Fahrstunden mit Tom selbst fährt, schafft sie es prima zu ihren Sitzungen und zurück, genau wie ich es mir vorgestellt habe. Das ist unsere neue Normalität, und es fühlt sich an, als erlernten wir sie alle gemeinsam, als Familie.

Tom und ich schlafen sogar wieder miteinander, was seit Jahren nicht mehr regelmäßig vorgekommen ist. Er fasst mich behutsam an, als spürte er, dass sich meine Haut fast wund anfühlt. Julie ist seit ein paar Wochen bei uns, und obwohl ich mich daran gewöhne, ist es immer noch ein Gefühl, als hätte mich jemand am ganzen Körper mit Sandpapier abgeschmirgelt. Jede Pore scheint offen zu sein, jedes Haar ein dünnes Fädchen, das nur darauf wartet, beim leisesten Lufthauch zu erschauern. Ich habe mich so lange bemüht, jegliche Empfindung zu unterdrücken. Ich weiß noch, als die Trauer so übermächtig war, dass ich bei laufendem Fernseher auf dem Sofa lag, einen Wodka-Cocktail nach dem anderen in mich reinschüttete, bis mir schwarz vor Augen wurde, mich so still verhielt wie irgend möglich und in der Kunst der Gefühlstaubheit übte. Und jetzt fühle ich mich wie in siedendes Wasser getunkt, als schäle sich die taube Hülle ab, und Luft attackiere die darunter zum Vorschein kommende Haut.

Falls etwas fehlt – falls ich mich ängstige, sie ganz so wie früher zu lieben –, dann nur, weil sich meine Liebe so übermächtig und intensiv anfühlt, dass ich fürchte, mich aufzulösen, wenn ich ihr freien Lauf lasse, dass es meine Haut wie Wolkenfetzen davonweht und nichts von mir übrig bleibt.

Eines Morgens wache ich davon auf, dass Jane an meinem Bett steht und mich am Ellenbogen rüttelt. Im ersten Moment, noch in Träumen befangen, an die ich mich nicht erinnern kann, denke ich, alles ginge von vorn los.

»Mom«, flüstert sie eindringlich. »Mom, wach bitte auf.«

Ich taste instinktiv nach Tom auf der anderen Seite.

»Weck Dad nicht auf. Komm einfach schnell, okay?«

Mir fällt rechtzeitig genug ein, dass ich unter der Decke nackt bin, um sie nicht aufzuschlagen. Jane merkt es. »Ich warte draußen. Es ist wegen Julie«, ergänzt sie überflüssigerweise, denn selbst als ich ganz wach bin, kann ich die Erinnerung an damals nicht abschütteln.

Ich verzichte auf den Bademantel und ziehe mir Jeans und das T-Shirt von gestern über, falls wir gleich ins Auto müssen. »Ist sie verschwunden?«, frage ich, als ich aus dem Schlafzimmer raus bin, während die Aircondition mir eine Gänsehaut macht.

Jane wirft mir einen seltsamen Blick zu und schüttelt den Kopf. »Nein, nicht so was. Ich glaub, sie ist krank.«

Wir flüstern immer noch, während sie mich nach oben führt. Jane späht durch den Flur zur geschlossenen Badezimmertür.

»Es ist abgeschlossen«, sagt sie ratlos.

»Wie lange schon?«, frage ich.

»Weiß nicht. Schon bevor ich aufgestanden bin, vor einer halben Stunde. Ich hab gedacht, sie badet, aber dann hab ich sie gehört – wie sie gestöhnt hat oder irgend so was. Auf mein Klopfen reagiert sie nicht.« Ihre Stimme klingt zitterig.

Ich gehe zur Badezimmertür und klopfe behutsam. »Julie?«

Kein Stöhnen ist mehr zu hören, nur ein rhythmisches Klappern und Rascheln, was mir sofort Nachtstunden ins Gedächtnis ruft, die man würgend über der Toilettenschüssel verbringt.

»Liebes, ist alles in Ordnung mit dir? Tut dir was weh?«

Nur zwei Wörter, die explosionsartig mit dem Atem ausgestoßen werden, kaum zu verstehen.

»Was?«

»Geh weg«, gefolgt von einem Japsen.

Ich drehe mich zu Jane um. »Hol eine Decke aus dem Flurschrank und leg sie ins Auto. Mein Schlüssel liegt auf dem Tisch. Ich komm in ein paar Minuten nach.« Sie geht sofort, folgt aufs Wort.

Zur Badezimmertür sage ich: »Julie. Du wirst mich reinlassen müssen. Du schließt jetzt die Tür auf, okay?«

Nichts als ein Stöhnen, und das Klackern der Klobrille.

Ehe ich mich versehe, bin ich im Bad. Daran kann ich mich später nicht erinnern, aber Tom erzählt mir, er sei von einem hämmernden Geräusch (ich) und Schreien (Julie) aufgewacht, und als er in seiner Boxershorts im Flur ankam, habe mein Arm bereits bis zur Schulter in dem Loch in der geborstenen Badtür gesteckt, und dann habe ich den Türknauf von innen aufgedreht, den Arm rausgezogen und die Tür geöffnet. Zwischen meiner blutigen Faust und dem Blut auf dem Badezimmerboden sei überall Blut gewesen, und er habe sich wie wild umgesehen und nach dem Eindringling gesucht, der unser Haus so verwüstet hatte.

Aber wie auch immer ich reingekommen bin, ich weiß nach einem Blick auf Julie sofort, was mit ihr los ist. Ich hatte selber eine, nach Jane. Es ist eine schmerzhafte, blutige Angelegenheit, und doch habe ich nicht vergessen, dass ich mir in den schlimmsten Zeiten wünschte, ich hätte Julie auf diese, nicht auf jene andere Weise verloren.

Ihr Gesicht ist tränenüberströmt. Ich lege ihr ein Handtuch um die Schultern und helfe ihr hoch. »Ich ruf dich aus dem Krankenhaus an«, sage ich zu Tom, der uns, noch immer zitternd, die Treppe hinunter in die Küche folgt. Als Letztes sage ich zu ihm, wie er da so in Unterhose neben der Kochinsel steht: »Ich wusste gar nicht, dass wir eine Pistole haben.« Hauptsächlich, um ihm klarzumachen, dass er sie in der Hand hält. Er starrt auf die Waffe hinunter, als habe er es selbst nicht gewusst.

»Alles in Ordnung mit ihr«, berichte ich Tom am Handy auf meinem Stuhl im Wartebereich. »Eierstockzysten können sehr schmerzhaft sein, wenn sie reißen. Sag Jane, dass alles gut ist.« Er gibt sich nicht damit zufrieden. »Ja, sie kümmern sich auch um den Blutverlust, aber sie halten es nicht für was Ernstes. Viel davon war meins, von der Tür. Der Ultraschall …«

Das Ultraschallbild hat einen kleinen ungleichmäßigen Klecks gezeigt, schon halb aufgelöst, am frühen Morgen herausgespült, winzige Gewebestückchen in einem dickflüssigen roten Schwall. Als sie sah, was auf dem Monitor war, wurde sie blass und still, ließ meine Hand los und sagte: »Geh raus.« Ich ging, aber nicht ohne mir zuvor ihr Gesicht anzusehen.

Sie hatte es gewusst.

Ich beende das Gespräch mit Tom, stecke das Handy wieder in die Tasche und bleibe sitzen. Falls irgendwer vom Notaufnahmepersonal mich gehört und gewusst hat, dass ich lüge, ist es ihnen keinen müden Blick wert. Wetten, sie haben von mehr als genug Fehlgeburten gehört, die am Telefon mit Dad zu gerissenen Eierstockzysten wurden.

Ich greife nach einer Zeitschrift und zucke vor Schmerz in meinen bandagierten Händen zusammen. Beim Gedanken an die Kleider, die ich ihr gekauft habe, verziehe ich das Gesicht: Saßen die Röhrenjeans in den letzten Wochen noch knapper? Hatte ich es übersehen? Mir fällt das Tattoo ein, und vor allem, was sie der Polizei gesagt hat: »sechs Monate.« Mittlerweile sieben. Ich nehme mir den Gedanken selbst übel: *Sie hat gelogen, gelogen, gelogen.*

Doch etwas verschweigen heißt nicht gleich lügen, oder? Dazu ist die Therapie gut, all die scheußlichen Einzelheiten loszuwerden, die sich nicht unbedingt zu einem sinnvollen Ganzen fügen, auf die es aber ankommt. Das wird sie doch wohl zweimal die Woche anderthalb Stunden in der Praxis der Therapeutin tun: mit einer Ersatzmutter reden, ist das etwa nicht die Theorie? Eine geschulte Fachkraft, auf die sie eine Version von mir projizieren kann, die, anders als mein reales Ich, mit allem umgehen, es für sie einordnen und ihr erklären kann.

Plötzlich erscheint mir die Therapeutin, Carol Morse, als die Lösung. Natürlich darf sie mir nichts Vertrauliches verraten, doch unter den Umständen – eine Schwangerschaft, eine Fehlgeburt, Julies gefährdete Gesundheit – fällt ihr vielleicht ein, wie sie mir trotzdem gewisse Einblicke in das Innenleben meiner Tochter gewähren kann. Da ist so vieles, was ich nicht von Julie weiß, aber ich kann die Wahrheit aushalten. Mir ist schon das Schlimmste passiert, was einer Mutter zustoßen kann. Und jetzt in gewissem Sinne auch Julie. Das haben wir gemeinsam.

Als sie endlich entlassen ist, gehen wir zum Auto. Ein weiteres Mal wurden aus Nachtstunden während unserer Zeit im Krankenhaus frühe Morgenstunden. Die Sonne geht auf, der Freeway liegt noch leer und in milden Schimmer getaucht da, der bereits eine Ahnung der bevorstehenden Hitze in sich trägt. Ein paar Minuten fahren wir schweigend.

»Es war der Wachmann«, sagt sie. »Im Hubschrauber. Ich weiß nicht, warum ich es nicht erzählen wollte. Wahrscheinlich, weil ...« Sie ringt mit Worten. »Es war keine richtige Vergewaltigung.«

Pause. Ich greife nach dem Puzzleteilchen, versuche es passend zu machen.

»Ich meine, ich hab's ihm angeboten. Hab mir gedacht, dass er mich dann eher am Leben lässt. Ich ... ich wollte es dir nicht sagen. Weil ich mich geschämt habe. Auf jeden Fall hab ich geglaubt ...« Sie keucht ein wenig. »Ich hab gedacht, ich könnte nicht schwanger werden. Meine Periode war noch nie regelmäßig, seit ...« Sie unterbricht sich, als mir eine Träne über die Wange kullert. »Na ja, noch nie.«

Ich nicke. Diese Frau ist älter als einundzwanzig. Ich bin nicht so alt wie sie, und ich bin sechsundvierzig und habe überall im Gesicht tief eingegrabene Trauerfalten, die nie mehr weggehen werden. Aber sie hat es gewusst. Ich habe ihr Gesicht gesehen, als sie auf den Ultraschallmonitor blickte.

»Ich liebe dich«, sage ich, und es ist die Wahrheit, die reine Wahrheit. Doch in dieser neuen Welt, nach der Fehlgeburt, klingt es wie eine Lüge.

»Mom«, sagt sie voller Verzweiflung.

»Ich werde deinem Vater und Jane nichts sagen. Das bleibt unter uns.«

Eine warme Welle der Erleichterung umgibt sie, als sie

sich wieder in ihren Sitz schmiegt. Das hat sie die ganze Zeit gewollt. Sie schaut aus dem Fenster, ich auf die Straße vor uns, und mit unserem Geheimnis sind wir uns näher als je zuvor.

Julie

wachte mit einem erstickten Schrei zu einer neuen Runde Bauchkrämpfe auf.

Der Fernseher lief noch, aber ohne Ton. War es derselbe Film, zu dem sie eingeschlafen war, oder ein anderer? Während sie noch im Halbschlaf lag, kam Tom die Treppe aus ihrem Zimmer runtergerannt, das er immer noch tagsüber als Büro nutzte, bis die beiden entschieden hatten, wo sie seinen Schreibtisch hinstellen sollten. Es machte sie nervös, aber sie wollte es nicht ansprechen.

Als sie ihn am Fuß der Treppe stehen sah, ging ihr kurz durch den Kopf, wie er am Abend zuvor eine Waffe in der Hand gehalten hatte, und sie fragte sich, wo die jetzt wohl war.

»Hab ich dich rufen gehört? Alles in Ordnung?«

»Alles okay. Ich hab nur schlecht geträumt.« Anfangs hatte sie von Cal geträumt, aber dann war es schlimm geworden, als die Krämpfe immer heftiger durch ihren Körper schossen. Solange Tom da stand, konnte sie sich nicht an das Schlimmste erinnern, nur an ein Gefühl von Erde überall am Mund und die Farben Gelb und Rot – so wie die Häkeldecke, stellte sie angeekelt fest und schleuderte sie von sich runter. Seit sie wach war, flaute das stechende Ziehen in ihrem Unterleib bereits zu einem dumpfen, tauben Schmerz ab.

»Kann ich dir eine Tasse Tee machen?«

»Ich würde gern rausgehen.« Irgendwie war die Luft hier drinnen kalt und stickig zugleich, und bei den großen Fenstern fühlte sie sich wie so ein Museumsstück hinter Glas. Oder vielleicht lag es daran, wie sie sie alle beobachteten. »Kann ich das Auto nehmen?«

»Deine Mutter ist vor Kurzem damit weg. Und Jane hat meins«, sagte er rasch. Sie spürte, dass ihm die Vorstellung von ihr ohne Führerschein am Steuer immer noch nicht behagte. »Deine Mom kommt sicher bald wieder. Sie wollte nur ein paar verspätete Seminararbeiten aus der Uni holen. Warum ruhst du dich nicht noch ein bisschen aus? Du könntest dir noch einen Film ansehen.«

Sie schwenkte die Füße vom Sofa. »Schon okay. Ich geh einfach spazieren.«

Er sah skeptisch zu, wie sie sich in den Stand hochhievte. Sie war etwas wackelig auf den Beinen, so als steckten ihre Füße noch in den Haltebügeln. »Mir geht's gut, Dad«, rang sie sich ab. »Ich muss nur den Kopf freikriegen. Ich geh und zieh mir was an, okay?«

Er nickte. »Ich bin dann in der Küche.«

Sie ging in ihr Zimmer, zog die Wandschranktür auf und betrachtete die Reihen von nagelneuen Ballerinas und Stiefeletten, manche noch ungetragen in ihren Schachteln. Am anderen Ende des Flurs, in Janes Zimmer, sah sie ein Paar ausgelatschte Converse-Chucks, die neben Janes Bett lagen, wo sie sie normalerweise abstreifte. Einer spontanen Eingebung folgend, ging sie über den Flur und griff zu. Weil sie ihr ein bisschen zu groß waren, zog sie ein zweites Paar Socken drunter, fädelte die Schnürsenkel, statt sie sich wie Jane um die Knöchel zu wickeln, bis ganz oben ein und machte einen

Doppelknoten. Sie wollte Schuhe, die sie nicht verlieren würde, falls sie losrennen musste.

Bei dem Gedanken hatte sie gleich noch mehr das Gefühl von Pudding in den Beinen. Sie schnappte sich ein Kapuzenshirt aus Janes Schrank, überlegte es sich dann anders – es könnte Tom auffallen – und hängte es zurück. In ihrem Schrank gab es so was gar nicht, bloß Cardigans, Blazer und anderes Zeug, was sie noch nie im Leben getragen hatte. Deshalb hatte sie das alles im Laden aufregend gefunden, aber jetzt kamen ihr die frischen Pastelltöne viel zu bonbonhaft vor. Zu auffällig. Sie schnappte sich den neutralsten Cardigan, weich und grau, und zog ihn über. Dann griff sie zwischen ihre nagelneue, zermürbend harte Matratze und den Bettkasten, zog das Handy hervor und steckte es sich in die vordere Hosentasche, in der Hoffnung, dass der Cardigan es größtenteils verdecken würde.

Unten eilte sie an Tom vorbei, bevor er sie umarmen konnte, schnappte sich ihre neue Handtasche und rief über die Schulter »bin vor dem Abendessen wieder da«, während die Tür langsam hinter ihr zufiel und die Außenluft sie im Gesicht traf wie Dampf aus einer Suppenschüssel. Wenn man in Toms und Annas heruntergekühltem Haus hockte, vergaß man leicht die Bullenhitze, die einen auf der anderen Seite der Fenster erwartete. Am Ende der Auffahrt schälte sie sich aus dem Cardigan und stopfte ihn in die Handtasche.

An der nächsten Straßenecke fischte sie das Handy aus der Tasche und schaltete es an, dankbar für ihre Eingebung in letzter Minute, es damals mit ihren Ausweisen in das Gebüsch vor dem Haus zu werfen. In Ohnmacht fallen hatte nicht zum Plan gehört. Vielleicht lag es an der Hitze und dem vielen Gehen, aber als Jane in den Flur gekommen war, hatte Julie gedacht, sie sähe Charlottes Gespenst. Das Krankenhaus hatte auch nicht zum Plan gehört, aber wenigstens hatte die Ärztin sie über gewisse Einzelheiten aufgeklärt.

Einzelheiten, die Anna jetzt natürlich auch kannte.

Kein Wunder, dass sie sich so schwach gefühlt hatte. Da hatte sie doch die ganze Zeit geglaubt, sie würde gegen die Liebe ankämpfen oder sich von ihr losreißen, von diesem warmen Zugehörigkeitsgefühl, das jedes Mal, wenn Cal sie ansah, ihre Eigenständigkeit bedrohte. Jetzt wusste sie, dass die Ablösung tiefer ging, bis in Blut, Knochen und Gewebe. Kein Wunder, dass sie sich verletzt gefühlt hatte, vereinnahmt.

Nur gut, dass er nie herausgefunden hatte, was in ihrem Bauch gewesen war.

Sich das Handy zurückzuholen, war knifflig gewesen, weil sie sie an diesen ersten paar Tagen kaum aus den Augen gelassen hatten. Aber am dritten Tag war sie zum Postholen rausgeschlüpft und hatte es auf dem Rückweg aufgehoben. Zum Glück war es unter dem Vordach trocken geblieben, und die Ausweise, die sie mit Gummibändern daran befestigt hatte, waren auch alle noch da. Als sie es aufgeladen hatte, leuchtete das Display auf, und da war Cal und lächelte sie mit diesem vertrackten Ausdruck voller Liebe und Vertrauen an, den sie so tief in sich aufgesogen und der sie so stark gemacht hatte – stark genug, um daran zu denken, wer sie wirklich war und warum er es nie erfahren durfte. Als sie damals in der Bücherei den Artikel entdeckt hatte – Cal hatte sie zum Lernen für ihre Collegezulassung dort abgesetzt –, war sie stark genug gewesen, um sich loszueisen.

Alles andere hatte sie von ihrem Handy gelöscht, noch bevor sie aus Seattle raus gewesen war, aber von Cals Anblick hatte sie sich einfach noch nicht trennen können. Seltsamerweise kam es ihr so vor, als wäre er immer noch irgendwie bei ihr. Als sie im Krankenhaus erfahren hatte, was es war, hatte sie sich vorgestellt, eines Tages, wenn sie hier fertig war, könnte sie zu ihm zurück.

Sie wusste, das war eine dumme Idee, und ihr Körper sah es auch so. Er hatte ihr die Entscheidung abgenommen. Sie warf einen letzten langen Blick auf Cals Gesicht und stellte sich kurz vor, dass sie wieder neben ihm lag, mit den Fingerspitzen über seine Brust fuhr, seine Finger in ihrem Haar vergraben, und zuhörte, wie er ihr das weiße Gesicht seiner Mutter beschrieb: wie sie mit einem zugeschwollenen Auge aus dem Rückfenster des VWs seiner Tante schaute. Einen letzten ausdruckslosen Blick auf den kleinen schwarzen Jungen warf, der am Küchenfenster weinte, bevor sie den blonden Kopf wegdrehte und ihm endgültig den Rücken kehrte.

Julie hatte schon verstanden, und es ging nicht nur darum, dass auch sie blond war. Manchmal mussten Leute eben fortgehen, hatte sie sich gedacht. Sie holte tief Luft und drückte auf Löschen.

Dann bemerkte sie die neue Voicemail. Die Nummer erkannte sie nicht, also drückte sie auf Start und hörte sie sich an, riss aber im nächsten Moment das Handy vom Ohr, als hätte es sie gebissen. Wie oft musste sie ihn noch löschen, bis er weg war? Und wie oft würde es noch wehtun? Sie war nie rangegangen und hatte sich seine Nachrichten nach den ersten paar Malen nicht mehr angehört; die liefen alle auf das Gleiche hinaus. Jetzt versuchte er es von verschiedenen Nummern aus, wollte sie überrumpeln.

Sie sah sich noch einmal die rätselhafte Nummer an und

erkannte schlagartig die Ortsvorwahl: Portland, Oregon. Es konnte Zufall sein oder das Handy eines Freundes. Doch was, wenn er tatsächlich in Portland war? Dann versuchte er vielleicht, sie aufzuspüren, und folgte ihrer Fährte, angefangen bei Will. Natürlich würde er damit anfangen. Er hatte sowieso schon immer einen Vorwand gesucht, sich mit Will anzulegen und ihre Sachen zu holen. Er sagte, es sei wichtig, sich seiner Vergangenheit zu stellen, als ob er davon eine Ahnung hätte. Aber er könnte es genau jetzt herausfinden. Und wenn er erst einmal in der Richtung anfing, wie lange würde es dann wohl dauern, bis er sie fand?

Während sie sich so in Toms und Annas Wohngegend umsah, konnte sie selbst kaum glauben, dass sie hier war, und sich noch viel weniger vorstellen, dass Cal hier auftauchen würde. In der Hitze des Nachmittags, weit und breit keine Fußgänger, gab es zwar hohe weiße Bordsteine, aber keine Bürgersteige, und sie ging auf der Straße, wich hie und da Streifen heißen Teers im Asphalt aus. Sie kam an einem Einfamilienhaus nach dem anderen vorbei, allesamt riesig in ihren Augen nach Cals winziger Wohnung in Seattle, mit gepflegtem saftiggrünem Rasen, üppigen Sträuchern und Begonienstauden, die so perfekt und starr in der heißen Luft dastanden, dass sie aussahen wie Seidenblumen. Manche Veranden hatten Säulen wie bei Plantagen-Herrenhäusern.

Sie horchte nach Verkehrsgeräuschen, verließ die Eigenheimgegend und folgte einer vielbefahrenen Straße. Die vorbeirasenden Autos schleuderten ihr heiße Abgase und Schotter gegen die Knöchel. Auch hier gab es keinen Bürgersteig, nicht einmal einen Bordstein, nur einen schmalen Trampelpfad durch die Fingerhirse am dreckigen Straßenrand, der in Abflussgräben voller Unkraut und Gestrüpp überging.

Sie passierte eine ausgedehnte Ladenzeile: Kroger, Qwik Klean, Jenny's Geschenke, der streifige Glaskasten einer Dairy-Queen-Milchbar. Das einzig logische Ziel dieses verwilderten Wegs war die Bushaltestelle. Mit einem Blick zum Wartehäuschen sah sie drei Frauen in Dienstuniformen, die auf den Bus warteten, jede mit einem Rollwagen voller Flaschen. Putzfrauen. Vom bloßen Anblick bekam sie Rückenschmerzen.

Als sie an einem McDonald's vorbeikam, sah sie eine längliche blaue Markise aus dem Einkaufszentrum dahinter hervorragen: BOBBY'S BILLARDSALON stand da in schmutzig weißen Blockbuchstaben. Erleichtert ging sie darauf zu. Also gab es hier doch Verstecke. Obwohl die anderen Läden in dem Einkaufszentrum vorne verglast waren, stellte sie fest, dass die Fenster von Bobby's mit verwittertem Sperrholz verrammelt waren, und fragte sich, ob es wohl Betrieb im Hinterzimmer gab. Nicht dass sie es nötig gehabt hätte, versicherte sie sich rasch selbst; sie wollte nur ein paar Wochen hier bleiben. Aber es war sicherlich keine schlechte Idee, sich einmal umzusehen. Außerdem hatte sie Geld in der Brieftasche, und vielleicht wollte sie nichts weiter, als ein paar Stunden weg von der Straße in Ruhe hier sitzen und die Bauchschmerzen wegtrinken.

Um diese Zeit am Nachmittag hielten sich nur ein paar Kneipenhocker am Tresen auf und quatschten mit der lockigen Barkeeperin, die laut lachend auf einem Brettchen Limetten viertelte. Niemand beachtete sie, bis sie sich an die Theke lehnte. Da stockte das Lachen der Barkeeperin.

»Was willst du, Schätzchen?« Mit zusammengekniffenen Augen: »Arbeit? Da musste über achtzehn sein.«

»Ein Corona, bitte.«

Die Frau lachte. »Dafür müsstest du mir schon 'nen Ausweis zeigen, Süße.«

Julie kramte in ihrer neuen Brieftasche und fischte einen raus, laut dem sie vierundzwanzig war. Noch als sie ihn aus der Hand gab, überkam sie kurz Panik. Es war ein kalifornischer Führerschein, ein echter, bei dem man richtig Ärger bekommen konnte, wenn man ihn unbefugt benutzte.

Die Wirtin warf einen langen strengen Blick drauf und sah danach erst sie, dann wieder den Ausweis an. »Mercedes Rodrigues?«, fragte sie und zog die Silben so in die Länge, als wäre das ein unmöglicher Name, egal für wen.

»Mercy«, sagte Julie automatisch. Als sie Mercy das letzte Mal verwendet hatte, waren ihre Haare noch kurz und braun gewesen, aber in Bobby's Billardsalon war es dunkel, und das Gesicht mit den breiten Wangenknochen und blauen Augen sah ihr schon recht ähnlich. *Mercy, Mercy,* befahl sie ihrem Gesicht, *sieh aus wie Mercy.*

Fast hätte es geklappt. Sie spürte, wie die Frau sich Interesse abringen wollte. Dann rief jemand »Bev!« vom Ende der Theke, die Wirtin schaute verschreckt über die Schulter, und als ihr Blick wieder zu Mercy zurückwanderte, ließ sie sich nichts mehr vormachen. »Sorry, Señorita«, sagte sie unwirsch. »Du siehst nicht aus wie vierundzwanzig, und es ist ein Führerschein aus einem anderen Bundesstaat. Hier in der Gegend kann man nicht vorsichtig genug sein. Was weiß ich, du könntest ja einfach von der Highschool rüberspaziert sein.« Bev warf den Ausweis auf den Tresen und verzog sich.

Diese verdammte Stadt. Sie hatte nicht vor, lange zu bleiben, aber sie hatte keine zehn Seitenstraßen von Toms und Annas Haus entfernt einen geklauten Ausweis gezückt und war auf der Nase gelandet. *Man soll nicht da hinscheißen, wo man isst,* hatte zwar etwas anderes bedeutet, als sie im Black Rose arbeitete, doch hier traf es genauso zu. Sie langte nach dem Führerschein und stopfte ihn sich wieder in die Tasche.

Nun starrten die beiden Männer an der Theke sie an. Der eine sagte: »Komm schon, Bev, sei nicht so!«

Der andere fiel ein: »Die ist alt genug. Seh ich ihnen immer an, das ist wie mit Jahresringen bei ’nem Baum.« Er brach in schallendes Gelächter aus.

Jetzt musste sie wirklich hier weg. Ohne langes Nachdenken zückte sie das Handy und wählte eine der Nummern, die Tom und Anna ihr diktiert hatten, damit sie sie auf einem Zettel in der Handtasche immer dabeihatte.

»Hallo?« In der Stimme lag der Argwohn einer Person, die rangeht, obwohl sie die Nummer nicht erkennt.

»Hey, Jane«, sagte sie. »Hier ist Julie.«

»Wo bist du? Was ist das für eine Nummer?«

Sie schaute aus dem Fenster und sah ein Schild auf der anderen Straßenseite. »Ich bin im nächsten Starbucks. Hab mir von jemandem das Handy geliehen. Hör mal, ich musste dringend da raus. Ständig glucken Mom und Dad um einen rum. Kannst du mich abholen?«

»Meinst du das Starbucks am Memorial?«

»Ja, aber ich muss Schluss machen, die Frau hier braucht ihr Handy wieder.«

»Bleib, wo du bist, ich bin gerade bei einer Freundin. Bin in ein paar Minuten da.« Jane legte auf.

Julie schmiss die Kneipentür so fest hinter sich zu, wie sie sich nur traute, doch kurz vor dem Rahmen prallte die von einem Luftpolster ab, und sie konnte noch die lachenden Stimmen drinnen hören, während sie über die Straße rannte. Eine Viertelstunde später bog Jane in Toms SUV auf den Starbucks-Parkplatz ein, fuhr das Fenster runter und sagte: »Schicke Schuhe.«

»Danke.« Julie sah an sich runter und entdeckte Janes Chucks an ihren Füßen. »Ich meine, sorry.«

»Schon okay.« Trotz der dunklen Haare mit Pony sah Jane Charlotte doch gar nicht so ähnlich. Jane war größer und stärker, sagte sich Julie.

»Mom hat mir lauter so Ballerinas gekauft«, entschuldigte sie sich. »Ich wollte bloß was, wo ich mit rumlaufen kann.« Sie zog die schwere Beifahrertür auf und kletterte rein.

»Hab doch gesagt, ist okay.« Aus der Nähe betrachtet, besonders wenn Jane lächelte, sah Julie ihr an, dass sie nie besonders weit von zu Hause weg gewesen war. Die Uni zählte nicht, selbst wenn sie einmal quer durchs halbe Land entfernt lag – das war immer noch näher an zu Hause, als einen eine einzige Busfahrt bringen konnte. Abgesehen von Janes Piercings (zwei: Nase und Augenbraue), Tattoos (zwei kleine, eins an der Schulter, eins an der Hüfte, und Anna hatte von beiden keine Ahnung) und Haaren (das Bleichen und Grünfärben war eindeutig Eigenproduktion, aber das Schwarz vom Friseur), sah Jane wie ein Mädchen aus, das wohl noch nie besonders oft den Bus nehmen musste.

Sie bereute, dass sie ihren eigenen Haaren diese letzte Runde Bleichen zugemutet hatte. Anfangs hatten sie noch ziemlich überzeugend ausgesehen, aber jetzt waren die Spitzen schon total splissig, und ab Schulterlänge knickten sie ab und drehten sich nach außen. Und das Schlimmste war, am Ansatz kam so langsam dunkleres Haar durch. Wenn sie diesen ganz bestimmten Look nicht so dringend nötig gehabt hätte, wäre sie wahrscheinlich mit Aschblond durchgekommen.

Aber sie hatte nicht aschblond sein wollen. Sondern Julie.

Jane klackerte ungeduldig mit den Schlüsseln gegen das Lenkrad. »Und, wo fahren wir hin?«

»Ich will das hier alles ab haben«, sagte sie und hielt eine Handvoll splissige Spitzen hoch.

»Wie jetzt, sofort?«

»Ja genau, sofort«, sagte sie. »Und vielleicht färben. Ich hab mir gedacht, du kennst bestimmt einen guten Laden.«

Jane wirkte beeindruckt. »Ich kann dich zu meinem Friseur fahren. Der ist in Montrose. An welche Farbe hast du gedacht?« Sie kniff verschmitzt die Augen zusammen. »Besser nicht Schwarz.«

»Weiß nicht, vielleicht Rot«, sagte sie ohne groß nachzudenken. Im Rose hatte sie mit roten Haaren immer gut abgesahnt. Außerdem ging ihr die hellblonde Julie allmählich auf den Geist. Sie hatte sich zuvor die Fotos des vermissten Mädchens und ihr eigenes Spiegelbild genau angesehen, doch als sie angefangen hatte, für Anna, Tom und Jane Julie zu spielen, hatte sich etwas verändert. Sie erkannte Julies Unschuld in den Blicken, mit denen alle drei sie ansahen, und fand es belastend. Besonders Anna ließ sie nicht aus den Augen, als fürchtete sie, Julie könnte zerbrechen.

Jane fuhr schon vom Parkplatz, das markante, mit abgedeckter Akne übersäte Kinn angespannt, und sagte: »Alles klar, auf geht's.« Wenn Julie von Anna genervt war, hätte sie sich gleich an Jane halten sollen. Anna abblocken war Janes Spezialität.

In Toms Range Rover fuhr es sich superbequem; mal eben noch mehr Luxus und Bequemlichkeit, so nahtlos in Janes Leben eingebaut, dass sie es nicht mal wahrnahm. Jane schlängelte sich durch den zehnspurigen Verkehr auf der

Westheimer Richtung Innenstadt, und der SUV wurde rasch von mächtigen schwarzen Chevrolet Suburbans mit getönten Fensterscheiben überragt, glänzenden Trucks, von denen man nur Reifen, keine Pritschenböden sah, einem Hummer, der aussah, als könnte er sich in einen Roboter verwandeln. Ein paar Spuren weiter gondelte ein silbernes Kabrio wie ein halb geschmolzenes Projektil in der Sonne dahin. Die Wohnblocks wichen glänzenden weißen Bürohäusern mit schmalen Grünflächen, gesäumt von sorgfältig gepflegten Ziersträuchern und Palmen. Alles glänzte, selbst die an gigantischen Chrombögen angebrachten Straßenschilder.

»Verrückt, wie sehr sich die Galleria verändert hat, oder?«

Sie registrierte die minimale Absenkung in Janes Tonlage, und sofort spürte sie ein Kribbeln im Nacken als Warnsignal vor einer gemeinsamen Erinnerung, die sie auf keinen Fall einfach ignorieren durfte.

»Ja, total«, sagte sie.

»Weißt du noch, damals, als Mom uns für unsere Weihnachtseinkäufe an der Galleria abgesetzt hat?«

»Komisch, da hab ich auch grade dran gedacht.«

»Ich fand uns so cool«, fuhr Jane fort, den Blick auf die Rücklichter vor ihnen geheftet. Die Ampel war umgesprungen, und sie krochen im Schneckentempo weiter, würden aber auch in dieser Grünphase nicht an der Gefahrenzone vorbeikommen. »Ich hab mich mit dir zusammen so erwachsen gefühlt. Du musst damals in der, na, sag schon, sechsten oder siebten Klasse gewesen sein. Weil ...« Sie brach ab. »Und ich in der vierten oder fünften. Wir waren zu Mittag in diesem einen schicken Crêpe-Laden im Food-Court. Weißt du noch, wie wir uns für eine Stunde getrennt haben, um uns gegenseitig Geschenke zu kaufen? Das fand ich am tollsten.

Da haben wir unsere Uhren verglichen, um uns hinterher in der Bäckerei zu treffen.« Sie lachte. »Auf dem Rückweg bin ich sogar mal umgekehrt und dann von woanders hergekommen, damit du nicht erraten konntest, wo ich dein Geschenk gekauft hatte. Ich glaub, es war so'n Modeschmuck von Claire's.«

Jane kaute ihr ein Ohr ab, aber Julie wurde abgelenkt von einem vielleicht zwölf- oder dreizehnjährigen Jungen in T-Shirt und hängender Schlabberjeans mit einer schweren Geldbörsenkette, der mit Riesenschritten die Tiefen des Abflussgrabens am immer noch bürgersteiglosen Straßenrand durchmaß. Das Gesicht absichtlich versteckt hinter langen braunen wirren Haaren, beide Hände in den Taschen, marschierte er weiter, sichtlich verschwitzt. Als er das immergrüne Gestrüpp erreichte, das am Fuß des Chrombogens ein massives Hindernis bildete, zog er mit einer Hand ein weites, halb zerrissenes Hosenbein hoch und machte einen großen Schritt drüber, wie eine Dame in einem Cartoon, die mit gerafften Röcken über eine Pfütze steigt.

»Julie?«, erreichte sie Janes Stimme, und ihr wurde klar, dass sie eine Frage überhört hatte. Die Musik war nicht mehr so laut; Jane musste sie leiser gestellt haben. »Weißt du noch, was du damals gemacht hast, als wir uns getrennt haben?«

»Ballkleider anprobiert«, sagte sie. »Prinzessin gespielt.«

»Ach«, sagte Jane und lachte. »Na, das erklärt natürlich, warum ich in dem Jahr einen Büchergutschein von Waldenbooks gekriegt hab.«

Sie war nicht so blöd, diesen gemeinsamen Moment wegen irgendeines dummen Jungen zu versauen. »Wieso, du warst doch so eine Leseratte!«

»Du hättest aber immerhin ein Buch aussuchen können.« Unfassbar, aber Jane hörte sich gekränkt an, obwohl sie noch lachte. »Weißt du was, ich hab den Gutschein wohl nie eingelöst. Also nachdem das alles passiert ist.«

Die Ampel sprang um, und diesmal schafften sie es gerade noch im Kriechtempo über die Kreuzung. Sie sah zu, wie sich der Junge seinen Weg durch das Gestrüpp am Straßenrand bahnte, bis sie zu ihm aufschlossen und ihn schließlich überholten. Im Rückspiegel sah es fast aus, als bewegte er sich nicht von der Stelle.

Sie wandte sich wieder Jane zu. »Na, dann halt doch einfach an. Soll ich dir den neuesten *Baby-Sitters Club*-Band holen? Die sind jetzt wahrscheinlich beim zehntausendsten angekommen.«

Es funktionierte. Lachend drehte Jane die Musik wieder auf.

In Montrose parkten sie das Auto vor einem Friseur mit einem darüber gelegenen Tattoo-Studio. Sie stiegen aus, und Julie holte tief Luft. Hier ging Jane also hin, wenn sie das Gefühl haben wollte, dass Houston ihre Stadt war, nicht irgendein Ort, wo sie zufällig gelandet war, weil ihre Eltern da wohnten. Das Traurige daran war Janes Stolz auf ihr Insiderwissen, als wäre es etwas schwer Erarbeitetes. Als könnte man nicht in jeder x-beliebigen Stadt in einer halben Stunde die Künstler, Schwulen, Junkies und Tattoo-Studios ausfindig machen, indem man ein paar Zigaretten schnorrte und die Gratiszeitungen an der Straßenecke einsackte.

Der Friseurladen war voll mit Kunden, doch die Frau am Empfangstresen musterte Julie und sagte, sie könne bei ihr erst die Farbe auftragen und dann der nächsten Kundin die

Haare schneiden, während die Farbe einwirkte. Julie ließ sich auf den Stuhl gleiten, spürte die Finger der Frau in ihrem Haar und sah ihren kritischen Blick. Rasch sagte sie: »Kurz und rot«, bevor die Frau eine Bemerkung zu ihrem Ansatz machen konnte. Die Friseuse sah ihr im Spiegel in die Augen und sagte: »Okay, Schätzchen, ich hol rasch die Farbkarte.« Sie ging und kam mit einem Schnellhefter voller fingernagelgroßer Muster wieder, die sie an die seidigen Mähnen winziger Pferdchen erinnerten oder an Trophäen all der Mädchen, die Julie je gewesen war. Sie zeigte auf eins; die Frau nickte. »Klar doch, Nummer 8, das steht dir bestimmt«, und verschwand nach hinten, um die Farbe anzurühren.

Jane stand hinter ihr und betrachtete ihr Gesicht im Spiegel. »Mom flippt aus«, sagte sie. »Aber ich glaub, es wird super aussehen.«

»Was hast du vor, während ich in Arbeit bin?«

»In Zeitschriften blättern, schätze ich.« Jane zuckte mit den Schultern. An ihrem Blick sah Julie, wie ihr allmählich dämmerte, dass dieser Ort gar nicht so besonders war. Jeder Laden musste einem angesagt vorkommen, wenn man sich die Haare färben ließ, um seine Mutter zu ärgern.

Das brachte Julie auf eine Idee. »Du könntest raufgehen«, sagte sie. »Dir in der Wartezeit ein Tattoo stechen lassen.«

»Seh ich aus wie'n Bankomat?«

»Hast du keine Kreditkarte?«

»Nur mit Mom zusammen. Sie würd's auf der Abrechnung sehen.«

In einem Anfall von Großzügigkeit, gepaart mit dem Bedürfnis, Jane hinauszubefördern, bevor sie die Sache mit ihrem Haaransatz bemerkte, zeigte Julie auf ihre von Anna gekaufte Handtasche auf dem Boden. »Sie hat mir ein paar hundert Dollar gegeben. Zahl doch einfach mit deiner Karte für meine Haare, und ich geb dir das Bargeld. Dann kannst du's oben auf den Kopf hauen.«

Jane zögerte.

»Erzähl mir nicht, du hast dir dein Nächstes nicht schon ausgesucht.« Sie tippte auf etwas Kleines und Unauffälliges, aber Sichtbares.

»Ich wollte mir einen kleinen Umriss von Texas auf den linken Ringfinger stechen lassen«, gab Jane zu.

»Na, dann los!«

»Mom wird es sehen«, sagte Jane. »Ich wollte damit warten, bis ...«

»Bis du dreißig bist? Komm schon, steh zu dir selbst.«

Sie merkte, wie Jane darauf ansprang. »Du kommst hier unten echt allein klar?«, fragte sie und griff nach der Handtasche.

»Sicher. Ich hab nichts gegen Zeitschriften.« Das stimmte. Sie hatte sie in der Bücherei immer verschlungen. Einmal hatte sie sogar heimlich eine *Schöner Wohnen* auf die Toilette mitgenommen und ein Foto von einer fluffigen weißen Torte mit Weihnachtsdeko in Gold und Silber drum herum rausgerissen – nicht wegen des Rezepts, nur des Bildes wegen. Jetzt lag die Zeitschriftentorte zerknüllt in einem Müllcontainer irgendwo in Jersey Village, wo der Bus sie abgesetzt hatte, zusammen mit ihren Schuhen, einem billigen goldenen Halskettchen mit Pferdeanhänger und ihrem Rucksack voller Andenken. Ihr gesamtes Hab und Gut. Bis auf ...

Sie machte einen Satz, aber zu spät; Jane wühlte schon in der geräumigen Tasche herum. Noch bevor sie »Gib her, ich hol's raus« sagen konnte, hatte Jane die Geldbörse in der Hand und fächerte die automatenfrischen Zwanziger aus dem Fach. Rasch setzte sie sich wieder und beschwor Jane innerlich, die Ausweise in der Brieftasche, das Handy in der Innentasche und ihre eigene kurzzeitige Panik zu übersehen.

Doch Jane strahlte nur beim Anblick der vielen Scheine und zog mit einem »Danke!« in Richtung Treppe ab.

Das war knapp. Die Friseuse kam in einer schwarzen Schürze wieder, eine Schüssel voll feuerroter Farbe in einer, einen Pinsel in der anderen Hand. »Das wird umwerfend aussehen«, sagte sie, »vertrau mir«, und das tat Julie, absolut. Sie lehnte sich zurück und spürte, wie die kalte Masse auf ihren Scheitel aufgetragen wurde. »Aber erst mal werden wir diesen schlimmen Ansatz los«, sagte die Friseuse und plapperte weiter, wie bei guten Friseusen üblich, wenn sie merkten, dass man nicht viel reden wollte. Irgendwann sagte sie: »Meine Schwester und ich sind voll ähnlich wie ihr beide – wir sehen so verschieden aus, die Leuten glauben uns nie, dass wir verwandt sind.«

Sie ließ sich von der Friseuse das Kinn nach unten drücken und kam dabei endlich auf etwas, das ihr seit ihrer Ankunft in Houston keine Ruhe gelassen hatte. Wo sie auch gewesen war, ob im Target, bei der Therapeutin, in Bobby's Billardsalon oder in dem verwitterten Backstein-Coffeeshop, wo Jane unterwegs zum Friseur unbedingt Gebäck holen musste, hatte etwas am Rande ihres Gesichtsfelds gelauert. Etwas nicht ganz Stimmiges, wodurch einem die ganze Stadt wie ein Bühnenbild vorkam. Jetzt, als sie, umgeben von anderen Kundinnen, mit gesenktem Kopf unter den Tisch mit seinem großen Spiegel schaute, kamen sie seitlich nebeneinander auf Fußstützen in ihren Blick: die Schuhe.

Sie waren tadellos. Die Wildlederballerinas so fleckenlos, die Sohlen der Reebok-Sneakers leuchtend neongelb, die wundersam weißen Ledersandaletten mit Goldlöwen drauf um polierte Zehennägel, von deren Lack kein Fitzelchen abgesprungen war. Während sie zu Boden starrte, ging sie im Geiste die letzten paar Wochen durch und sah einen Aufzug von Flip-Flops und Lederstiefeletten, so unversehrt wie frisch aus der Schuhschachtel. Vor dem schwarzen Plastikumhang sah sie ihre eigenen Füße in Janes Chucks auf der Silberstange, die sich bequem ausgelatscht angefühlt hatten. Jetzt fiel ihr auf, dass die kleinen Löcher im Stoff – eins neben dem rechten kleinen Zeh, eins seitlich und noch eins in Fersennähe – zu sorgfältig platziert waren. Sie hatte Schuhe schon durchgelaufen; der Stoff hätte um die Schnürsenkel rum ausgefranst sein müssen, dic Löcher weniger dekoraktiv an der Hacke entlang, nicht in kleinen feinen Ovalen mitten im Stoff, und die Sohle hätte dünn genug sein müssen, dass sie jeden Kiesel auf dem Weg gespürt hätte. Die hier waren nicht abgelatscht, sondern im absichtlichen Used-Look.

Sie stellte sich eine Stadt vor, geteilt zwischen solchen wie ihr und dem Jungen mit übergroßer Hose – Leute, deren Schuhe ständigem Anstoßen, Trampeln, Schwitzen, Dehnen ausgesetzt waren, befleckt von Gras, Matsch und weichem, suppendem Teer – und denen, die in ihren SUVs an ihnen vorbeirauschten, die jeden Tag nie mehr als zwanzig Schritt draußen zu Fuß gingen, geschweige denn zu einer Bushaltestelle oder einem Supermarkt, und deren Schuhe sich deshalb einfach *nie abnutzten*.

Einen Moment lang wünschte sie, sie könnte es Cal erzählen.

Aber nicht Jane. Die war noch nirgendwohin gelaufen. Sie hatte sich bestimmt was einfallen lassen, wie sie sich gegen

Anna und Tom auflehnen konnte, ohne darauf verzichten zu müssen.

Die Friseuse richtete Julies Kopf wieder auf, und sie schaute an die Decke und hoffte für Jane, dass ihr die Nadel oben nicht zu doll wehtat.

4

Falls Tom argwöhnt, dass es sich bei der Eierstockzyste um etwas anderes handelt, spricht er es nicht an; und ich sage dafür nichts zu der Pistole, die letzte Nacht in seiner Hand aufgetaucht ist. Nachdem wir es Julie am Montagmorgen mit heißem Tee und der Fernbedienung auf dem Sofa gemütlich gemacht haben, stellt sie einen Film im Kabelfernsehen an, der schon halb vorbei ist, eine dieser romantischen Feiertagskomödien mit sechs verschiedenen Handlungssträngen, die so voneinander abgegrenzt sind, dass die meisten Schauspieler wahrscheinlich nie miteinander ins Tonstudio mussten. Wie ich sehe, liegt *Die Traumprinzessin,* die ich ihr in der ersten Woche etwas später dann doch geholt habe, noch in ihrer Plastikverpackung auf dem Blu-ray-Player.

Ich setze mich neben sie, nehme ihre Füße unter der Häkeldecke auf den Schoß und massiere sie geistesabwesend. Sie sieht unglaublich erschöpft aus, und nach einer Viertelstunde ist sie eingeschlafen, übermannt von der letzten schmerzvollen Nacht.

Ich hebe ihre Füße behutsam von meinem Schoß und stelle den Ton ab, nachdem ich die Fernbedienung unter ihrem Arm hervorgezogen habe, als gerade irgendein Börsenmakler in todschickem Anzug aufschaut, merkt, dass es fünf Minuten vor Mitternacht ist, und aus seinem Büro stürmt, um der Schauspielerin aus dem anderen Handlungsstrang einen

Heiratsantrag zu machen. Tom räumt in der Küche das Frühstücksgeschirr weg, bevor er sich oben an die Arbeit macht.

Die Vorstellung von Tom in Julies Zimmer ist nicht der einzige Grund, weshalb ich nicht zurück ins Bett möchte. Außer der Müdigkeit setzt mir noch etwas anderes zu.

»Ich muss ein paar Hausarbeiten aus dem Büro holen«, sage ich. »Ich geh jetzt zwar nicht gern weg, aber sie wird eine Zeit lang schlafen.« Ich werfe einen Blick auf Julie. »Und ich muss das erledigen, um mit Benoten anfangen zu können.« Tom braucht nicht zu wissen, dass ich den Institutsleiter erfolgreich bearbeitet habe, mich die Noten erst am Ende des Sommers eintragen zu lassen. Schon erstaunlich, wie viel Verständnis einfühlsame Institutsleiter für meine spezielle Sorte von Familientragödie aufbringen – solche mit Messern und halbwüchsigen Töchtern in den landesweit ausgestrahlten Nachrichten.

Tom sieht mich stumm an, und ich gestehe mir ein, dass es mir besser ginge, wenn ich wüsste, wie lange ich schon mit einer geladenen Pistole im Haus lebe. »Bist du da, falls sie aufwacht?«, frage ich stattdessen.

»Natürlich. Geht es ...«

»Ich hab dir doch gesagt, es geht ihr gut«, fahre ich ihn an. Dann sanfter: »Ich will nur nicht, dass sie allein ist, wenn sie aufwacht.«

Er nickt.

Als ich im Auto mit Carol Morse telefoniere, muss ich mich etwas daneben anhören, obwohl ich meine Bitte um ein Treffen mit ihr völlig gerechtfertigt finde. Schließlich hat sie mir schon von sich aus einen Termin bei ihr angeboten. »Möchten Sie heute Nachmittag mit Julie kommen?«, fragt sie.

Ich weiß, dass Julie heute Nachmittag nicht kommen wird – sondern schlafen. Aber das kann ich Carol dann immer noch sagen.

»Nein, ich hab gedacht, dass ich diesmal einfach ... Ich möchte Sie gern allein sprechen.«

»Gut«, sagt sie, und dann: »Bei mir hat heute Vormittag um elf jemand abgesagt. Schaffen Sie das?«

Wahrscheinlich ist es ihre Mittagspause. Ich muss mich noch schlimmer anhören, als ich dachte.

Ich schlage mir eine Stunde im Taschenbuchladen neben ihrer Praxis um die Ohren, blättere durch Liebesromane und Krimis. Als wir uns begrüßen, wirkt sie überraschenderweise jünger, als ich sie in Erinnerung habe, nicht älter als ich, und sie trägt eine Caprihose. Aus irgendeinem Grund stört mich das.

»Herein, herein«, sagt sie und winkt mich zu einem Sofa mit einer Webdecke über einer Armlehne. Ich sehe eine Schachtel Papiertaschentücher auf dem Beistelltischchen neben einer kunstvoll gefertigten Lampe mit klobigem Keramikfuß und frage mich, ob Julie hier je weint. Carol Morse macht die Tür zu und setzt sich mir gegenüber auf einen Sessel mit niedriger Rückenlehne.

»Danke für den kurzfristigen Termin«, sage ich, plötzlich nervös. »Hoffentlich ist das ... es ist ein bisschen eigenartig. Es geht um Julie.«

»Wie geht es ihr?«, fragt sie mit angemessener Besorgnis.

»Gut. Obwohl, nicht so gut«, sage ich. »Sie ist heute krank und kann nicht kommen.« Carol sieht mich nur an, aber ich will ihr aus irgendwelchen Gründen nichts vom Krankenhaus verraten. Zurzeit ist es das einzige gemeinsame Geheimnis von Julie und mir. Vielleicht fürchte ich mich auch davor, herauszufinden, dass Carol bereits davon weiß. Ich fahre fort, versuche die Information aus ihr herauszukitzeln: »Ich hatte gehofft, Sie könnten mir ein bisschen mit Julie weiterhelfen. Ich hab das Gefühl ... also das Gefühl, dass sie mir Dinge verheimlicht. Und ich weiß, dass Sie nicht verraten dürfen, was sie Ihnen erzählt, aber vielleicht kann Sie ja etwas von dem umstimmen, was ich zu berichten habe.«

»Bezüglich meiner Schweigepflicht? Das geht leider überhaupt nicht.«

»Selbst bei den Eltern?«

»Dann ganz besonders.« Sie sieht mich unbeteiligt an. »Anna, ist Ihnen klar, dass Ihre Tochter seit zwei Wochen nicht zu ihren Sitzungen erscheint?«

Ich bin wie vom Donner gerührt. Nach einer Pause bringe ich heraus: »Carol, wie konnte mir das klar sein, da niemand es für nötig gehalten hat, mich davon zu unterrichten?« Sie hüllt sich lange genug in Schweigen, dass mir mein aggressiver Ton unangenehm bewusst wird. »Also nein, nein, ich hatte keine Ahnung. Sie hat gesagt, dass sie herfährt, und ich hab einfach angenommen ... Ich meine, können Sie sich nicht denken, dass wir es gerne erfahren hätten?«

»Julie ist erwachsen«, entgegnet die Frau kühl. »Ihre Termine sind vollkommen vertraulich.« Plötzlich sehe ich vor mir, wie Carol Morse daheim mit ihrem Mann Fleetwood Mac im Whirlpool auf der Terrasse hinter ihrem Haus hört, erworben von dem Geld Fremder für Beteuerungen, mit deren Leben sei alles in Ordnung, alle Probleme ließen sich lösen.

Mühsam zügele ich den Drang aufzustehen. »Zu den ersten beiden Sitzungen war sie hier, das weiß ich«, sage ich. »Können Sie mir irgendwas von dem berichten, was sie gesagt hat? Können Sie mir … überhaupt irgendwas sagen?« Ich muss dieser Frau unbedingt etwas entlocken. »Bitte. Sie hat uns gar nichts erzählt, bis auf die Aussage bei der Polizei. Die …« Ich kann mich nicht überwinden zu sagen, dass die nicht wahr ist. Jedenfalls nicht komplett.

Während ich nach Worten suche, um ihr von dem Krankenhaus und dem Ultraschallbild zu berichten, sagt Carol Morse: »Haben Sie Julie gefragt?«

Ob ich Julie gefragt habe? Ob ich – in meinem Hirn gibt es einen Kurzschluss. Ich will schreiend aufspringen. Ich will die kunstvolle Keramiklampe vom Tisch fegen und die Webdecke zu Boden schleudern und drauf rumtrampeln.

Stattdessen frage ich: »Haben Sie Kinder?«

»Nein«, sagt sie in neutralem Tonfall.

»Das merkt man«, sage ich, stehe auf und schnappe mir meine Handtasche.

»Mrs. Whitaker«, sagt sie.

»*Dr.*«, fahre ich sie an.

»Dr. …«

»*Davalos.*«

»Dr. Dava…«

»Ach, sagen Sie doch einfach Anna zu mir.«

»Anna«, sagt sie, ohne den Köder zu schlucken. Sie steht nicht einmal auf, und obwohl ich rausstürmen will, lasse ich mich dadurch, dass sie immer noch in ihrem Sessel mit der niedrigen Rückenlehne sitzt, davon abhalten. »Anna, Julie hat unglaublich Schweres durchgemacht. So viel kann ich Ihnen sagen. Wie traumatisch sich das Erlittene auf sie auswirkt, können sich die wenigsten Menschen vorstellen.«

Sie will über Traumata reden.

»Viele Opfer sexuellen Missbrauchs empfinden erdrückende Scham«, sagt sie. »Vor allem, wenn sich der Missbrauch länger hinzieht und mit anderen traumatischen Erlebnissen verknüpft ist. Sie braucht ein Gefühl von Sicherheit, um mit Ihnen reden zu können.«

»Natürlich ist sie bei mir in Sicherheit«, sage ich. Trotz meiner Anstrengungen strömen mir Tränen des Zorns über die Wangen.

»Sie ist sich nicht mehr sicher, wie sie sich in ihrer Familie verhalten soll, oder bei jedem anderen, der nicht das Gleiche wie sie durchgemacht hat. Vielleicht erspart sie Ihnen die Einzelheiten, weil sie Sie nicht traurig oder böse machen will.«

»Sagen Sie es mir einfach«, bettele ich.

»Es ist Ihre Aufgabe, ihr zu vermitteln, dass Sie sie lieben, was auch immer geschehen ist.«

»*Bitte*.«

»Anna, möchten Sie sich nicht wieder setzen? Es bleibt noch eine halbe Stunde von diesem Termin. Ich habe den Eindruck, dass es auch Ihnen guttäte, mit jemandem zu sprechen. Meinen Sie nicht auch?«

Ich bin so rasch draußen und in meinem Auto, dass ich schon halb zu Hause bin, ehe mir einfällt, dass ich zumindest im Institut vorbeifahren sollte. Nicht nur, um meinen Schwindel zu decken – schließlich könnten wirklich Hausarbeiten abgegeben worden sein –, sondern auch, um mich hinter eine abschließbare Tür zu setzen und nachzudenken. Ich will keinen Menschen treffen oder sprechen, nicht einmal Julie. Als ich mein Büro betrete, sehe ich die Nachrichtenanzeige am Telefon blinken. Es dauert etwas, bis mir wieder einfällt, wie man den Anrufbeantworter abhört; heutzutage ruft kaum noch jemand auf dem Festnetztelefon im Büro an.

Die ersten drei Nachrichten sind von Journalisten, und ich lösche sie, ohne sie mir zu Ende anzuhören.

Nach dem vierten Piepton: »Äh, Dr. Davalos, hier ist Alex Mercado. Ich bin Privatdetektiv. Ich weiß, dass Sie zurzeit nicht mit der Presse reden, und ich brauche Ihnen auch gar keine Fragen zu stellen. Sondern ich habe Informationen für Sie – einiges, das von Interesse für Sie sein dürfte. Also, äh, ich bitte um Ihren Rückruf.« Er hinterlässt eine Nummer. »Wie gesagt, Alex Mercado hier, und ich würde Sie nach Möglichkeit gern unter vier Augen sprechen.«

»Ende der Nachricht«, sagt die Frauenstimme vom Band. »Um die Nachricht erneut anzuhören, drücken Sie …«

Beim zweiten Abhören schreibe ich mir die Nummer auf. Dann höre ich mir die Nachricht noch zwei- oder dreimal an, ehe ich sie lösche, nur um sicherzugehen, dass ich tatsächlich höre, wie sich da jemand auf meinem Anrufbeantworter als »Privatdetektiv« vorstellt.

Während der Suche nach Julie haben wir nie einen Privatdetektiv eingeschaltet. Wir hatten damals so ein unerschütterliches Vertrauen in die Polizei – der Gedanke ringt mir jetzt bloß noch ein Hohnlachen ab. Ich muss wohl gedacht haben, Privatdetektive wären nur eine Lösung für Filmfiguren. Aber schließlich war damals eine ganze Weile nicht ich diejenige, die für Lösungen oder sonst irgendwas zuständig war. Jetzt stelle ich als Erstes meinen Rechner an und googele *Alex Mercado Privatdetektiv*. Er taucht sofort auf, unter einem Link namens »AMD, Inc.«, der zu einer so klischeehaften Homepage führt, dass ich denke: *Das kann nur eine Fälschung sein*. Im Logo findet sich doch glatt ein Fedorahut. Was noch, eine Lupe? Ich öffne einen neuen Tab, suche nach Webseiten, die Detekteien verzeichnen, und halte Ausschau nach Referenzen.

Nach Julies Verschwinden haben sich Spinner gemeldet. Wir wollten unsere Nummer nicht ändern, weil wir immer noch glaubten, sie könnte anrufen, und obwohl die Polizei eine Hotline eigens für Julie eingerichtet hatte, riefen manche trotzdem bei uns an: *Ich habe Informationen, die Sie interessieren werden*, sagten sie immer, oder: *Ich hab sie gesehen, ich schwöre bei Gott, sie war's, in Tucson,* oder *Sie ist in Jacksonville* oder *Sie ist in Missouri City*. Ein oder zwei weigerten sich, mit der Polizei verbunden zu werden. *Nur mit Ihnen und nur persönlich.* Selbstverständlich hörte die Polizei unser Telefon ab, unter anderem wohl auch, weil sie Tom und mich verdächtigten – meine Güte, was war das bloß für eine Zeit –, und sämtliche Anrufe müssen zu einsamen Männern mittleren Alters zurückverfolgt worden sein, die bei ihren alten Mütterchen wohnten, oder zu Teenagern, die Wahrheit oder Pflicht spielten, weil niemand je irgendwelche verwertbaren Hinweise gab.

Damals konnte ich mir nur schwer vorstellen, dass so viele Menschen an so furchtbaren Ereignissen teilhaben wollten, doch in späteren Jahren, den Jahren verdrängter Albträume und langer Autofahrten vorbei an ihren Hunderten von Fantasiegräbern, hatte ich fast das Gefühl, sie zu verstehen. Man vergisst so leicht, wie grauenvoll die Welt ist. Eine Tragödie erinnert uns daran. Daher wirkt sie läuternd. Doch wenn sie verblasst, muss man immer und immer wieder an den Ursprung zurückkehren.

Als ich eine seriös wirkende Übersichtsseite finde, die über eine Sucheingabe nach Postleitzahlen verfügt, stelle ich zu meiner Überraschung fest, dass Alex Mercado, Detektei, als zweite Firma auftaucht. Wieder auf der AMD-Homepage, klicke ich den »Über uns«-Link an und bekomme Alex

Mercados Referenzen präsentiert: Drei Jahre Detective bei der Sondereinheit für Sexualverbrechen des Polizeidezernats Houston. Sechs Jahre Privatdetektiv. Ein paar Links zu Fällen in den Nachrichten, an deren Aufklärung seine Agentur beteiligt gewesen sein will, wobei einmal tatsächlich sein Name erwähnt wird.

Ich greife zum Hörer und wähle. Nach dem zweiten Klingeln höre ich eine Männerstimme: »Detektei Alex Mercado. Spreche ich mit Anna Davalos?«

»Ja«, sage ich ein wenig überrumpelt, obwohl er natürlich Ruferkennung haben muss. »Sie haben mir eine Nachricht hinterlassen.«

»Danke für den Rückruf«, sagt er. »Also ich weiß, das ist etwas ungewöhnlich, aber ich würde mich wirklich gern mit Ihnen treffen und über ein paar Dinge reden.«

»Über Julie?«

»Natürlich. Ich möchte ungern am Telefon mehr dazu sagen. Könnten wir uns irgendwo treffen?«

»Ja, aber es geht nur heute. Nur jetzt gleich.« Erstaunlich, wie leicht sich so ein Gespräch abwickeln lässt – er schlägt ein Waffle House an der Autobahn vor. Während sich mein Pulsschlag beschleunigt, sage ich mit vollkommen ruhiger und neutraler Stimme: »Ich bin in einer halben Stunde da.« Als würde ich täglich solche Verabredungen treffen.

Kurz bevor ich auflege, stellt er eine letzte Frage, so als könnte er es nicht lassen: »Haben Sie schon mal von Gretchen Farber gehört?«

»Nein«, sage ich. »Wer ist das?«

»Machen Sie sich darüber keine Gedanken. Also dann, wir sehen uns in einer halben Stunde.«

Gretchen

machte einen Fehler, und der Fehler hieß Cal. Er hätte eine weitere Sprosse auf der Leiter hinaus aus dem dunklen Loch sein sollen, aus dem sie kam. Es war ihre Schuld, dass es nicht dabei geblieben war.

Damals hatte sie den nächsten Schritt schon so lange geplant, dass er ihr unvermeidlich schien. Kaum war der Auftritt beendet, murmelte sie lächelnd »danke« ins Mikro und verzog sich rasch von der Bühne. Sie ging Richtung Damentoilette, drückte sich aber unauffällig dran vorbei, schlüpfte zur Hintertür raus und rannte durch die Seitengasse zum Vordereingang. Wo sie wartete. Eine Minute, zwei, drei Minuten, mit wild klopfendem Herzen und vor Kälte prickelnder Haut. Sie trug keinen Mantel, den schwarzen Secondhand-Trenchcoat hatte sie zur Tarnung backstage zusammengeknüllt neben ihrer Handtasche zurückgelassen. Wenigstens regnete es ausnahmsweise mal nicht, nur ein kleiner Nebellichthof hing um das Neon-Clubschild.

Und dann war er da, schlug den Kragen hoch, als er auf den Bürgersteig raustrat, und das Neonschild leuchtete pink auf seinen rasierten Schädel. Sie stellte sich darauf ein, all seine Träume wahr werden zu lassen, und versuchte auszusehen, als hätte sie auf jemand anderen gewartet, während er ihr zufällig über den Weg lief. »Hey, hast du ’ne Kippe? Muss unbedingt eine rauchen.«

Er sah sie nur an, blinzelte kurz und lächelte dann hilflos. »Tut mir leid«, sagte er, »ich bin Nichtraucher.«

»Das braucht dir nicht leidzutun. Ist eine schlechte Angewohnheit. Ich sollte es auch lieber lassen. Wenn die Jungs von der Band mich erwischen, bringen sie mich um.« Sie gestikulierte Richtung Hals, sperrte den Mund auf und zeigte mit dem Finger hinein, als könnte er dort den Schaden sehen, den Zigaretten ihren Stimmbändern bereits zugefügt hatten. Dabei fielen ihr Wills Hände an ihrem Hals ein, wie sie danach einen Rollkragenpulli getragen hatte, aber zwei Tage lang nicht mehr singen konnte. Dave und Len hatte Will erzählt, sie hätte eine Kehlkopfentzündung.

»Alles in Ordnung mit dir?«, fragte er plötzlich, während sein Lächeln erlosch.

Sie hatte nur noch eine halbe Minute, um die Sache durchzuziehen, also ließ sie sich ein wenig gehen, gerade genug, um ein natürliches Beben in ihre Stimme einfließen zu lassen. »Harte Nacht«, räumte sie ein. »Ganz ehrlich, ich brauch irgendwie mal etwas Abstand von den Typen. Wo gehst du noch hin?«

»Nirgends«, sagte er. »Nach Hause. Soll ich dich irgendwohin mitnehmen?«

»Gern«, sagte sie. »Wenn's dir nichts ausmacht, an einem Drugstore oder Kiosk vorbeizufahren, damit ich mir ein paar Kippen besorgen kann.« Sie lachte. »Sorry, ich komm mir voll bescheuert vor.«

»Nee, schon okay«, sagte er, und sie wusste, dass es viel mehr als das war. Aus dem Augenwinkel beobachtete sie immer noch die Tür hinter ihm. Eine Menge Leute rauchten unter dem Schild, aber da war keiner dabei, den sie nicht sehen wollte – noch nicht. Die Tür schwang ständig auf und spuckte jedes Mal mehr karierte Flanellhemden aus. Er registrierte ihren Blick und wollte auch schon über die Schulter schauen, doch sie sah ihn mit ganz großen Augen an, womit sie seinen Blick festhielt.

»Ich bin Cal«, sagte er und reichte ihr die Hand. »Und da es gerade Mitternacht ist, musst du …« – mit einer Handbewegung zum schäbigen Schriftzug über dem Eingang – »Gretchen sein.«

Nicht ganz, aber er war so stolz auf diesen Spruch, dass sie sofort wusste, es musste sein einziger sein. Also nickte sie nur bestätigend, schüttelte seine warme Hand und schmunzelte in sich hinein beim Gedanken an alles, was er ihr einfach so abnahm. Als sie »danke, Cal« sagte, überschlug sich ihre Stimme wieder, diesmal unabsichtlich, und sie zog ihre Hand rasch zurück. Er trat hastig einen Schritt vor, als wollte er etwas auffangen, das gleich vom Regal fallen würde.

Sie bog den Rücken durch und sagte: »Also, wo steht dein Auto?«

»Da drüben.« Er zeigte in die Richtung, und sie ließ ihn so an sich vorbeigehen, dass ihre Schultern sich ganz leicht berührten. Sie hielt sich ein wenig hinter ihm; gab ihm etwas Zeit ohne sie im Blickfeld, damit er über sein unglaubliches Glück nachdenken konnte. Die Vorstellung war so traurig, dass sie fast lachen musste. Sie hoffte, dass er das mit den Zigaretten vergaß, denn auch wenn sie Gras beim Inhalieren anderthalb Minuten in der Lunge behalten konnte, musste sie von Zigaretten furchtbar husten.

Er vergaß es nicht. Fünf Häuserblocks vom Club entfernt bremste er und blinkte, um in eine Tankstelle einzubiegen.

»Eigentlich bin ich viel eher hungrig«, sagte sie plötzlich, als müsse sie etwas beichten. »Du nicht?«

»Ich könnte was zu essen vertragen.«

»Kennst du was, was noch offen hat? Ich war nur zu Gigs in Seattle und kenn mich hier überhaupt nicht aus.«

»Sicher, klar.« Cal wirkte unbeeindruckt vom plötzlichen Sinneswandel. »Musst du in nächster Zeit zurück sein?«

»Ich bin bloß hungrig«, wiederholte sie.

Sie fragte sich, ob sie schon ihre Handtasche unter dem Stuhl gefunden hatten, und merkte dann, dass sie nicht mitbekommen hatte, was Cal eben gesagt hatte. »Sorry, wie war das? Ich hab ...«

»Müde bist du also auch«, sagte er. »Ich hab grad gesagt, dass das ein tolles Konzert war. Bist du immer so kaputt nach einem Auftritt?«

»Nein«, sagte sie und lehnte sich im Beifahrersitz zurück, während sie das vertraute, angenehm erschöpfte Gefühl überkam, fortgetragen zu werden. Aufbruchsstimmung: ein großartiges Gefühl, besser als jede Sicherheit der Welt.

Sie war froh, dass das Diner eine Viertelstunde weit weg an einer Autobahn zwischen hohen Leitplanken und noch höheren Bäumen lag. In der Dunkelheit sah sie den Aussichtsturm Space Needle gerade noch hinter einem Hügel hervorschauen, so weit war die Innenstadt entfernt, mit dem Club, dem Transporter und Will, der sich jetzt wahrscheinlich ungeduldig umsah, vielleicht jemanden auf die Damentoilette schickte, um nach ihr zu schauen.

Cal hielt ihr die Tür auf. Im Diner waren die Fenster innen beschlagen, und es roch köstlich.

»Genau, was ich wollte«, sagte sie, als sie auf die geschwungenen Resopalbänke mit Holzdekor schlüpften. Sie bestellte sich einen Hamburger mit Pommes, Cal ein gegrilltes Thunfisch-Käse-Sandwich und einen Salat.

»Dann kommst du also oft für Gigs her?«, fragte Cal.

»Das solltest du ja wohl wissen.«

Er wurde rot. *Ist ja niedlich*, dachte sie.

»Ja, ich hab dich ein paarmal gesehen«, gab er vorsichtig zu. »Spielt ihr oft in Portland?«

»Ein paarmal die Woche«, antwortete sie.

»Seit wann bist du Sängerin?«

Sie suchte nach etwas auf dem Tisch, womit sie spielen konnte, und fand den geriffelten weißen Salzstreuer. »Ich bin seit 'nem halben Jahr bei der Band.«

»Gefällt's dir?«

»Ich bin gern gut darin«, sagte sie.

»Das ist nicht ganz das Gleiche«, meinte er. »Magst du, wie es sich *anfühlt*?«

»Ich mag, *wie es sich anfühlt*, gut darin zu sein.«

»Ich meine, könntest du ohne das Singen nicht leben? Denn wenn ich dich da oben auf der Bühne sehe, sieht es ganz danach aus.«

»Tja, es ist aber nicht so«, sagte sie. Die Vorstellung missfiel ihr. »Ich versuch nur, meinen Job gut zu machen.«

»Du machst aber trotzdem den Eindruck. Es ist toll, dir zuzuschauen. So ... so als ob niemand sonst es sehen sollte, verstehst du?«

»O ja, das findet Will auch«, sagte sie und lachte kurz auf. »Sein Pech, dass wir nur wegen mir gebucht werden, sonst würde er mich wegsperren und nur für sich singen lassen.«

»So hab ich es nicht gemeint«, sagte Cal.

»Das weiß ich doch. Aber so ist es nun mal.«

Cal runzelte die Stirn, zerbrach sich offenbar den Kopf, was er sagen sollte. Sie beschloss, ihm ein bisschen auf die Sprünge zu helfen.

»Er schlägt mich«, sagte sie ruhig. »Und ich lauf vor ihm weg.«

»Er schlägt dich.«

»Und ich lauf vor ihm weg.«

Er nahm ihr den Salzstreuer aus der Hand und stellte ihn vor sie hin. Sie spürte, dass ihm jetzt erst der fehlende Mantel, die fehlende Handtasche an ihr auffielen. Der Zeitpunkt war gekommen, an dem er richtig folgern musste, dass das Essen auf ihn ging. Sie versuchte, nicht den Atem anzuhalten, während sie auf seine nächste Frage wartete.

»Wie kann ich helfen?«

Sie sah ihm in die Augen, die dunkelbraun waren, mit einem blassblauen Ring um die Iris, und gab ihrer Stimme einen sanften Klang. »Das tust du schon. Hast du das nicht gewusst?« Sie griff wieder zum Salzstreuer, kippte ihn auf die Seite und ließ ihn so kreiseln, dass bei jeder Umdrehung ein paar weiße Körnchen auf den Tisch flogen. Sie ließ das Salz liegen, spürte instinktiv, wie gern er es weggewischt hätte. Er ließ es.

Das Essen kam. Sie griff nach dem Burger und nahm einen großen Bissen. Aus den Augenwinkeln sah sie, wie Cal der Kellnerin zum Dank zunickte; erst als sie wegging, wickelte er sein Besteck aus der Serviette, die er sich auf den Schoß legte. Dann griff er zum Messer und schnitt das Sandwich einmal schräg durch.

»Wow«, sagte sie.

»Was?« Er nahm ein Dreieck in die Hand und biss die Ecke ab.

Mit vollem Mund, den Hamburger in beiden Händen, gestikulierte sie in Richtung seines Sandwichs.

»Ich ess gern erst mal nur eine Hälfte, falls ich mir die

andere einpacken lasse«, sagte er. »Und ich finde Dreiecke ästhetisch ansprechend.«

»Das ist ja gruselig«, sie lachte. »Wie bei 'nem Serienkiller.«

»Wie alt bist du?«, fragte er.

»Was für eine unhöfliche Frage!«

»Vergiss es«, sagte er. »Da du offensichtlich noch nicht alt genug bist, um es verstecken zu wollen, musst du zu jung sein.«

»Siebenundzwanzig.«

»Dummes Zeug«, sagte er.

»Und wie alt bist du?« Sie steckte sich eine Pommes in den Mund und behielt sie etwas zu lang zwischen den Zähnen, bevor sie abbiss.

Er zog eine Augenbraue hoch. »Zu alt für dich.«

»Vierzig?«

»Na danke.« Er lachte. »Dreißig, genau genommen.«

»Ich bin fünfundzwanzig.«

»Ja klar, wer's glaubt. Meine Güte. Solltest du nicht aufs College gehen oder so?«

»Ich hab meinen Abschluss früh gemacht«, sagte sie. »Ich bin auf Zack.«

»Was du nicht sagst.«

»Im Gegensatz zu dir«, fuhr sie fort.

»Woher willst du das wissen?«

Sie zielte mit einer Pommes auf seine Nase und feuerte ab. »Weil du damit nicht gerechnet hast.«

Das hatte sie selbst nicht. Dieses lebhafte Flirten war ihr neu. Mit Will zusammen war sie nie etwas anderes gewesen als sexy oder brav, je nachdem, was die Situation erforderte; mit Lina still und gefügig. Sie fragte sich gleichmütig, wie viel davon aufgesetzt und wie viel eine echte Reaktion auf die Wärme im Diner war, das Essen im Magen, darauf, dass sich ihre Muskeln entspannten.

Unterdessen musterte Cal sie mit ernstem Gesichtsausdruck. »Hör mal, Gretchen«, sagte er. »Ich kann dir helfen, was zu finden, wo du eine Weile unterkommst.«

»Kann ich bei dir wohnen?«

Er zögerte. »Hast du sonst niemanden, den du anrufen kannst?«

»Seh ich so aus, als hätte ich sonst wen, den ich anrufen kann?«, fragte sie zurück mit einer Geste, die sie beide allein in dem mitternächtlichen Diner umfasste.

»Tja ...« Er zögerte und seufzte schließlich. »Dann kannst du wohl heute Nacht bei mir unterkommen.«

»Machst du das oft? Fremden ein Bett anbieten?«

»Ich hab mal jemand anders gekannt, die überstürzt aus einer prekären Lage abhauen musste«, sagte er, ohne auf ihre Provokation einzugehen.

Aber nach den Worten »heute Nacht« hatte sie nicht mehr hingehört. Alles Weitere würde sich finden. Wenn sie erst einmal bei ihm zu Hause war, wusste sie schon, wie sie sich einnisten konnte. Sie hatte nur nicht damit gerechnet, dass auch er sich bei ihr einnisten würde. Das war ihr Fehler.

5

Alex Mercado sieht ungefähr zehn Jahre jünger aus als jeder Privatdetektiv, den ich je im Kino oder Fernsehen gesehen habe. Er hat ein rundes, jungenhaftes Gesicht, gebräunt und glattrasiert. Zu meiner Erleichterung trägt er keinen Fedorahut – mir geht auf, dass ich mir das wegen seiner Homepage so vorgestellt hatte, aber natürlich ist er unauffällig gekleidet, Jeans und darüber ein lockeres Poloshirt. Trotzdem erkenne ich in dem Waffle House, in dem nur hie und da Männer allein in Sitznischen Kaffee trinken, sofort, welcher davon mich erwartet, was sich bestätigt, als er aufsteht und sich vorbeugt, um mir über den Tisch hinweg die Hand zu geben.

»Ich bin Alex. Danke, dass Sie gekommen sind«, sagt er und lädt mich mit einer Geste ein, ihm gegenüber Platz zu nehmen. Der braune Plastiksitzbezug quietscht, als ich zur Wand mit der Milchglastrennscheibe durchrutsche. Es ist lange her, dass ich zuletzt in einem Waffle House war. Ich sehe mich um und frage mich, ob das so ein Lokal ist, wo meine Studenten abhängen, wenn sie verkatert sind. Der Geruch nach Äpfeln mit Zimt und leicht ranzigem Öl ist seltsam ansprechend.

»Sind Sie öfter hier?«, frage ich. »Mir ist, als hätte ich Sie hier schon mal gesehen.«

Er guckt ein wenig verdattert, und ich denke: *Das war für die Rufnummernerkennung, Freundchen.*

»Ich hab nur was ausgesucht, wo wir ungestört reden können«, sagt er. Seine Stimme klingt etwas heiser, was ihn aber nicht älter macht, sondern fast jugendlich wirken lässt, wie im Stimmbruch. Er sieht sich um und lacht. »Zurzeit gibt es nur eine Bedienung, und Sie können mir glauben, die ist nicht besonders aufmerksam.«

»Nur zu Ihrer Information, mein Mann weiß, dass ich hier bin.«

»Okay.« Ich merke, dass er mir das nicht abnimmt.

»Schießen Sie los«, sage ich, um zur Sache zu kommen.

»Ich weiß, das ist ein heikles Thema«, beginnt er und spricht das Wort *heikel* mit besonderer Betonung aus, »und bestimmt fühlen Sie sich sehr ...«

»Genau«, sage ich. »Also worum geht's hier?«

»Haben Sie mit Ihrer Tochter über die Geschehnisse geredet?«

»Der Polizeibericht ...«

»Ich weiß, was im Polizeibericht steht.«

»Ach ja?« Natürlich habe ich Filmmaterial der Polizei-Pressekonferenz gesehen – ohne die Familie als Hauptattraktion ging es rasch über die Bühne; nur jemand im Blitzlichtgewitter, der von *wohlbehalten*, *Sondereinheit für Menschenhandel* und dann noch einmal *wohlbehalten* sprach, während das Foto von Julie als Siebtklässlerin in einer Ecke eingeblendet wurde und am unteren Bildschirmrand eine Textzeile lief: ENTFÜHRTE 13-JÄHRIGE NACH 8 JAHREN WOHLBEHALTEN ZURÜCK. An die Öffentlichkeit sind gewiss keine näheren Einzelheiten aus dem Polizeibericht gelangt. »Woher wissen Sie es?«

»Ich habe ihn gelesen«, sagt er.

»Wie das?«

»Ich bin Privatdetektiv, ich habe meine Verbindungen. Aber ich hab nicht nach dem Bericht gefragt. Haben Sie mit Ihrer Tochter über das gesprochen, was passiert ist?«

»Ich war dabei, als sie ihre Aussage gemacht hat.«

Er sieht mich stumm an.

»Wir reden nicht ständig nur darüber«, sage ich. »Falls Sie das meinen.«

»Sie wollen es nicht wissen?«

»Ich will nicht rumstochern.«

»Mrs. Davalos.«

»*Dr.*«, korrigiere ich ihn mechanisch, doch er lässt sich nicht aus dem Konzept bringen.

»Haben Sie irgendwelche Ungereimtheiten in Julies Geschichte bemerkt?«

Vier ausgefallene Therapiesitzungen. Eine Tätowierung. Ihr Gesichtsausdruck beim Blick auf den Ultraschallmonitor. Ihre Stimme: *Geh raus*.

»Haben Sie sich schon mal gefragt, ob …« Er unterbricht sich, redet mit leiserer Stimme weiter und setzt ein ernstes Gesicht auf, nicht direkt entschuldigend, aber besorgt. »Schauen Sie, Mrs. – *Dr.* Davalos. Es hat schon Fälle gegeben, in denen … Es ist zwar ungewöhnlich, aber seien wir ehrlich, das gilt auch für vermisste Kinder, die acht Jahre später aus heiterem Himmel wieder vor der Tür stehen. Wenn der Täter bewaffnet war und kein Lösegeld gefordert hat, ist die Wahrscheinlichkeit einer Rückkehr sogar schon nach den ersten drei Tagen …«

»Das weiß ich.«

»Also die Polizei wird nichts infrage stellen. Sie ist zu Hause und in Sicherheit und damit nicht mehr ihr Problem.«

»Sie suchen noch nach …«

Er unterbricht mich. »Klar, nach all der Zeit würde es sich gut machen, wenn sie den Missetäter präsentieren, einen Mädchenhändlerring auffliegen lassen. Spitzenschlagzeile. Aber ich muss schon sagen, Frau Doktor, nach allem, was ich lese, ist das hier ein ziemlich absonderlicher Mädchenhändlerring. Man kidnappt kein Mädchen in Texas und verschleppt es durch drei Staaten, wenn man es nach Mexiko schaffen will. Es gibt doch eine direkte Grenze.«

»Vielleicht hatte der Entführer keinen Plan.«

»Möglich wär's«, sagt Alex. »Vielleicht ist er nur ein Feld-Wald-und-Wiesen-Psychopath – obwohl, ganz so alltäglich sind die ja nun auch wieder nicht, aber wer weiß. Und er hat sie irgendwo gesichtet – wer weiß, wo – und sie dann in einer spontanen Eingebung einfach so mitgehen lassen, man kann ja nie wissen, und musste sie dann rasch loswerden, nachdem ... okay. Und da trifft er rein zufällig auf diesen Menschenhändlerring, und sie landet in Mexiko bei El Jefe, dem Drogenbaron, der auf einem Anwesen residiert, genau wie im Kino.« Er unterbricht sich und schüttelt den Kopf. »Das war ziemlich gewagt, aber schlau.«

»Was meinen Sie mit schlau? Welcher Kinofilm?«

»Weil das FBI jetzt beteiligt ist.« Inzwischen spricht er mehr mit sich selbst als mit mir, und seine Besorgnis weicht einem Ausdruck, den ich schwer erträglich finde – *Interesse*. »Dann ist da noch die landesweite Sondereinheit, die Houstoner Polizei und die des County, und alle diese Ebenen müssen koordiniert werden. Alles wird kompliziert und verzögert sich. Die Ermittlungen können sich über Monate hinziehen. Und meinen Sie etwa, die Polizei *will,* dass ihr Gesicht in der Zwischenzeit in den Medien auftaucht und alle dran erinnert, wie sie es vor acht Jahren vermasselt haben? Was meinen Sie, warum die Pressekonferenz so schnell vorbei war? Glauben Sie, die wollen alle mit der Nase drauf stoßen, dass Amerikas liebstes Entführungsopfer ganz ohne fremde Hilfe nach Hause zurückgefunden hat?« Alex' Worte fallen immer schneller, und jetzt macht er eine Pause, also weiß ich, dass ich mich auf etwas gefasst machen muss. »Besonders, wenn sie wahrscheinlich die ganze Zeit direkt vor ihrer Nase war und sie nichts unternommen haben, um sie zu retten?«

»Vor ihrer …?« *Aber sie ist in Sicherheit*, denke ich.

Er schiebt einen großen braunen Packpapierumschlag über den Tisch auf mich zu, und obwohl irgendwo in meinem Kopf eine Alarmsirene losschrillt: *mach ihn nicht auf, mach ihn nicht auf,* pfriemele ich die Verschlussklammer auf und öffne die Klappe. Ich lege ihn flach auf den Tisch und ziehe ein paar Zeitungsartikel und ein Foto heraus. Erst erkenne ich gar nichts auf dem Bild, dann schon, einen kurzen scheußlichen Augenblick lang – vermodernde Stofffetzen und Schlimmeres –, und ich schaue weg, und mein Blick streift die Schlagzeilen: *River Oaks. Stadtviertel in Houston. Überreste gefunden.*

Ich stecke alles wieder in den Umschlag und befestige die Klappe mit der Klammer, während sich mir der Magen umdreht.

»Wer hat Sie engagiert?« Meine Stimme zittert.

»Ich hatte gerade bei der Polizei angefangen, als Ihre Tochter verschwunden ist«, sagt Alex im Plauderton, ohne mir zu antworten oder den Umschlag anzufassen. Er klingt, als wären wir plötzlich aus diesem Albtraum von Waffle House herausbefördert und in die Kennenlernphase eines ersten verlegenen Dates versetzt worden. »Ich fand es furchtbar. Nach ein paar Jahren war ich da weg. Glauben Sie mir, auf die Vorteile im öffentlichen Dienst zu verzichten, fällt nicht leichter, je älter man wird. Wenn man also merkt, dass etwas nichts für einen ist, muss man sich schleunigst davonmachen.« Er lacht auf. »Was meine Frau offensichtlich genauso gesehen hat.«

»Wer hat Sie engagiert?«, wiederhole ich.

»Niemand.«

»Was zum Teufel wollen Sie dann hier?«

Eine Kellnerin kommt näher, mit einer hohen Plastikkaraffe in den Händen, und – unfassbar – Alex zeigt auf seine Tasse und lässt sich nachschenken. Er nickt kurz zum Dank und sieht zu, wie sie weggeht, ehe er sich wieder mir zuwendet. Als er den Mund aufmacht, spüre ich es an meiner Hüfte vibrieren. Tom muss sich fragen, wo ich bleibe. Wie spät ist es überhaupt?

»Anna, ich war da. Möchten Sie nicht wissen, warum Ihre Tochter nie gefunden wurde?«

»Ich gehe davon aus, dass eklatante Inkompetenz im Spiel war.« Wie er mich mit seiner Reibeisenstimme mit Vornamen anredet, regt mich so auf, dass ich nur mühsam an mich halten kann. Es ist höchste Zeit, diese Farce von einem Gespräch zu beenden. »Ich muss los«, sage ich und stehe auf. Von Weitem spüre ich das Handy in meiner Handtasche zum zweiten Mal vibrieren.

»Sie wollen die Wahrheit wissen. Genau wie ich. Tja, ich habe Grund zu der Annahme, dass die Wahrheit ... schlimmer ist, als wir dachten. Was in dem Umschlag ist ...«, er redet immer schneller, hackt mit dem Zeigefinger auf das Unaussprechliche ein, das ein gelbes Rechteck auf meine Netzhaut brennt, »... werden die nicht mal mit den zahnärztlichen Unterlagen Ihrer Tochter abgleichen. Julie Whitaker wurde aus der Datenbank für vermisste Personen gelöscht. Ich hab nachgesehen.«

»Weil sie zu Hause ist«, flüstere ich. Und unter einer Häkeldecke auf dem Sofa liegt.

Brr. Noch eine SMS.

»Sie schätzen die Überreste auf acht bis zehn Jahre alt, Anna. Sie gehen davon aus, dass es sich um ein etwa dreizehnjähriges Mädchen handelt. Aber Julies Name wird überhaupt nicht genannt werden ...«

»Warum auch?«

»... solange Sie keinen berechtigten Zweifel anmelden, dass die Frau, die in Ihrem Haus wohnt, wirklich die Person ist, als die sie sich ausgibt.«

»Die Frau, die in meinem Haus wohnt?«, wiederhole ich wie eine Geistesschwache.

»Würden Sie mir nur einen Gefallen tun? Und mir eine DNA-Probe von ihr besorgen? Am besten Haar aus einer Bürste.«

Brr. Brr. Ich ziehe das Handy aus meiner Handtasche, schaue kurz drauf, lese Toms letzte SMS, und mir wird plötzlich schwindelig.

Aber Alex macht weiter. »Ich hab einen Freund im kriminaltechnischen Labor, der eine Haarprobe eingeben und auf Übereinstimmungen prüfen kann. Wir schalten niemanden ein, und keiner erfährt davon, nicht mal sie, bis Sie ... bis wir Gewissheit haben.«

»Sorry«, und ich schiebe den Umschlag entschieden von mir weg.

»Lassen Sie es uns so sehen: Sie sind sich sicher, dass sie es ist? In Ordnung. Dann dient es bloß als Bestätigung, zur Beruhigung.« Er sieht mich gerissen an.

Brr.

»Aber Sie sind sich nicht sicher, oder? Nicht völlig.«

Er sitzt noch da, die Hände vor sich auf dem Tisch gefaltet, doch es fühlt sich an, als würde er sich über mich beugen, bis in meine entlegensten Hirnwindungen hineinlangen, alles betatschen. Es ist so ein Übergriff, der einen durch und durch erfasst, wie wenn man vergessen hat, den Wecker zu stellen oder die Tür abzuschließen oder einfach in einer Welt lebt, in der jeder meine Küche betreten und meine Tochter mit vorgehaltenem Messer mitnehmen kann. Eine Welt, in der das passieren kann, ist eine Welt, in der ich bei jedem Glaubens- oder Vertrauensbeweis versagen kann und wo das Beste, das mir je passiert ist, einfach nur eine Maske für das Schlimmste ist und das Schlimmste, das mir je passiert ist, in einen braunen Umschlag passt, wenn nicht in zwei Wörter: Überreste gefunden.

»Ich bin mir sicher«, sage ich.

»Sie haben meine Telefonnummer«, sagt er. Er versucht nicht, mir den Umschlag noch einmal aufzudrängen. »Rufen Sie mich an, wenn Sie weiterreden wollen.«

Mein Handy brummt jetzt ununterbrochen. Ich muss nach Hause zu Tom und mich den Strafen stellen, die meine Zweifel uns bereits eingebrockt haben. Ich gehe zur Tür. Es fühlt sich an, als wäre ich ewig weg gewesen, es kann unmöglich sein, dass ich erst vor ein paar Stunden aus Carol Morses Praxis gestürmt bin. Doch beim Gedanken an die ausgefallenen Therapiesitzungen fällt mir plötzlich ein, wozu der Zerstörer in der Nische hinter mir gut sein könnte. Ich mache auf dem Absatz kehrt und bin mit ein paar raschen Schritten wieder am Tisch.

»*Das* hier schert mich einen Dreck«, sage ich und sehe

demonstrativ vom Umschlag weg. »Aber wenn Sie mir wirklich helfen wollen, finden Sie raus, wo sie dienstags und donnerstags nachmittags hingeht. Sie verlässt um dreizehn Uhr dreißig das Haus. Folgen Sie ihr.«

»Ich hab schon gedacht, Sie fragen nie.«

»Ich meine nicht gratis«, sage ich. »Sondern in meinem Auftrag. Gegen Bezahlung.«

»Okay.« Er nickt. »Aber dann tun Sie auch etwas für mich, Anna. Suchen Sie nach einer Band namens Gretchen at Midnight. Nach einem YouTube-Video von denen. Sagen Sie mir, wessen Gesicht Sie da sehen. Und wenn Sie es sich dann anders überlegen, rufen Sie mich an.«

Vi

wachte um sieben Uhr morgens mit steifem Kiefer und hartnäckigen gelben Sternchen hinter den Augen auf. Will lag noch weggetreten neben ihr, schnarchend und rasselnd.

Im ersten Moment wusste sie nicht mehr, warum ihr Kiefer schmerzte. Dann ging sie ins Bad und sah den halb heruntergerissenen Duschvorhang und die Shampooflaschen, die kreuz und quer durch die Wanne gekullert waren, und sie erinnerte sich an seine Hände, die ihren Hals unter rauschendem Wasser gegen die Wand gedrückt hatten. Als er sie losgelassen hatte, hatte sie blindlings nach dem Vorhang gegriffen, um nicht hinzufallen; wie das enden musste, war ja klar. Sie war dort zusammengekauert hocken geblieben, hatte gelauscht, wie das Wasser auf den Plastikvorhang über ihrem Kopf niederprasselte, und gewartet, dass er wiederkam und sie wegen des Chaos anbrüllte, das sie angerichtet hatte. Doch das tat er nicht.

Es war zwar das erste Mal, dass Will sie geschlagen, aber nicht das erste Mal, dass sie damit gerechnet hatte. Die Leier, die er beim Aufwachen nach einer Nacht wie der gestern anstimmte, kannte sie schon in- und auswendig. Wie konnte er ihr vertrauen, bei so einer Vergangenheit? Für all diese Männer zu tanzen – außerdem auch noch Frauen –, und nicht bloß tanzen. Das war der erste Vers. Dann kam der Refrain, in dem er die fiesen Schimpfwörter vom Vorabend wegließ, nur heulte und schwor, er könne nie glauben, dass er ihr genügte. Zweiter Vers, genau wie der erste. Dann, am allerbesten, die Überleitung: Begriff sie denn nicht, dass er schon mal hintergangen worden war? Er war bis zweiundzwanzig Jungfrau geblieben, weil seine College-Freundin gesagt hatte, sie wäre noch nicht soweit, und dann hatte sich rausgestellt, dass sie es mit einem anderen trieb. Er war der perfekte Gentleman gewesen, und sie hatte ihn *betrogen*.

Vi tat immer so, als hörte sie das alles zum ersten Mal. Dann heulte er wie ein Schlosshund und bettelte sie an, ihm zu verzeihen, aber irgendwie war doch immer noch sie schuld daran. Und weil er sich erinnerte, dass er sich entschuldigt, vor ihr erniedrigt und ihr die beschämende Geschichte erzählt hatte, wurde es beim nächsten Mal nur noch schlimmer.

Sie ging ins Schlafzimmer zurück und sah ihn sich an. Will war schön, wenn er so ruhig dalag. Er hatte ein Kinn wie eine Statue, hart und abgerundet zugleich, und mit dem bläulichen Bartschatten sah die Haut wie Marmor aus. Sie stellte sich vor, ihn mit einer Hand dort anzufassen, wo er sie gepackt hatte, direkt unter dem Kinn, und sich dann vorzulehnen und fest zuzudrücken.

Seine fast durchscheinenden Augenlider flatterten, und plötzlich fasste sie sich mit der Hand an den eigenen schmerzenden Kiefer. Die blauen Flecken wuchsen unterhalb des Kinnbogens, wo sie sich hinter einem Schal oder Rollkragen verstecken ließen. Niemand brauchte es zu sehen.

Fast, als wüsste er, wo genau er hinlangen musste. Als hätte er Übung darin.

Das Bad war in ein paar Minuten wieder aufgeräumt. Er würde rumheulen und sich entschuldigen, das schon, aber er würde keine Spuren sehen wollen. Zuerst würde er mit ihr schlafen wollen, solange ihre Brüste noch feucht von seinen Tränen waren, und sie würde ihm sanft und liebevoll entgegenkommen; selbst jetzt verspürte sie bei der Vorstellung ein berechnendes kleines Ziehen im Unterleib. Sie legte sich in ihrer Unterwäsche hin und drapierte sich im Bett geschickt neben ihn, breitete das Laken über sie beide und steckte es fest. Sie schloss die Augen. Mit Einschlafen war jetzt nichts mehr, aber das war in Ordnung. Sie nutzte die Zeit, um einen Plan zu schmieden.

Im Plan kam Seattle vor. Will hatte dort Gigs gebucht, um sie aus der Stadt rauszukriegen. Er hatte sich Sorgen gemacht, dass sie sich wieder mit ihrer alten Meute zusammentat, Linas Meute, obwohl nach der Trennung keine von denen mehr mit ihr redete. Die meisten hatte sie ohnehin nicht gut gekannt; wenn sie also bei Auftritten mit Will unterwegs war und ab und an auf sie traf, war es ganz normal, dass sie so taten, als erkannten sie sie nicht. Sie machte es ebenso.

Allerdings kam es kaum noch vor, weil sie nicht mehr in Lesben-Kellerbars auftraten. Will hatte zwei von seinen alten Bandkumpels angerufen und gesagt: »Ich hab ’ne Sängerin.« Vis eindringliche Stimme wurde jetzt mit E-Gitarre kombiniert, und sie war die Frontfrau, keine Backup-Sängerin. Für sie hörten sich die Texte wie schlecht geschriebene Selbstmord-Abschiedsbriefe an, aber man konnte sie ohnehin nicht so gut hören, es war also mehr oder weniger egal. Will hatte recht; die Leute standen auf eine Leadsängerin. Was für verschlissene Klamotten sie anhatte, interessierte offenbar niemanden. Sie wendeten ihr die Gesichter zu wie Blüten, als wäre sie ein Engel des Lichts. Und manchmal fühlte sie sich wirklich wie einer. Die Bühnenbeleuchtung blendete sie hinter den Augenlidern, sodass es ihr vorkam, als schaute sie direkt in den Himmel hoch, und wenn die Lichter später schwarze Flecken in ihrem Blickfeld hinterließen, hieß das nur, dass sie etwas weniger von der Außenwelt sehen musste.

Die Band trug den depressiven Namen Midnight. Doch nach einer Weile stellte sich heraus, dass die Leute wegen Vi kamen, und in einer spontanen Eingebung schlug Will vor, dass sie den Bandnamen in Gretchen at Midnight änderten, nach irgendeiner Geschichte, die seine Mutter ihm vorgelesen hatte, als er klein war. Mittlerweile war sie sowieso bereit, sich von Vi zu verabschieden, und ganz wie erwartet fingen die Leute an, sie Gretchen zu nennen. Es gefiel ihr. Gretchen war ein gesünderer Name als Violet, und Gretchen war ein gesünderes Mädchen, keine Nachtpflanze, sondern eine hellgelbe Blume. Sie ließ sich die Haare wachsen und Strähnen reinbleichen, und je blonder sie wurden, desto besser sah es zu den dunklen T-Shirts und Jeans aus, die sie auf der Bühne trug, und alles war mehr oder weniger gut.

Zumindest war es ein Leben in der Warteschleife, bis ihr ein dummer Kommentar rausrutschte, der sie auf gleich zwei verschiedenen Schienen ans Messer lieferte. Dave und Len redeten drüber, nach einem Konzert noch in Strip-Clubs zu gehen, und erwähnten das Black Rose. Da sie noch ein bisschen überdreht war vom Publikum an diesem Abend, riss sie einen dämlichen Witz über die Butches, die dort Frischfleisch abschleppen gingen, und Will, der einen manchmal recht gut durchschauen konnte, sah sie plötzlich so unheimlich an, als ginge ihm ein Licht auf, und fragte: »Woher willst du das wissen?«

Sie machte sich nicht die Mühe, es abzustreiten – er hatte die winzige schwarze Rose auf ihrem Brustkorb schon hundertmal geküsst, ohne zu wissen, wofür sie stand. Jetzt starrte er sie an, und sie spürte, wie das Tattoo unter ihrem T-Shirt brannte, die Bedeutung plötzlich unmissverständlich.

Es war vorbei, das wusste sie sofort, im Gegensatz zu ihm, was nicht ungefährlich war. Von da an sah er jedes Mal, wenn sie auf der Bühne stand und wie eine Laterne leuchtete, nicht mehr Vi, sondern Starr, die unter den heißen Scheinwerfern tanzte, Starr, die es längst nicht mehr geben sollte. Nach Konzerten sagte er, ganz gleich, wie happy er mit dem Anteil der Band an den Eintrittsgeldern war: »Alle im Raum wollten dich.«

Sie zuckte nur die Schultern, denn war nicht genau das Sinn der Sache?

Anfangs machte es ihn scharf. Wenn sie nach Hause kamen, packte er sie grob, schob ihr T-Shirt hoch, rieb mit dem Daumen über das Tattoo, bis die Haut unter ihrer linken Brust zerschrammt und wund war, und fickte sie, als versuchte er, ihr Innerstes in Besitz zu nehmen. Zwecklos, hätte sie ihm sagen können; was da drin war, gehörte niemandem, nicht mal ihr selber. Aber es dauerte nicht lange, bis seine Begierde von Abscheu abgelöst wurde. Sein Blick verfinsterte sich, und sie zu ficken reichte nicht mehr, er musste anders in sie eindringen.

Die Duschstange war zerbrochen, und sie spürte, dass noch mehr zu Bruch gehen würde. Es wurde Zeit abzuhauen, aber diesmal musste alles ganz anders werden. Keine Linas mehr, keine Wills. Schluss damit, die Stoffpuppe zu spielen, ob sie nun nachts gut zugedeckt oder gegen die Wand geschleudert wurde.

Jedenfalls kam die Band allmählich zu groß raus. Fast bei jedem Auftritt sah sie jetzt ein paar leuchtende Rechtecke, die für Aufnahmen hochgehalten wurden, und das gefiel ihr gar nicht. Sie wusste, dass sie narrensicher planen und schnell handeln musste, weil Will sie derzeit nie lange aus den Augen ließ. Wenn sie alle zusammen unterwegs waren, spielte er sich als ihr Schutzengel auf, was hieß, dass sie und Will ein billiges Motelzimmer nahmen, während der Rest der Band auf fremden Sofas pennte. Demnächst würde er noch von ihr verlangen, die Tür beim Pinkeln einen Spalt offen zu lassen, und sie würde nie mehr allein sein, nicht mal auf dem Klo.

Sie fing an, mit der Band ein Bier vor dem Auftritt zu trinken, bei der Runde aufs Haus, die die miese Bezahlung abfedern sollte. Will mochte es, wenn sie sich an diesem Aufwärmritual beteiligte; wenn er sein fünftes oder sechstes kippte, während sie sich nüchtern hielt, hatte er sie oft genug aufgefordert, sich nicht als besser zu verkaufen, als sie war. Natürlich würde es sich irgendwann rächen, aber sie wusste schon so ungefähr, wie lange sie mit den Jungs mithalten konnte, bevor es zu spät war. Sie kuschelte sich näher an Will, um sich etwas mehr Zeit zu kaufen, ignorierte Dave und Len, so gut es ging, obwohl sie alle zusammengepfercht in einer Nische hockten, und achtete darauf, dass auch ja alle sahen, wie sie zur Toilette ging, kurz bevor sie zusammen auf die Bühne mussten. Will meinte lachend, sie habe wohl Lampenfieber, doch wenn die Zeit reif war, wollte sie diesen Teil überspringen, um sich eine Ausrede zu verschaffen, direkt nach dem Auftritt zu verschwinden.

Immer wenn sie in Seattle spielten, fühlte sie sich wie ein Kind auf einer Schaukel, das mit Blicken den Boden absuchte, während sie vorschwang und auf den perfekten Moment zum Absprung wartete. Sie wusste erst, nach wem sie suchte, als sie ihn sah: einen Mann im Publikum des Ploughman, den sie schon zuvor gesehen hatte, immer allein. Einfach nur ein Mann, aber in jener Nacht auf der Bühne, als die heißen roten Scheinwerfer wie eine Maske auf ihrem Gesicht lagen, aus der sie rausschlüpfen konnte, spürte sie ihn wie einen feuchten Fleck vorn auf der Bluse, spürte, wie er sie ansah. Und als sie sein dunkles Gesicht inmitten von helleren Gesichtern sah, ein Loch in der blassen Menge, wusste sie es. Sie schloss die Augen, ließ ihre Stimme ein paar Zeilen in der Alt-Lage verweilen und näherte sich ihm dann mit ihrem Sopran, umschmeichelte die Bühnenscheinwerfer mit ihrem Gesang und brach wie eine aufsteigende Taucherin in die dunkle Ruhe dazwischen durch.

In jener Nacht im Oktober, in der mal wieder der Schleier aus Nieselregen fiel, ein Vorhang, der sich die nächsten sieben Monate nicht heben sollte, wagte sie den Sprung.

6

Als ich zu Hause ankomme, habe ich das Video und Gretchen Farber völlig vergessen, weil sie weg ist. Julie ist weg.

Ich will Tom anschreien, weil er sie aus dem Haus gelassen hat. Natürlich weiß er nichts von der Fehlgeburt, er weiß nicht, dass sie vierundzwanzig Stunden Bettruhe halten soll, dass sie vielleicht blutet und Schmerzen hat. Aber trotzdem – als ich nach Hause komme, ist sie seit fünf Stunden verschwunden, ohne sich zu melden, und er ist außer sich. Wir fahren den Memorial ab, halten an Cafés und Läden, fragen, ob jemand sie gesehen hat. Ein Barista im Starbucks meint, er habe gesehen, wie sie draußen in einen Geländewagen einstieg.

Wir sind nicht so von Sinnen, dass wir nicht an Jane denken, die irgendwo mit Toms SUV unterwegs ist. Erst als an ihrem Handy direkt die Mailbox anspringt, wie immer, wenn der Akku leer ist, erst da sehen wir Horrorszenarien vor uns. Männer aus Mexiko waren Julie auf den Fersen, haben sie endlich gefunden, vielleicht als die Mädchen zusammen waren, und haben beide mitgenommen. Oder Jane hat Julie abgeholt, aber der Wagen wurde an einer Kreuzung gerammt, und jetzt liegen sie in einem Krankenhaus im Koma. Katastrophenfilme, die uns foltern, weil es nicht sein kann – das wäre ja, als schlüge der Blitz zweimal in dieselbe Stelle ein. Ich schreie Tom an, und er schreit zurück, und dann drücken wir uns ganz fest, und Tom ruft die Polizei an. Er hängt dort in der Warteschleife, als die beiden Mädchen endlich nach Einbruch der Dunkelheit in unsere Küche stolpern, klatschnass und hysterisch kichernd.

Das Lachen ist der Tropfen auf dem heißen Stein. Die letzten vier Stunden, seit ich nach Hause kam und beide Mädchen weg waren, habe ich hier an diesem Küchentisch gesessen und mir mit morbider Überzeugung selbst die Schuld an allem gegeben. Indem ich zu Julies Therapeutin gegangen bin und, schlimmer noch, mich mit diesem Mercado getroffen habe, irgendeinem Spinner, der meine Büronummer von der Instituts-Homepage hat, habe ich sie hintergangen, was beweist, dass ich es nicht verdient habe, Julie zurückzubekommen. Während ich die Liste von Janes Freundinnen durchtelefonierte – Bella, April und noch andere, mit denen sie wahrscheinlich nichts mehr zu tun hat, von denen wir aber noch die Telefonnummern der Eltern haben – und Tom zwischen Wartezeiten die Detectives Harris und Overbey und auch sonst jeden, den er in die Leitung bekam, anschrie, wusste ich instinktiv, dass sie wegen mir weg waren.

Und jetzt sind sie hier, und sie lachen.

»Wo wart ihr?«, frage ich ruhig.

Sie sind noch in ihrer Schwesternluftblase – Julie und Janie, Janie und Julie, genau wie früher, auch wenn Julie, die einen Missklang spürt, sich sofort ein wenig zusammenreißt.

»O mein Gott, wo wir überall waren!« Jane stützt sich mit einer Hand auf Julies Schulter ab.

»Fangt doch mit der Erklärung an, warum ihr klatschnass seid.«

»Oh«, kommt es von ihr. »Ja. Das war hauptsächlich ein Unfall.« In Janes Stimme hat sich eine gewisse Hektik eingeschlichen, aber ich bin nicht in der Stimmung, darauf Rücksicht zu nehmen. Meinen Gesichtsausdruck kann sie ja sehen. »Sag du's ihr, Julie. Dich mag sie.« Sie bricht in nervöses Gekicher aus.

Julie setzt zu einer Erklärung an. »Auf dem Rückweg war es so schlimm mit dem Verkehr, dass wir angehalten haben, um was zu essen. Und dann wollte Jane mir den Skulpturengarten zeigen, aber der hatte schon geschlossen …«

»Wir sind über die Mauer geklettert«, unterbricht Jane. »Das hab ich schon ganz oft gemacht, aber jetzt hat mich zum ersten Mal ein Wachmann vertrieben!« Sie kichert wieder. »Dann sind wir also zu dem großen Springbrunnen im Kreisverkehr am Hermann Park gefahren …«

»Wir wollten uns was wünschen.«

»… und da ist alles so ein bisschen aus dem Ruder gelaufen. Und wir waren schwimmen.«

»Sie hat nämlich Münzen aus dem Springbrunnen gefischt!«, sagt Julie, die wieder ein wenig lachen muss.

»Na ja, ich hatte halt kein Kleingeld. Ich hab mir gedacht, die Wünsche haben bestimmt nichts dagegen, wenn man sie wiederverwendet.«

Sie haben meinen Gesichtsausdruck schon vergessen, der sie eben noch hat erstarren lassen. In ihrer Vorstellung planschen sie noch zusammen in der großen Schale der Riesenfontäne und spielen Fangen unter den hohen Springbrunnenstrahlen, umgeben von hupenden Autos.

Ich halte es nicht aus. Ich weiß nicht mehr, was ich tue oder auf welche von beiden ich zugehe, aber Julie nimmt sich vor mir in Acht und drückt sich in die Türöffnung. Ohne mich zu bremsen, verpasse ich Jane eine Ohrfeige.

»Anna!«, ruft Tom.

»Was hast du dir dabei gedacht?«, schimpfe ich. »Wir haben dir bestimmt zwei Dutzend Nachrichten hinterlassen. Verdammt noch mal, was ist passiert?«

Tom geht zu Julie rüber, die mit dem Türrahmen verschmilzt, und legt einen Arm um sie. Er geht zwar nicht zwischen Jane und mich, ist aber offenbar kurz davor.

Jane hält sich verdattert eine Hand ans Gesicht. »Du hast mich geschlagen.«

Liebes, es tut mir leid, möchte ich sagen, doch heraus kommt: »Dein Vater und ich erwarten eine Entschuldigung von dir.«

»Du hast mich geschlagen«, ruft Jane. »Du blöde *Schlampe!*«

»Jane.« Tom greift in warnendem Tonfall ein.

»Der Akku muss leer sein! Scheiße, ich schau nach, wenn ihr drauf besteht.« Sie durchwühlt ihre Tasche, bis sie das Handy findet, drückt auf die Anstelltaste und wedelt damit herum. »Seht ihr? Kein Akku mehr!«

»Du bist dafür verantwortlich, dass es immer aufgeladen ist. Das weißt du.«

»Seit wann interessiert dich das?« Jane lässt das Handy wieder in ihre Tasche fallen. »Hier geht's doch überhaupt nicht um mich. Ich bin auch sonst schon mal fünf Minuten zu spät gekommen, und ihr habt es nicht mal gemerkt.«

»Ihr seid fünf Stunden zu spät, nicht fünf Minuten«, sagt Tom. »Wir hatten keine Ahnung, wo ihr wart.«

»Ich verpass andauernd das Abendessen«, sagt Jane. »Niemand hat mich je zuvor geschlagen. Scheiße, ich kann hier doch anstellen, was ich will, da habt ihr nicht mal ein müdes Lächeln für übrig.« Sie lacht auf. »Warum ist alles anders, wenn sie dabei ist? Weil ihr fürchtet, dass der Tochter was zustoßen könnte, auf die es ankommt?«

»Du kannst auf dich selbst aufpassen«, fauche ich.

»Was soll das heißen?«

»Du hast sie einmal gehen lassen!« Jetzt schreie ich. »Du hast zugesehen, wie sie zur Tür rausgegangen ist!«

Jane reißt die Augen auf. Sie kommt auf mich zu, nah genug, dass ich spüre, um wie viel sie mich überragt. Sie hebt eine Hand, und ich denke schon, sie will mich schlagen. Stattdessen zeigt sie auf Julie.

»Gebt mir die Schuld, wenn ihr wollt, aber vergesst nicht, sie steht da drüben. Ihr könnt sie alles fragen, was ihr wollt.«

Mein Blick folgt ihrem Zeigefinger, und da erst fallen mir Julies Haare auf, die wie die von Jane nass an ihrem Schädel geklebt haben, aber jetzt allmählich trocknen. Ich sehe die kurze fransige rote Kappe, vorn am Scheitel von einem Wirbel hochgezogen, und bin vorübergehend sprachlos.

»Ich hab dir doch gesagt, die rastet aus«, sagt Jane, der jetzt niemand mehr zuhört.

»Tut mir leid«, flüstert Julie.

»Warum ...« Ich gehe einen Schritt auf Julie zu, strecke eine Hand aus und berühre zaghaft die Stelle über ihrem Ohr, wo immer ihr langes silberblondes Haar war. Ich fahre ihr durchs Schläfenhaar, ziehe daran, prüfe nach, ob es echt ist.

Dann breche ich in Tränen aus. Ich kann nicht anders.

»Ich glaub's einfach nicht«, sagt Jane. »*Sie* ist heute von hier abgehauen, ohne irgendwem Bescheid zu sagen. *Sie* ist verschwunden. Nicht ich. Nicht ich!« An Janes linkem Ringfinger ist ein Verband, der sich gelöst hat und durch die Luft flattert. Als sie merkt, dass niemand versuchen wird, sie aufzuhalten, schenkt sie sich den Aufwand aufzustampfen, rennt einfach nach oben und knallt die Zimmertür hinter sich zu.

Julie folgt ihr, aber langsam; einen Fuß vor den anderen setzend, watet sie durch meine Trauer, als wäre es die Strömung in einem Fluss, als könnte sie den Halt verlieren und weggeschwemmt werden. Sie sieht aus, als hätte sie mehr Kinder verloren, als ich mir je im Leben vorstellen kann.

Meine Mutter hat mir einmal eine Ohrfeige gegeben.

Am Ende der fünften Klasse hatte Angie Pugh mich eingeladen, einen Teil der Sommerferien mit ihr und ihrer Familie in Northeast Harbor zu verbringen. Meine Mutter, die es mit der Mädchenerziehung etwas streng nahm, erteilte zähneknirschend ihre Zustimmung, doch ich war aus meinem Badeanzug rausgewachsen, und einen neuen kaufen zu gehen war eine Tortur. Sie stand hinter mir in der Ecke der Umkleidekabine und sah stirnrunzelnd zu, wie ich mir ein Teil nach dem anderen über meine neuerdings in die Breite gegangene Hüfte zog. Schließlich entschieden wir uns für einen Anzug mit Pünktchen und richtigem Rüschenröckchen, das mir halb bis zu den Knien hing – ich hatte im Vorjahr meinen Wachstumsschub ausgeschöpft und sollte nie auch nur einen Zentimeter über 1,55 m erreichen.

An meinem ersten Ferientag mit Angie verzog sie das Gesicht beim Anblick meines getupften Anzugs und sagte: »Hier, nimm einen von mir.« Sie öffnete eine Schublade voller Bikinis aus der Teenager-Abteilung, Badebekleidung, die meine Mutter mich nie auch nur hätte vom Ständer nehmen lassen. Ich probierte einen Häkelbikini mit Neckholder-Oberteil und perlenbesetzten Hüftschnüren, die beim Gehen aneinanderklackten. Angie sah mich abschätzend an und sagte: »Jetzt wird mir klar, wie es aussehen *sollte*.« Sie hörte sich neidisch an, aber in Maßen; schließlich war sie diejenige mit dem Ferienhaus in Northeast Harbor und ich die mit der katholischen Mutter.

Zehn Tage lang spielten wir Tetherball und Tischtennis, holten uns Cola mit Vanilleeis an der altmodischen Softdrink-Zapfstation und erzählten uns mit Taschenlampe unter der Decke Gespenstergeschichten. Am Ende der Ferien gab ich Angie ihren Bikini wieder, aber ich hatte nicht an die verräterischen Abdrücke gedacht. Meine Mutter, die nichts von Anklopfen hielt, kam rein, während ich mich umzog.

Als ich vor brennendem Schmerz weinte, rief sie: »Hast du eine Ahnung, was die Männer gedacht haben, die dich gesehen haben? Na?«

Ich glaubte ihr nicht. Für mich war es einfach nur ein Körper. Doch als der Sommer zu Ende war, stellte ich fest, dass die Jungs in meiner Schule, die Männer auf der Straße, dass jeder, der hinschaute, mehr darin sah; er war ein offenes Buch voll grusliger Geheimnisse, eine schmutzige Zeitschrift, in der jeder herumblättern konnte. Meine Mutter schlug mich nie wieder, aber ich nahm ihr übel, dass sie recht gehabt hatte.

Meine Mutter starb, bevor Julies Hüften je einen Rock ausfüllten. Sie sah nie, wie mir zum ersten Mal fast das Herz stehen blieb – dieser Moment, in dem man seine Tochter in einem bestimmten Licht ansieht und merkt, dass sie allmählich zur Frau heranwächst, und einem jeder Junge einfällt, der einem je einen Bleistift unter den Rock gesteckt hat, während man vor ihm die Treppe hochging, jeder Mann, der einen an der Bushaltestelle angestarrt hat, jedes Hupen auf der Straße, jede anzügliche Bemerkung. Oder wie man mal allein war, herrlich allein, in einem leichten Sommerkleid ein Buch las, spürte, wie einen das Gras an den Oberschenkeln kitzelte und die Sonne auf die Unterarme schien, nur um dann plötzlich zu merken, dass man doch nicht allein war, weil ein Mann, vor dem man sich nicht fürchtete, weil das albern wäre, ankam und fragte, ob er einem den Rücken mit Sonnenlotion eincremen dürfe. Du siehst deine Tochter an, und alles ist wieder da, jede Nanosekunde dieser gekoppelten Aufwallung von Furcht und Scham, nur dass es diesmal nicht dir selber zustößt, sondern einem Körper, der sich anfühlt wie deiner, ohne deiner zu sein, sodass du ihn einfach nicht beschützen kannst.

Damals blieb mir fast das Herz stehen. Ich fürchtete mich für sie und *vor* ihr. Ich hielt den Atem an und dachte: *Das geht vorüber. Wenn sie erst ein Teenager ist, wird sie zur Vernunft kommen. Genau wie ich.*

Sie hat es nicht bis dahin geschafft.

»Wie kannst du es wagen.« Tom ist wütender auf mich, als ich ihn je erlebt habe; auch wenn er sich runterbeugt, um mir in die Augen zu starren, sieht er immer noch die vollen dreißig Zentimeter größer aus, um die er mich überragt. »So was machen wir nicht, Anna. So etwas tun wir unseren Kindern nicht an.«

»Du hattest genau so viel Angst wie ich.«

»Es ist mir völlig egal, wie viel Angst du hattest«, sagt er und wächst sekündlich vor mir in die Höhe. »Wir waren uns einig: Das kommt bei uns nicht vor. Ich hab als Kind zu viel davon abbekommen.«

»Und wie geht es deinen Schwestern, Tom?«, sage ich und erwidere plötzlich seinen Blick.

»Die haben eine Scheißangst vor ihrem Vater!«, blafft er mich an. »Und vor ihren Ehemännern wahrscheinlich auch! Willst du das etwa?«

»*Und wie viele von ihnen wurden entführt und an den Höchstbietenden verkauft?*«, schreie ich. »*Und wie viele von ihnen wurden acht Jahre lang täglich vergewaltigt?*«

»Anna ...«

»Sie waren *in Sicherheit*, Tom! Er hat sie *beschützt*!«

Er hält mir den Finger direkt vors Gesicht und spuckt jedes Wort knurrend aus: »Wenn du glaubst, dass es sich so angefühlt hat, mit meinem Vater aufzuwachsen, dann hast du *verdammt* wenig Ahnung von Sicherheit.«

Aber ich bin jetzt völlig außer mir. Das Geschrei hat etwas ausgelöst, das zu groß ist, um sich in Worte fassen zu lassen. Ich denke, ich würde schluchzen, merke dann aber, dass ich nur nach Luft schnappe, immer wieder, keuchend. Mir wird schwindlig und schwarz vor Augen. Im nächsten Augenblick komme ich zu mir, immer noch da, wo ich stehe, nur jetzt an Toms Brust gedrückt. Es kommt mir so vor, als stoße er die Luft in meine Lunge zurück, und die große Finsternis in mir zerfließt in gewöhnlichen Tränen.

»Warum hat sie das getan?«, sage ich schluchzend an seiner Brust. »Warum?«

»Du kennst doch Jane«, sagt er. »Sie hat die Zeit vergessen. Und Julie, ich glaub, die hat sich einfach eingesperrt gefühlt, wie in der Falle. Du weißt ja, was sie durchgemacht hat.« Ihn schaudert, und er seufzt schwer. »Ich hab mir genau solche Sorgen gemacht wie du – und war genauso wütend. Aber jetzt, wo wir wissen, dass sie wohlbehalten zurück sind, glaub ich ehrlich gesagt, dass es gut für die Mädchen war, mal etwas Zeit miteinander zu verbringen.«

»Ich hab ... ihre Haare gemeint.«

Tom lässt mich los, weicht einen Schritt zurück und starrt mich an. »Das kann nicht dein Ernst sein.«

Er ist all die Jahre an Jane drangeblieben, hat sich durch die Hindernisse gekämpft, die sie aufgestellt hat, um uns auf Abstand zu halten, während ich mir immer wieder einredete, sie wollte, dass wir uns raushielten. Aber Julie – wie konnte er auch den Kontakt zu ihr halten? Wie kann er die alte Bindung noch so nahtlos weiterführen? Woher wusste er, dass er direkt zu Julie gehen und sie in den Arm nehmen musste, während ich zu Jane ging und tat, was ich tat?

»Sie sind wie Fremde.«

Er sieht mich ungläubig an. »Aber Anna. Das Gefühl haben alle Mütter von Teenagertöchtern.«

Doch Julie ist, wie Carol Morse richtig gesagt hat, eine erwachsene Frau. Tom weiß nichts von Carol Morse und der Fehlgeburt, Alex Mercado und dem Umschlag. Er sieht nicht in diese blauen Augen und fragt sich, ob es genau der richtige Farbton ist, und dann: *Würde ich den Unterschied überhaupt erkennen?*

Ich könnte Tom alles sagen, doch ich bin diejenige, die das Gift einsickern ließ, und dafür werden wir schon genug bestraft. Was könnte meinen Frevel klarer unter Beweis stellen als dieses schreckliche Gefühl, die eigenen Kinder nicht zu erkennen, sie aus dem Nest schubsen zu wollen, weil der Geruch nicht stimmt, sie zu schlagen, wenn ich sie eigentlich im Arm halten will, und das nur, weil sie zu unerwarteten Tages- und Nachtzeiten verschwinden und ich nie wissen kann, wie sie aussehen werden, wenn sie wiederkommen?

»Du hast recht«, sage ich. »Ich weiß, dass du recht hast.«

Tom und ich können uns nur einen Streit pro Abend leisten. Für mehr reicht es in unserem frisch reparierten Zustand noch nicht. Ich lasse mich von ihm ins Bett bringen. Aber als er eingeschlafen ist, schlüpfe ich mit meinem

Handy ins Bad, stelle es auf stumm und suche, bis ich ein YouTube-Video finde, das »Gretchen at Midnight@Chapel Pub – 10/2/14« heißt. Ich tippe aufs Dreieck, um den Clip abzuspielen, und sehe zu, wie Julies Gesicht, nicht größer als ein verschwommener weißer Daumenabdruck auf dem Display, unter den Bühnenscheinwerfern den Mund öffnet und tonlos singt.

Violet

sang zum ersten Mal in Linas Garten.

Sie betrachtete ihn nie als *ihren* Garten, obwohl sie schon seit fast einem Jahr dort wohnte, lange genug, um sich die Haare erst blau zu färben, dann zu bleichen, kurz zu schneiden und sie schließlich wieder in einem satten Rotblond lang wachsen zu lassen. In dieser Clique waren kurze Haare natürlich nichts Ungewöhnliches, aber sie merkte, dass sie Lina lang lieber waren, so wie der Schweif eines Zirkusponys, Farbe Nebensache.

Lina hatte Freundinnen eingeladen, und sie hatten alle getrunken. Es war dunkel und ein wenig kühl geworden, also hatten sie in der offenen Feuerstelle hinterm Haus ein Feuer angemacht, die Küchenstühle rausgeschleppt und drum herum aufgestellt. Weil Lina nie kiffte, ließ Violet normalerweise auch die Finger davon. Sie hätte es als Zeichen nehmen sollen, dass sie reif für eine Veränderung war, als sie diesmal den Joint nahm, der wie von Zauberhand, wenn auch von Susan gehalten, links von ihr auftauchte. »Vee«, sagte Lina, wandte sich aber gleich darauf achselzuckend ab, als Violet einen langen Zug nahm.

Violet kostete die kurze Gelegenheit aus, Lina vor Augen zu führen, dass sie kein spottbillig erworbenes exotisches Urlaubssouvenir war. Niemand außer Lina sah es als gegeben an, dass Violet von der Stange wegzuholen bedeutete, sie gekauft zu haben, doch es lag in der Luft wie Feuerwerksdunst, der Geruch einer gefährlichen Erregung, der sich verzog, bevor jemand anderes in den Genuss kommen konnte. Violet ließ lautlos einen Lungenzug Rauch entweichen und gab Susan den Joint zurück, die ihn mit großzügigem Grinsen weiterreichte.

Als sie die Hände frei hatte, zog Susan eine Gitarre hinter ihrem Stuhl hervor.

»Schon Zeit für Minnesang?«, rief Susans Freundin Beck von der anderen Kreisseite, wo sie in eine Wolldecke gehüllt saß.

Aber Susan stimmte kein Liebeslied an. Zum Auftakt schlug sie mit den Knöcheln in die Saiten und ging dann zu einer gezupften Melodie über, die Violet an fließendes Wasser erinnerte, bei der sich die Akkorde in einzelne Noten auflösten. Der Joint lockerte nicht nur alle Knoten in ihren Gliedern, sondern auch ihre Anspannung, die Vorzeigefreundin sein zu müssen, die man sehen, aber nicht hören sollte. Susans Finger auf den Saiten zupften an den Härchen auf ihren Armen und Beinen, an ihren Nackenhaaren.

Dann stimmte Susans kehliger Alt einen Folksong an. *She walks these hills, in a long black veil. She visits my grave, when the night winds wail.* Das Lied kam Violet seltsam bekannt vor – oder vielleicht war sie auch einfach nur high –, und sie strengte ihren Kopf an, um das Ende jeder Zeile zu erfassen, kam aber nie so ganz hinterher. Dann berührte die abgerundete Kante der Gitarre sie so am bloßen Knie, dass ihr die Vibrationen den Oberschenkel hinauf bis zwischen die Beine liefen, und sie fühlte sich zum ersten Mal zu einer Frau hingezogen, und zwar heftig. Und die Frau war nicht Lina.

Auf Becks Gesicht mischten sich Nachsicht und Besorgnis – auch sie war high –, während sie zu Susan hinübersah, doch die meisten anderen plauderten und lachten noch, stellten klirrend Bierflaschen und Weingläser auf dem Boden ab oder schlurften in ihren Sandalen über den Betonboden, um sich drinnen noch ein Bier zu holen.

Dann begann Violet zu singen.

Erst begleitete sie Susan, doch nach und nach löste sie sich bei den Endreimen – *veil, wail, sees, me* – von ihr und ließ ihre Antwort auf Susans Betonungen emporschwingen, folgte dem Auf und Ab ihrer Stimme so, wie sie es von John David her kannte. Schließlich löste sie ihre Stimme ganz von der Susans, als wäre sie zuvor auf dem Rücken eines Vogels mitgeritten, habe ein Gefühl fürs Fliegen bekommen und breite nun selbst die Schwingen aus. Von da an war es wie ein Tanz. Susan und sie atmeten im Takt ein und entließen ihren Atem im Takt, vibrierten wie zwei Saiten eines Instruments.

Außerhalb der Luftblase, in der sie sangen, klirrten Weingläser und hingen Bierflaschen auf halbem Wege zu geöffneten Mündern in der Luft.

Als sich die Noten in Akkorde zurückverwandelten, wusste Violet, dass es vorbei war; langsam kam sie wieder runter, und ein schläfriges Gefühl von Leere blieb zurück.

Die Frauen im Kreis beklatschten und bejubelten Violet wie ein Wunderkind oder ein Zirkustier, das sprechen konnte. Jemand sagte: »Lina, wo hast du die bloß unter Verschluss gehalten?«, als wäre sie in diesem Sommer nicht zu all den vielen Lyriklesungen und Essenseinladungen mitgeschleift worden, vom Black Rose ganz zu schweigen, wo sie zugesehen hatte, wie sich die anderen von ihren Kolleginnen Lapdances geben ließen.

Während Lina die Lobeshymnen einstrich, legte Susan

Violet eine Hand auf den Arm und fragte: »Wo hast du so singen gelernt?«

»Kirche«, antwortete sie wahrheitsgemäß, und weil sie doch noch ein bisschen high war, schien das Wort alles zu umfassen, was sie darunter verstand, nämlich John David und die Finsternis inmitten des Lichts und die Dinge, die schrecklich und schön zugleich waren und die sie jedem anbieten würde, wenn es darum ging zu überleben. Susan nickte, und Violet dachte kurz, sie würde es wirklich verstehen. Was konnte Susan zugestoßen sein, wenn das stimmen sollte?

»Wenn du mal mit mir bei 'nem Open Mike auftreten möchtest, jederzeit«, sagte Susan mit einem Zwinkern und tätschelte ihr zweimal den Arm.

Violet erkannte am Kribbeln ihrer Haut und daran, wie Lina sie ansah, dass sich der Kreis mit gefährlicher Energie aufgeladen hatte. Sie stellte sich vor, wie sie sich in ein funkensprühendes Feuerrad verwandelte, das das gemeinsame Leben von Susan und Beck niederbrannte und die beiden zu einer Entscheidung nötigte, wem die Eigentumswohnung in Northwest, das gemeinsam geführte Restaurant und der vierjährige Sohn zufallen sollten. Sie wog all das gegen das vom Gras befeuerte Flackern zwischen ihren Beinen ab, das sie an einem einzigen Abend, spätestens aber in ein paar Wochen ausgereizt haben würde.

Es war verlockend.

Sie löschte das winzige Flämmchen. »Ich glaub, das geht nicht«, sagte sie. Susan war ihr zu schwierig.

Und überhaupt hatte es auch sein Gutes, Susan abblitzen zu lassen. Lina war so dankbar, dass sie es ihr bei der nächsten Gelegenheit, die sich wie erwartet bot, erlaubte.

Und dann sang Violet mit Trios in kleinen Cafés Folksongs, sprang auch gelegentlich bei anderen Bands als Backgroundsängerin ein, was ihr die Befriedigung verschaffte, den letzten Rest der Stripperin Starr mit der roten Mähne bis zur Taille von sich abzuschütteln und ganz in ihre neue Identität zu schlüpfen: Violet, die Sängerin mit dem rotblonden Bob, den sie sich gerade wachsen ließ. So ging es mit ihr immer weiter, von einem Auftritt zum anderen, von einer Band zur nächsten, bis sie einem Schlagzeuger begegnete.

Will war single, also brauchte sie bloß eine Band auseinanderzubringen.

7

Als ich am nächsten Morgen aufwache, reinigt Tom draußen den Pool.

Ich beobachte ihn vom Schlafzimmerfenster aus, wie er an der Kieseinfassung steht und das lange Rohr des Saugers wie ein Gondoliere gemächlich über den Beckengrund zieht. Mit jeder gleichmäßigen Ausholbewegung kommt mir die letzte Nacht weiter weg vor. Das Kribbeln in meiner Hand, nachdem ich Jane geohrfeigt hatte, Toms Gebrüll und vor allem das Gesicht auf dem Handydisplay, um das ich schützend die Hand hielt, während ich im Bad kauerte – all das ist jetzt weit weg, fortgespült von Schlaf und frühmorgendlichem Duschen. Ein Fehler. Ein Missverständnis. Ein blondes Mädchen in einem verwackelten Video. Ich schnappe mir eine saubere Jeans aus dem Wäschekorb und ziehe sie an, spüre dann ein Klümpchen in der Gesäßtasche und finde die Visitenkarte von Detective Overbey, in der Waschmaschine zermanscht und im Trockner fusselig geworden, unlesbar. Ich werfe sie weg.

Dann gehe ich mit meinem Kaffee nach draußen und setze mich in einen Liegestuhl, um Toms rhythmischen Bewegungen zuzusehen. Es ist einer von diesen seltenen glitzernden Morgen, abgekühlt nach einem Regen, mit denen Houston manchmal im Juni aufwartet, ein Rückfall in Märztemperaturen. In einem etwas gemäßigteren Klima könnte so etwas glatt als normaler Sommertag durchgehen. Die Schatten der hohen Kiefern schwanken auf der Terrasse; das bisschen Wind, das ihre Wipfel träge hin und her biegt, schafft es kaum bis zu mir. Das gelbe Würmchen eines Eichenpollen-Nachzüglers fällt in meinen Becher, und ich fische es raus. Mag sein, dass wir unsere Probleme haben, aber wir sind wieder eine Familie, Mann und Frau und zwei hübsche Töchter, endlich vereint.

Die Tür geht auf, und Jane kommt raus, einen Rollkoffer hinter sich herziehend.

»Schätzchen?«, ruft Tom, während sie den Koffer zum Auto rollt, ohne uns zu beachten. Ich höre, wie eine Autotür aufgezogen wird und dann mit dumpfem Knall wieder zufällt. Als sie ohne Koffer an der Terrassc vorbeikommt, sagt Tom: »Jane?«

»Ich fahr zurück. Hab mir gestern Abend das Ticket besorgt. Heute schlafe ich bei April, und morgen früh bringt sie mich zum Flughafen.«

Tom schaltet den Bodensauger aus und lehnt den Griff an einen Baum. »Herzchen – wir haben doch über alles geredet. Vielleicht brauchst du etwas Zeit, um ...«

»Ich will zurück. Jetzt.« Tom fragt nicht, warum. Wir fragen beide nicht. »Bringst du mich zu April?«

»Sicher. Natürlich«, sagt er. Sie verschwindet im Haus. Er wendet sich mir zu.

Mein Einsatz ist gefragt. »Ich geh mich entschuldigen«, sage ich. Und dann, als er auf seine Füße in den Sandalen runtersieht: »Es tut mir leid.« Er schaut nicht auf, während ich an ihm vorübergehe, aber seine Wut ist mit Händen greifbar.

Ich gehe nach oben, klopfe an Janes Tür, öffne sie zentimeterweise, als keine Antwort kommt, und sage sanft: »Hey.«

Jane stöbert in ihrem Wandschrank herum. Nach einem

Blick über die Schulter macht sie unverzüglich da weiter, wo sie aufgehört hat: eine offene Sporttasche mit Sachen vollstopfen, die ihr mehr oder weniger wahllos in die Finger kommen.

Hinter mir läuft jetzt die Dusche, und ich denke an Julies neue Haarfarbe. Ich frage mich, wie viel überschüssige Farbe wohl den Abfluss hinunterfließt und ob das Rot die Wanne verfärben wird. Dann fällt mir plötzlich Jane wieder ein, die vor mir steht und mir den Rücken zukehrt.

»Es tut mir so leid, Jane. Dafür gibt es keine Entschuldigung. Wir hatten nur ... Ich hab mir solche Sorgen gemacht.«

Jane zerrt einen Pulli von einem Bügel und pfeffert ihn in die Tasche. »Mach du dir Sorgen, so viel du willst«, sagt sie. »Mich brauchst du dafür ja nicht.«

Ich trete einen Schritt ins Zimmer vor und ziehe die Tür hinter mir zu. Sie wirbelt herum.

»Hab ich gesagt, du kannst reinkommen?«

»Jane, bitte.«

»Was soll ich bitte? Dir vom Hals bleiben, damit du mit deiner anderen Tochter zusammen sein kannst, deiner echten Tochter, an der dir was liegt? Immer schön funktionieren, damit du keine kostbare Zeit an mich verschwenden oder dir anhören musst, was ich zu sagen habe?«

»Bitte bleib.« Sie sieht mich so sehnsüchtig an, mit vorgeschobener, zitternder Kinnlade wie früher als Kind. »Dein Vater braucht dich.«

Sie senkt den Blick, und als sie wieder aufschaut, zittert das Kinn nicht mehr. »Ich geh auf der Fahrt zu April mit ihm frühstücken. Macht ihn das glücklich?«

»Ich glaub schon, dass ihm das gefallen wird.«

»Er wird mir fehlen. Ihr werdet mir beide fehlen – ihr alle.« Sie wischt sich mit dem Ärmel ihres Flanellhemds über die

Augen. »Es ist bloß – ich halte es hier jetzt gerade nicht mehr aus. Es macht mich wahnsinnig. Sie ist auch meine Schwester, weißt du. Sie hat mir auch gefehlt. Ich hatte auch Angst all die Jahre.« Ihr Blick wandert durchs Zimmer, zu ihrem Schrank. »Ich hasse dieses Zimmer. Wenn ich hier schlafe, hab ich immer noch Albträume.«

»Wir konnten nicht wegziehen«, sage ich. »Wir ...«

»Ich weiß, ich weiß, ihr wolltet, dass sie euch finden konnte. Was ja auch geklappt hat. Und das ist das Einzige, was zählt. Hab schon verstanden.« Sie fährt damit fort, Sachen in ihre Tasche zu stopfen. »Mir auch egal, dass du mich kaum gefragt hast, wie es an der Uni so ist ...«

»Jane ...«

»Lass nur. Ich komm schon allein klar. So wie immer.« Sie beendet die Packerei, hebt die Tasche hoch und wirft sie aufs Bett. »Aber lass es bitte nicht an mir aus, dass sie euch gefunden hat, und nicht umgekehrt.«

Jemand klopft sachte, und Jane schiebt sich an mir vorbei, um aufzumachen.

Julie steht in der Tür mit einem Paar schwarzer Basketballschuhe in der Hand. Mit den nassen kurzen Haaren, die flach am Schädel anliegen, sieht sie älter und kleiner aus, fast vogelartig.

»Die hier wirst du brauchen«, sagt sie und hält ihr die Schuhe hin.

»Du kannst sie behalten«, sagt Jane mit rauer werdender Stimme. »Ich muss mir sowieso ein paar neue kaufen.«

»Ganz sicher?«, fragt Julie.

»Klar«, meint Jane. »Die sind für dich.«

»Danke«, erwidert Julie.

»Du hast meine Mailadresse, oder?«, fragt Jane. Ich habe

das Gefühl, ich sollte die Mädchen allein lassen, damit sie sich in Ruhe verabschieden können, aber weil sie direkt in der Tür stehen, bleibe ich, mit den Händen in den Jeanstaschen, wo ich bin, und warte.

»Jap«, sagt Julie. »Danke, dass du Zeit mit mir verbracht hast. Hat Spaß gemacht.«

»Mir auch«, sagt Jane. Sie macht einen Satz nach vorn und umarmt Julie rasch. »Hab dich lieb. Ich bin froh, dass du zu Hause bist.«

Dann wendet sie sich um und zieht den Reißverschluss der Tasche auf dem Bett zu. Sie greift sich einen Stapel Notizhefte von ihrem Schreibtisch und schultert ihre Büchertasche. Als sie sich wieder zur Tür umdreht, ist Julie fort, ihre Zimmertür geschlossen.

Ich greife nach einem Gepäckstück, aber Jane schüttelt den Kopf, schnappt sich die Tasche und geht zur Tür hinaus. Sie schlägt bis zum Ende der Treppe ein flottes Marschtempo an, *rumms-rumms-rumms,* ihr schwerer, energischer Schritt, als zöge sie in den Krieg; ich trotte leiser und langsamer hinter ihr drein. Tom steht vom Küchentisch auf, sowie er sie sieht, und geht auf sie zu, greift nach den Taschen. Sie überlässt ihm alles, selbst die Hefte, und er trägt es wortlos zum Auto hinaus. Ich hefte mich weiter an ihre Fersen, bis wir an der Hintertür ankommen, wo Julie vor langer Zeit gezögert haben muss, mit einem Messer am Rücken, ehe sie den letzten Schritt über die Schwelle ihrer Kindheit tat, hinein in was auch immer sie auf der anderen Seite erwartete.

Immer noch mit den Händen in den Taschen möchte ich Jane an die Schulter fassen. Ich lasse es zwar, doch vielleicht übernimmt irgendein unsichtbarer Teil von mir, wie ein Phantomarm, denn sie dreht sich trotzdem um.

»Mom«, sagt sie und vergräbt eine Sekunde den Kopf an meiner Schulter, und ihre Arme drücken meine so herunter, dass es fast wehtut.

Als sie sich wieder losmacht, habe ich einen Kloß im Hals, aber ich schlucke ihn runter, nehme endlich die Hände aus den Taschen und fasse ihr an einen Ellenbogen. »Ich liebe dich«, sage ich.

Ihr Gesicht sieht ernst und ein wenig traurig aus. »Mom«, sagt sie. »Ich glaub, du solltest etwas wissen. Julie hat ein Handy. Sie hat mir gestern gesagt, sie hätte sich eins geliehen, um mich anzurufen, aber dann hab ich es in ihrer Handtasche gesehen.« Sie zieht einen Zettel aus ihrer Tasche. »Ich hab die Nummer notiert.« Sanft löst sie meine Hand von ihrem Ellenbogen, und das Letzte, was ich von Jane spüre, sind ihre Finger, die mir den Zettel in die Hand drücken.

Dann ist sie weg. Das Auto brummt die Auffahrt runter, und ich bleibe ein bisschen zu lange stehen, ehe ich den Zettel einstecke, dabei immer noch Janes Berührung spüre und mich zerstreut frage, warum sie wohl einen weißen Verband um einen Finger hat.

Als ich mich umdrehe, steht Julie an der Kochinsel und sieht mich an. Ich wüsste gern, wie lange sie schon da steht, was sie gehört und gesehen hat.

Starr

lernte im Black Rose in Portland, Oregon, wie man lügt. Nicht dass sie nie zuvor wen angelogen hätte – Polizisten, Pflegeeltern, alle, die aussahen, als könnten sie ihr aus der Wahrheit einen Strick drehen. Doch das waren in Worte gefasste Lügen gewesen, und jeder, der genau hinhörte, konnte Worte durchschauen. Im Black Rose lernte sie, mit dem ganzen Körper zu lügen.

Als Mercy mit braunen, schulterlangen, unauffälligen Haaren war sie auf dem Pioneer Courthouse Square gelandet und Richtung Osten über den Fluss gegangen, bis sie genug hatte vom Herumlaufen. Sie war an zwei anderen Clubs vorbeigekommen, doch das Rose war der erste mit Bild auf dem schäbigen Schild, und die verschnörkelten schwarzen Blütenblätter in einem Dornenkranz sprachen sie an. Sie musste sich nicht mal ausziehen für den Job, nur Gary, einem großen hageren Typ mit Hipster-Schnurrbart, einen Ausweis zeigen, auf dem sie über einundzwanzig war. Er erklärte ihr, dass sie ihre Pflicht-Bühnenzeit mit verdünnten Zehn-Dollar-Drinks mieten musste, die die Kunden ihr ausgaben, zehn Drinks für einen Bühnentanz, zwanzig für zwei und so weiter. Wenn sie ihre Drink-Quote nicht schaffte, musste sie den Rest bei Feierabend selbst kaufen, von dem Bargeld, das sie mit Lapdances und Bühnendollars machte – *nachdem* sie dem Türsteher, dem Barkeeper, den Kellnerinnen und den Security-

Leuten jeweils ihr Trinkgeld ausgezahlt hatte. Also wäre es *angeraten*, sagte Gary und ließ sich das Wort auf der Zunge zergehen, den Kunden mit ihren Lapdance-Einlagen so viele Drinks wie möglich aus der Tasche zu ziehen.

Was Regeln anginge – tja, seit der Liberalisierung sei alles erlaubt. Keine Nicht-Anfassen-Regel, keine Eine-Armeslänge-Abstand-Regel, und kein Körperteil musste bedeckt sein. Er zeigte auf einen der Sessel, die an den Wänden standen, wo eine Tänzerin nackt auf dem Schoß eines Kunden saß, die Beine gespreizt, seine Finger tief in ihr vergraben. Der Kunde hatte den Kopf gegen die Wand zurückgelehnt, während die Tänzerin geistesabwesend das Becken auf ihm kreisen ließ. »Danke vielmals, Oberster Gerichtshof von Oregon«, sagte Gary mit einem angedeuteten Lächeln, das sich aber nicht auf seinem Gesicht zeigte.

Natürlich musste *sie* so was nicht machen. Es ging nur darum, dass ihr so gut wie alles erlaubt war. Was ihn betraf, konnte sie sich das Schamhaar anzünden. Nur eine Sache war da noch: »Der Name Mercy geht gar nicht. Wir haben schon eine.«

Starrs erster Bühnentanz fand an einem Donnerstagnachmittag statt, zu früh, auch wenn man in dem fensterlosen Club, wo die Nebelmaschine Tag und Nacht wirbelte, nicht erkennen konnte, wie spät es war. Sie wand sich unbeholfen zur Musik, schlüpfte aus dem notdürftig zusammengeschusterten Kostüm eines Mädchens von nebenan samt in einem Einkaufszentrum geklautem Tanga, und wartete nur darauf, dass sie sich entblößt und schutzlos fühlen würde. Doch je näher der Zeitpunkt heranrückte, den Tanga bis zu den Knöcheln runterzuziehen, desto bekleideter fühlte sie sich. Wenn sie bis auf ihre neongelben Plateauschuhe nackt auf der Bühne stand, war sie unangreifbar, völlig ausgezogen bis auf eine Rüstung, die sich nie ablegen ließ.

Als sie von der Bühne heruntersteig und unter ihrer Jagdbeute umherstrich, legte sich das Gefühl wieder – es waren triste Tagesgäste, für die das alles nichts Neues war, da es an jeder Ecke einen Strip-Club gab. Die letzte Lockerung des Sexualstrafrechts bedeutete, dass die Stripperinnen den Kunden mit äußerstem Körpereinsatz Geld aus der Tasche ziehen konnten. Manche Mädchen beendeten jeden Striptease mit ausgebreiteten Armen auf dem Rücken, schwenkten dabei die Beine wie exotische Wasserpflanzen und präsentierten den Kunden auf Augenhöhe ihre entblößten Geschlechtsteile. Ihre Mösen waren so trocken wie zu lange offen stehende Münder und so unpersönlich wie Gummihühner, doch das scherte keinen; die Männer glotzten wie gebannt auf die verdorrte Gänsehaut, als könnten sie ihre Verwandlung in warme, feuchte Intimität herbeiwünschen. Starr probierte die Hubschrauberbewegung einmal zu Hause, doch ihre Bauchmuskeln waren lachhaft. Sie schaffte gerade mal die simpelsten Pole-Moves, auch wenn sie von ihren Mitbewohnerinnen lernte, die fast alle auch Stripperinnen waren.

Gary hatte ihr den Tipp mit dem maroden Altbau mit halb verrotteter Vortreppe am Hawthorne gegeben. An den Fenstern, die von schwarzem Klebeband zusammengehalten wurden, lief in dem ewigen Nieselregen die Feuchtigkeit runter. Sie ließ nie etwas dort, ihr Rucksack voller Trophäen und einer allmählich anwachsenden Kostümsammlung war sicherer aufgehoben in einem Spind im Rose, und ihren einzigen Schmuck, das Goldkettchen mit kleinem Pferdeanhänger, trug sie beim Tanzen um den Knöchel.

So süchtig Starr auch nach dem heißen Scheinwerferlicht

auf ihrer verschwitzten Haut und dem herben Geschmack des Bühnennebels an ihrem Gaumen war, so war sie doch ohne allen Zweifel eine miserable Stripperin. Mit Lapdances hatte sie mehr Erfolg. Sie hielt sich zwar gar nicht gern unten auf, zwischen den Glotzern und Grapschern, und wirkte distanziert und mürrisch. Aber mürrisch hatte für manche seinen eigenen Reiz, und sie hatte ebenso ihre Kundschaft wie die Mädchen, die kicherten und flirteten. Enthusiasmus war nicht erforderlich, solange sie ihren Text beherrschte, und der war schon fast peinlich leicht zu behalten; egal, ob sie ihr glaubten oder nicht, es gehörte alles zum Deal. Sie hatte bald den Dreh raus, welchen Kunden sie erzählen musste, dies wäre bloß ihr erstes oder zweites Mal, und welchen, sie würde Geld fürs College sparen oder auf irgendein neues Spielzeug für ihr Kind. Bei anderen wiederum redete sie gar nicht über sich, sondern gab nur eine Art Schnurren von sich, so als machte es sie glücklich, sich an ihren Weichteilen reiben zu dürfen.

Jedenfalls gab es zu viele Stripperinnen und nicht genug Kunden. Manche Mädchen verdrehten die Augen über die »Lockerungen« und schimpften, schlimmer hätte es nicht kommen können. In manchen Nächten brachte Starr kaum etwas mit nach Hause, nachdem sie die Trinkgelder an alle verteilt hatte. Und dann konnte man in dieser neuen Atmosphäre der Freizügigkeit auf tausend verschiedene Arten auf die Nase fallen, im Sekundenbruchteil zwischen einem Lächeln und einem Nicken alles aufs Spiel setzen. Sie hatte miterlebt, wie Lieblingskunden ihren Mädchen mit dem Angebot, sich nebenbei was dazuzuverdienen, in einer Zigarettenpause nach hinten gefolgt waren, und die waren dann später am Abend mit einem blauen Auge oder einem zerrissenen BH-Träger wiedergekommen oder überhaupt nicht.

Starr, die an die Petes dachte, hatte kein Interesse an solchen Nebenverdiensten. Doch wenn sie zu oft Nein sagte, lief sie Gefahr, nicht nur selbst, sondern auch für den Club einen Stammkunden zu verlieren, was auch nicht gut war. Also kam es darauf an, gar nichts zu sagen, sich weder ein Ja noch ein Nein abringen zu lassen, sondern hartnäckig den Eindruck zu erwecken, als könnte sie eines Tages Ja sagen, als warte sie nur auf den passenden Moment. Sie lernte die Kunst des Verschwindens.

Ihre Meisterprüfung machte sie, als eine Kollegin ihr eine halb volle Plastikschüssel mit »Manic Panic«-Haarfarbe in einem unübersehbaren Rotton mit den Worten reichte: »Vertrau mir. Das kommt im Scheinwerferlicht super zur Geltung.« Da derartiger Rat eine Seltenheit war, nahm Starr ihn an und stellte fest, je strahlender die äußere Fassade glänzte, desto dunkler wurde es in ihrem Inneren, wo sie sich verstecken konnte.

In den nächsten acht Monaten lernte sie, dass es nicht bloß auf die Haare ankam; es konnte ein Akzent sein, ein ungewöhnlicher Nachname oder ein falsches Tattoo im Nacken. Es konnte knallblauer Eyeliner sein, ein Paar Cowboystiefel oder etwas Exotisches, das sie sich spontan ausdachte, wenn Kunden sie fragten, wo sie herkomme: eine Farm, auf der sie aufgewachsen war, eine berühmte Ballerina, bei der sie Tanzen gelernt hatte. Wenn man so aussah wie sie, breite Wangenknochen, glatte weiße Haut und die strahlend blauen Augen einer Kewpie-Puppe, nahmen die Leute einem alles ab außer der Wahrheit. So wie sie ihr glaubten, sie wäre Pornostar oder Berufsboxerin gewesen, so wenig hätten sie ihr abgenommen, wenn sie eine kleine Schwester oder Abendschulkurse erfunden hätte. Sie fing an, richtig

Kasse zu machen, sich vier Bühnentänze in einer Nacht zu kaufen und Tische mit einem Dutzend Kunden und mehr zu animieren, die nur wegen ihr kamen. Noch dazu spendierten die allen Mädchen Drinks, die sie mit an den Tisch brachte, was ihre Kolleginnen freundlich stimmte.

Nach einer besonders vollen Schicht gingen sie und ein paar andere Mädels die Straße runter und ließen sich alle die gleichen Tattoos mit der dornenumrankten Rose des Clubs stechen. Ihr fiel nichts anderes ein, wofür sie ihr Geld ausgeben konnte, ohne dass es sie belasten würde.

Doch das andere Gesetz der Unübersehbarkeit besagte, dass man gehen musste, solange der Lack noch nicht ab war. Daher horchte Starr auf, als eine Frauengruppe anfing, während ihrer Schichten ins Black Rose zu kommen.

Lina, kurz für Carolina, war eine Fünfundfünfzigjährige aus El Salvador mit kurzem grau meliertem Schopf, breitem Nacken und einem angenehm rundlichen Körper. Lina kam immer mit ihrer Freundin Heidi, die ein bisschen aussah wie Starr ohne ihr Make-up. Dann kam Lina eines Tages ohne Heidi, und Starr, die nur darauf wartete, im Club zu kündigen und aus dem Geisterhaus auszuziehen, verstand. Am Ende ihrer Schicht ging sie mit Lina.

Die wohnte in einem großen Altbau in Northeast, so hoch gelegen, als stünde er förmlich auf Stelzen. Bodendecker wuchsen wie ein Bart über eine moosige Betonmauer, die aussah, als schaffte sie es nur mit knapper Not, den Vorgarten am Absturz auf die Straße zu hindern. Vom Bürgersteig führte ein steinerner Treppenaufgang zur Haustür, auf dem winzige Veilchen ihre Blüten in der Kälte vor Sonnenaufgang zukniffen. Starr ging vor, vorbei an knorrigen japanischen Ahornbäumen mit gefächerten Blättern und großen Stauden Tränender Herzen, deren tiefrosa Blüten aussahen wie mitten im Erblühen erstarrt. Nach ihrer langen Schicht schienen die unebenen Stufen kein Ende nehmen zu wollen, doch endlich oben angelangt, erkannte Starr, dass sich die Mühe lohnte. Im ovalen Buntglasfenster der Tür fingen sich gerade die ersten Sonnenstrahlen.

Lina schloss auf und ließ Starr eintreten. Der Boden war aus kühlem, seidigem Holz, auf dem ein großer, weicher, gelblichweißer Wollteppich lag.

»Alpaka«, sagte Lina und beobachtete Starrs Gesicht, die im langen Flor mit den Zehen wackelte. »Von zu Hause. Dort sind sie sehr billig. Den hier hab ich für dreihundert Dollar gekriegt.«

Das hörte sich für Starr zwar nicht billig an, doch sie sagte einfach: »Nett.« Die Decke über dem Wohnzimmer war gewölbt, und an der Wand hing ein großes abstraktes Gemälde. Es erinnerte an von hoch oben fallen gelassenes Obst. »Hast du das gemalt?«, fragte sie.

»Wenn du so fragst, ja«, antwortete Lina. Ihre Stimme wurde angespannt, und sie sah sich betont beiläufig im Zimmer um. »Gefällt's dir?«

»Mir wird ein bisschen schwindlig vom Hinsehen«, gab Starr ehrlich zu. »Kann ich mich hinlegen?«

»Natürlich«, sagte Lina und führte sie aus dem Wohnzimmergewölbe in einen mit unbehandeltem Holz getäfelten Nebenraum mit großem Bett, auf dem eine glänzende orangerote Bettdecke lag. Die Holzfensterläden waren geschlossen, und es war wunderbar dunkel. Ohne lange zu zögern streifte Starr die Schuhe ab und stieg auf die Matratze, die unter ihrem Gewicht nachgab. Sie rutschte in die Mitte, drehte sich erschöpft auf den Rücken und sah zum stillstehenden Deckenventilator aus dunklem Holz hoch. Wo Heidi wohl gearbeitet hatte, bevor Lina in ihr Leben trat? Ob sie sich in Lina verliebt hatte?

»Warum sagst du mir nicht, wie du wirklich heißt? Doch sicher nicht Starr.«

Wie die Prinzessin auf der Erbse spürte sie die Abdrücke der kleinen Perlen, mit denen die Bettdecke bestickt war, an ihrem Rückgrat. »Violet«, sagte sie und dachte an die violetten Blümchen draußen auf dem steil abfallenden Rasen. Es war zwar nicht der überzeugendste Name, der ihr je eingefallen war, doch sie brauchte etwas, das so gut war wie Heidi – die sich ihren Namen bestimmt auch ausgedacht hatte, bevor sie so sauber wie ein Zahn entfernt worden war, damit Starr ihre Mulde im Bett einnehmen konnte. Wäre es nicht einfacher, sie könnte direkt Heidis Namen übernehmen? Sie stellte sich vor, wie sie sagte: *Heidi*, und Lina darauf: *Na, so ein Zufall.*

Doch das Bett war das Weichste, was sie seit Monaten unter sich gespürt hatte, und aus Versehen sprach sie die letzte Antwort laut aus. Gerade als Lina fragte: »Wieso Zufall?«, ließ Starr den Deckenventilator aus den Augen und sank in tiefen Schlaf.

8

Während sich die Tür hinter ihr schließt, fällt die oberflächliche Schicht frisches Leben, die Jane ins Haus gebracht hat, von uns ab, und die beklemmenden Geheimnisse zwischen Julie und mir breiten sich aus, bis sie wie eine Duftnote in der Küchenluft hängen.

»Wie geht es dir heute?«, frage ich.

»Ganz okay«, sagt sie und legt sich eine Hand auf den Bauch. »Wie bei Regelschmerzen.«

Ich nicke, denke an meine Fehlgeburt. »Hast du es Jane erzählt?«

Sie schüttelt den Kopf. »Nein. Wir hatten Spaß zusammen. Ich wollte ihr das nicht verderben.«

»Weißt du, du hättest dich auch von mir abholen lassen können. Wenn du mal aus dem Haus raus wolltest.« Sie schweigt. »Wir hätten Mittagessen gehen können oder irgend so was. Shoppen.«

»Schon wieder shoppen?«, erwidert sie und lacht kurz auf, ehe sie ein dankbares Gesicht aufsetzt. »Ich wollte bloß mit meiner Schwester zusammen sein.«

... und jetzt ist sie weg. Die zweite Hälfte ihrer Erklärung schleift geisterhaft hinterdrein.

»Ich bin froh, dass ihr zwei ein bisschen Zeit miteinander verbringen konntet. Und es tut mir so leid, wie ich mich verhalten habe. Wir hätten nur so gern gewusst, wo ihr wart!«

Ich wähle meine Worte sorgfältig, um sie nicht in die Enge zu treiben, als wäre sie ein Reh hinter einem Baum und nicht ein Mädchen hinter einer Küchentheke.

»Das tut mir echt leid«, sagt sie. »Ich hab mich wohl langsam ein bisschen ... eingesperrt gefühlt.«

Ich mag nicht mal dran denken, welche Bedeutung dieses Wort für sie haben muss. Aus ihrem Mund klingt es ganz anders als am Vorabend, als Tom das Gleiche gesagt hat. Jetzt fühle auch ich mich eingesperrt, von Kummer erstickt. Als hätte sie mich in ein finsteres Verlies gesteckt. Der Beweis für ihre Lügen, der zusammengefaltete Zettel in meiner Jeanstasche, bringt mich ins Straucheln, aber ich habe solche Angst, sie damit zu konfrontieren, dass ich schließlich nur sage: »Julie, ich glaube, es wird Zeit, dass wir dir ein Handy besorgen.«

Sie verzieht keine Miene. Ich warte kurz ab, ehe ich fortfahre: »Eigentlich Tom und mir zuliebe. Damit wir dich erreichen können, und du uns, falls nötig.«

Hätte ich einen Augenblick länger warten sollen? Wollte sie gerade den Mund öffnen, um mit der Wahrheit rauszurücken, als ich sie unterbrach? *Ich hab schon eins, es ist in meiner Tasche, und hier ist eine überzeugende Erklärung, wie ich daran gekommen bin, samt einleuchtender Gründe, weshalb ich es nicht erwähnt habe*.

Jedenfalls sagt sie jetzt: »Danke, Mom.« Und ich empfinde kurioserweise Erleichterung, dass ich mir die überzeugende Erklärung, die einleuchtenden Gründe noch nicht anhören muss. Sie redet weiter: »Kann ich dich was fragen, was mir Sorgen macht?«

»Natürlich.« *Vielleicht kommt es doch noch, jetzt vielleicht.*

»Ich mach mir irgendwie Sorgen wegen ... Geld.«

Das kommt so unerwartet, klingt so ganz anders als etwas,

was zum Beispiel Jane sagen würde, dass ich nur tonlos wiederhole: »Geld?«

»Na ja, ich weiß, dass ich mir irgendwann einen Job suchen muss.«

»Aber Liebes, du brauchst doch nicht an so was ...«

»Doch, ich muss dran denken. Wirklich«, beharrt sie. »Wir haben nicht drüber geredet, wie es hier für euch war, nachdem es passiert ist, aber ich weiß, ihr müsst eine Menge ... ich meine, ich weiß, dass es teuer ist. Ich ... hab die Plakatwände gesehen.«

»Wirklich?«

»Ich hab etwas über meinen Fall im Internet recherchiert«, sagt sie.

War sie an Toms Computer? Oder hat sie ihr geheimes Smartphone benutzt?

»Es ist bloß – ich weiß, dass Dad damals seinen Job hingeschmissen hat. Und Jane geht aufs College ...«

»Dein Vater kommt gut über die Runden, und ich auch. Uns geht's gut, Julie.«

»... und jetzt bin ich auch noch hier.«

»Das ist das Beste, Glücklichste und Wundervollste, was uns je passieren konnte.«

»Ich weiß. Ich weiß. Ich hab bloß ...« Sie wirft die Hände hoch. »Ich muss rausfinden, was ich mit meinem Leben anfangen will.« Und dann, in leicht verändertem Tonfall: »Weißt du, ich hab mich um Jobs beworben.«

Ich bin baff. »Was für Jobs?«

»Ach, alles Mögliche«, antwortet sie ausweichend. »Als Barista, als Kassiererin. Gestern bin ich sogar in die nächste Kneipe hier gegangen – hab vergessen, wie die heißt –, um zu fragen, ob sie eine Tellerwäscherin brauchen.«

Es dauert einen Moment, bis mir klar wird, welches Lokal sie damit meint. Dieser triste, versiffte kleine Schuppen in der Einkaufsmeile? Billy's oder Bobby's oder was auch immer? *Da* ist sie reingegangen? Sie lässt mein Gesicht nicht aus den Augen, beobachtet genau mein wechselndes Mienenspiel, also gebe ich mich gespannt, so als wartete ich offen und interessiert auf das Ende ihres Berichts.

»Im Starbucks wollte ich's auch versuchen«, fährt sie rasch fort, »aber da hab ich's dann doch gelassen. Ich war zu fertig. Und wohl auch irgendwie neben der Spur, von den Schmerzmitteln. Da hab ich dann Jane angerufen.«

»Von einem geliehenen Handy.«

»Genau. Ich weiß nicht, warum ich nicht Dad angerufen hab, aber ich wusste halt, Jane hatte den Wagen, da hätte er mich in der Hitze zu Fuß abholen müssen. Ich wollte ihm nicht zu doll zur Last fallen. Und ich konnte auch irgendwie ... nicht mehr klar denken.«

Dieses Gespräch ist eine einzige Lüge.

»Na ja, was ich dir sagen wollte – das alles tut mir voll leid, aber du solltest wissen, wo ich gewesen bin.« Sie holt tief Luft, macht sich bereit für die große Enthüllung. »In den letzten paar Wochen bin ich nicht zur Therapie gegangen.«

Ich mache mich auf einiges gefasst. Jetzt wird sie mir alles erzählen. Und es wird in meinen Ohren plausibel klingen. Vollkommen plausibel.

»Ich bin einfach nur durch die Gegend gefahren«, sagt sie, also kommt doch nur wieder eine Lüge dabei heraus, denke ich und bin mir gleich danach nicht mehr so sicher. »Weil ich den Gedanken nicht ertrage, wie viel Geld euch das kostet, sag ich einfach ab, und dann fahr ich rum und denk drüber nach, was aus mir werden soll. Wenn ich einen Job kriege, also zum Beispiel als Kellnerin, kann ich auf der Abendschule meinen Schulabschluss nachholen, und ... vielleicht irgendwann aufs College. Wie Jane.« Bei diesem letzten Ausspruch schaut sie mit etwas wie absurder Hoffnung auf, als forderte sie mich dazu heraus, ihr die Gefühle hinter den Worten auch ja abzunehmen. Es funktioniert; ich bin wie gelähmt beim Gedanken an all die Chancen, die Jane hatte und die Julie entgangen sind, was sich nie wieder wettmachen lässt.

Mir brummt der Schädel von dem Versuch, Wahres von Falschem zu unterscheiden. »Das ist ... das freut mich, dass du dir Gedanken über deine Zukunft machst«, bringe ich heraus. »Ich meine, ich will das auch alles für dich, wenn du es willst. Aber zuerst einmal brauchst du eine Therapie. Bei jemand anderem, wenn du sie nicht magst. Geld spielt keine Rolle. Das kriegen wir hin, wir schaffen das schon.«

»Ihr habt schon so viel für mich ausgegeben.« Sie lässt nicht locker. »Die ganzen Kleider, neue Möbel, und jetzt ein Handy. Und falls ich je genug Schulstoff aufhole, um aufs College zu kommen – keine Ahnung, was das kostet, aber es gibt wohl kaum extra Stipendien für entführte Mädchen.«

Beim Wort *Stipendium* fällt mir etwas ein. »Der Julie-Fonds«, sage ich.

»Was ist das?«, fragt sie.

»Der Spendenfonds in deinem Namen. Damit haben wir die Plakatwände, die ausgesetzte Belohnung und ... alles andere finanziert.« *Wir?* Das hat Tom, der Buchhalter, übernommen. Er hat sich um alles gekümmert, während ich ... sonst was gemacht habe. Ich kann mich an die Tage, Wochen, Monate kaum erinnern. »Eine Summe wurde für Lösegeldzahlungen reserviert. Die wollten wir für ein nach dir benanntes Stipendium verwenden, falls …« Ich bringe den Satz nicht zu Ende.

»Können wir das jetzt nicht selber verwenden?«, sagt sie. »Jetzt, wo ich wieder da bin.«

»So funktioniert es nicht«, sage ich und stochere in vagen Erinnerungen nach näheren Einzelheiten. »Es gibt Regeln, wofür ein öffentlicher Spendenfonds verwendet werden darf, und jemand, der nicht zur Familie gehört, muss ihn verwalten. Tom und ich können nicht mal Geld abheben, ohne uns mit dem Fondsverwalter abzusprechen.«

Gerade als mir klar wird, dass ich die Antwort auf ihre nächste Frage nicht weiß, stellt sie sie: »Wer verwaltet den Fonds?«

»Ach, da muss ich deinen Vater fragen«, antworte ich lahm. »Aber du bist die einzige Begünstigte.«

Ich schaue auf und merke, dass sie mich anstarrt.

Weil ich schon fast vor mir sehe, wie ihre Lippen die nächste Frage formen, komme ich ihr zuvor und sage: »So in der Größenordnung von fünfzigtausend Dollar.«

Sie versucht nicht mal zu verbergen, wie viel höher als erwartet diese Summe ist, und sagt: »Wow.« Und dann schwimmen ihre blauen Augen in Tränen, und ihr Kinn zittert. »Ihr wolltet mich wohl wirklich unbedingt finden.«

Erst als sie nach oben geht, um zu baden, und ich ihre Schluchzer aus dem Bad höre, frage ich mich, wie sie genug recherchiert haben kann, um über die Plakatwände Bescheid zu wissen, ohne auch etwas vom Julie-Fonds erfahren zu haben.

Die Neue

dachte über ihren nächsten Namen nach, während sie Mercedes zusah, wie die mit einer Hand das Laken straff zog, mit der anderen die Matratzenecke anhob, ein gefaltetes weißes Dreieck umschlug, die Falte glatt strich und das Ganze feststeckte. Noch ehe sie den Trick mit der Falte nachmachen konnte, war Mercedes schon fertig und hatte auf ihre Bettenseite hinübergewechselt. Die erfahrenere Frau brauchte fünfzehn Sekunden, um den läppischen Faltversuch des neuen Mädchens herauszuziehen und das Bett korrekt zu machen.

»Sieht aus wie wickeln«, sagte die Neue.

Mercedes unterbrach ihre Tätigkeit – auf einem Knie von Ecke zu Ecke rutschen, während sie das Laken unten feststeckte – und verdrehte die überraschend blauen Augen. »Damit haste wohl auch keine Erfahrung, was?«

Die Neue spürte, wie sie rot wurde.

Später, als sie zusammen in der Abstellkammer den Wagen mit eingepackten Rollen Toilettenpapier beluden, sagte Mercedes: »Vielleicht haste ja doch 'n Kleines?« Die Neue antwortete nicht gleich. »Sorry, hätte keine voreiligen Schlüsse ziehen sollen.«

Die Neue zuckte mit den Schultern und fuhr rasch mit der flachen Hand über die Putzsprays, die am Wagen steckten, um die leeren auszutauschen. »Hast du Kinder?«, fragte sie.

»*Dos*, und das reicht mir«, sagte Mercedes und bekreuzigte sich lachend. »Die krieg ich gerade so geregelt.«

»Ich würd nicht mal eins geregelt kriegen.«

»Du bist noch zu jung«, sagte Mercedes. »Warte lieber, bis du in mein Alter kommst.«

»Wie alt bist du denn?«

»Vierundzwanzig.«

Das kam der Neuen tatsächlich alt vor, beneidenswert alt. Es war ein schlimmer Schock für sie gewesen, als ihr in Eugene das Geld für den Bus ausgegangen und im ersten Strip-Club, den sie ansteuerte, klar geworden war, dass man dort zum Arbeiten einundzwanzig sein musste. Mit ihren falschen Ausweisen kam sie zwar in Bars rein, aber sie wusste, dass sie keiner Überprüfung im Hinterzimmer eines Clubs standhalten würden, der Alkohol ausschenkte. Trotzdem hatte sie es in einem zweiten Club mit Jessica Morgenstern versucht, ihrer zweiundzwanzigjährigen blonden, blauäugigen Texanerin.

Der Typ warf unter Schwarzlicht kaum einen Blick darauf, ehe er ihn ihr wieder zuwarf. »Versuch's mal quer über den Parkplatz«, sagte er. »Dort nehmen sie jeden.«

Sie schnappte sich den falschen Ausweis und ging rüber zum Budget Village Inn and Suites. Zimmermädchen bekamen Trinkgeld, oder? Sie war nicht restlos überzeugt, aber beim Motelpersonal war an dem Morgen Not am Mann wegen irgendeines College-Footballspiels. Ihr blieb kaum Zeit, drüber nachzudenken, noch viel weniger, einen falschen Ausweis zu zücken, ehe ihr der Motelchef, den Telefonhörer zwischen Schulter und Ohr geklemmt, über die Rezeptionstheke ihre Arbeitsuniform zuschob und auf Mercedes' Wagen hinten im Flur zeigte. »Mach einfach, was sie dir sagt, *comprende?*«, sagte er mit einer Hand über der Sprechmuschel und höchstens einem flüchtigen Blick in ihre Richtung.

Hinten im Hotel beherbergte ein großer Lagerraum voller kaputter, aus den Suiten erbeuteter Möbel eine wechselnde Schar von Schwarzarbeiterinnen ohne Angehörige in der Stadt. Die junge Frau, mit der die Neue eine Federkernmatratze teilte, murmelte im Schlaf, aber wenigstens war es ein Bett. Die Arbeit kam ihr anfangs auch erträglich vor, und sie beglückwünschte sich zu ihren kräftigen Rücken- und Beinmuskeln vom Reiten in Red Bluff.

Nerviger fand sie die Unmengen von Kids im Collegealter mit ihren Eltern, allesamt ausstaffiert mit gelb-grünen T-Shirts samt Entenmaskottchen, laut, herablassend und immer genervt, wenn sie im Flur den quietschenden Putzwagen ausweichen mussten. Die blonden Mädchen mit Pferdeschwänzen starrte sie besonders an. Wenn sie deren Zimmer betrat, fasste sie auf Kommoden achtlos liegen gelassene Bettelarmbänder an, teuer aussehende Flaschen mit Pflegespülung in der Dusche oder Designer-Reisetaschen, aus denen Sandalen und pinkfarbene Pyjamas auf den Boden heraushingen.

Am dritten Tag fingen die stechenden Schmerzen in Schultern, Kreuz, Nacken und Oberarmen an. Die Neue kam kaum aus dem Lagerraumbett, und beim Staubsaugen schoss ihr der Schmerz im Takt mit dem Dröhnen des Geräts durch den Schädel. An dem Morgen nahm sich die Neue eine klitzekleine Auszeit, um sich die Schultern zu massieren, während Mercedes ein Bad putzte. Als ihr Blick auf eine lange grün-gelbe Haarschleife auf der Frisierkommode fiel, griff sie danach und band sie sich um den eigenen Pferdeschwanz, zuckte zusammen beim brennenden Schmerz in ihren Armmuskeln, sah in den Spiegel und verzog den Mund zu einem gezierten Rosenknospenlächeln. Dann hörte sie die Toilettenspülung, weit weg und leise hinter dem Staubsaugerkrach, und riss das Band runter. Mercedes kam aus dem Bad, eine geschrumpfte Rolle Toilettenpapier in der Hand, und formte mit den Lippen überdeutlich das Wort *Auffüllen*.

Als sie in der Abstellkammer fertig waren, sagte Mercedes: »Ich weiß, wo du übernachtest, und Süße, so machst du dir den Rücken kaputt. Komm heut Abend mit zu mir. Bei uns ist ein Bett frei, jetzt, wo meine Kusine ausgezogen ist.«

Die Neue nickte, und Mercedes lächelte rasch, ehe sie den Wagen rausschob, um an der nächsten Tür zu klopfen.

Mercedes' Zuhause war eine Wohnung im ersten Stock eines Backsteinbaus, etwa eine Stunde Busfahrt entfernt, einschließlich einer Viertelstunde Warten auf Anschluss im nebligen Nieselregen. Die Neue ärgerte sich, dass sie ihre Fahrscheine vom spärlichen Trinkgeld abzwacken musste, doch als sie im Dunkeln die Eingangsstufen hochgingen, erkannte sie am beschlagenen Küchenfenster, dass ein warmes Essen auf sie wartete. Hinter der Tür, die Mercedes öffnete, hörte sie die behaglichen Klänge von Fernsehwerbung und einem laufenden Wasserhahn, und der größere von zwei kleinen Jungs, die sich vor dem Fernseher fläzten, schaute über die Schulter, sagte »Hallo, Mom«, und drehte sich wieder um, weil ein Zeichentrickfilm anfing.

Aus der Küche redete schon eine Frau auf Spanisch auf Mercedes ein, ratterte sämtliche Ereignisse eines anstrengenden Tages herunter, so wie es sich anhörte. Mercedes unterbrach sie, ebenfalls auf Spanisch, und zeigte auf die Neue, die die Tür hinter sich zuzog und sich von der lauten, dunstigen Wohnung umfangen ließ. Die Frau an der Spüle wandte sich um; sie sah etwa zehn Jahre älter aus als Mercedes, auch wenn das bei der dicken Schicht Make-up schwer zu sagen war.

»Das ist meine Schwester Lucia. Setz dich«, forderte Mercedes sie gestenreich auf, ehe sie einen neuen spanischen Redeschwall auf ihre Schwester losließ, wobei sie auf den einzigen Teller auf dem Küchentisch zeigte. Ohne die Neue groß zu beachten oder gar zu lächeln, zuckte die Frau mit den Schultern. Wortlos nahm sie einen Teller aus dem Küchenschrank, Besteck aus einer Schublade und stellte alles auf die niedrige Theke zwischen Küche und Esszimmer. Dann schnappte sie sich die Zeitschrift, die vor ihr aufgeschlagen auf der Theke lag, und verzog sich aus der Küche an den Kindern vorbei in den Flur.

»Alles okay mit ihr?«, flüsterte die Neue, während Mercedes um die Theke herum in die Küche ging und etwas Hähnchen mit Reis aus einem Topf auf den Teller füllte.

»Schon gut, der fehlt nichts. Sie passt auf die Kinder auf, bis ich nach Hause komme. Dann muss sie ins Bett, damit sie morgens früh im Kaufhaus ist, wenn es aufmacht.« Doch als Mercedes auch sich aufgetan und ihren Teller zum Tisch gebracht hatte, plärrte im hinteren Zimmer ein anderer Fernseher los, spanische Stimmen, die hörbar durch die dünnen Wände drangen und sich mit den englisch gesprochenen Zeichentrickfilmen vermengten. »Hau rein.«

Die Neue gehorchte. Das Essen war lecker, und das sagte sie auch.

»Ist schon ein Weilchen her, dass du was Selbstgekochtes gekriegt hast, hm? Lucia ist eine gute Köchin. Sie lässt mich auf dem Heimweg nie was von McDonald's für alle holen, sie sagt, die Jungs brauchen immer was Frisches.« Mit einer

Gabel voll Hähnchen in der Hand schüttelte sie den Kopf. »Ich könnt's nicht mit meinen Arbeitszeiten im Motel, aber sie will versuchen, eine Stelle für mich im Kaufhaus klarzumachen, wenn sie ein bisschen länger dort ist.«

Die Neue spürte, wie die Wärme des Essens ihren ganzen Körper durchflutete. Der Hähnchenschenkel auf ihrem Teller war so zart, dass das Fleisch beim kleinsten Gabelstups vom Knochen fiel. Sie überlegte sich, wie es wohl wäre, eine Freundin zu haben, eine, mit der sie über alles reden konnte, während sie am Kiosk auf den Bus warteten. Sie stellte sie sich beide in ihrer Arbeitsuniform vor, nebeneinander im Bus, wie sie über – was lachten?

»Ich bin dran!« – »Nein, *ich*!« Der Abspann des Zeichentrickfilms lief über den Bildschirm, und die Jungs kabbelten sich um die Fernbedienung. Als einer losheulte, ruckte Mercedes mit dem Kopf zu ihnen herum, und das Lächeln fiel wie eine Maske von ihrem Gesicht.

»Jungs!«, rief sie. »Jetzt aber ab ins Bett! In fünf Minuten komm ich zu euch rein und deck euch zu, also fangt *sofort* an mit Zähneputzen!« Und entschuldigend wieder zur Neuen: »Ich bezieh nur mal eben dein Bett und leg die beiden Jungs schlafen. Nimm dir ruhig Nachschlag, wenn du magst, kannst ja fernsehen.« Mit einer vagen Geste stand sie auf, hielt auf ihrem Weg durchs Wohnzimmer immer wieder an, um Spielzeug vom Boden aufzulesen, und verschwand um die Ecke.

Während irgendwo in der Wohnung Schranktüren auf- und zuklappten und die beiden Jungs sich um etwas balgten – »Gib her!« –, beäugte die Neue Mercedes' Handtasche, die mit offenem Reißverschluss auf der Küchentheke lag. Eine Hälfte ihres Hirns war immer noch mit der Busfahrt des nächsten Tages beschäftigt, während die andere ihr Trinkgeld berechnete, das Fahrgeld davon abzog und überlegte, ob der Rest für braune Haarfarbe reichen würde. Sie würde gar kein Geld stehlen müssen, wenn zwischen ihr und richtigen Verdienstaussichten bloß ein Plastikkärtchen stand mit den Angaben *Mercedes Rodriguez, Kalifornien, Haarfarbe: braun, Augenfarbe: blau, Alter: vierundzwanzig*, in einer unverschlossenen Tasche, keinen Meter von ihrer Nase entfernt. Wenn das Schicksal ihr mit einem Mercedes winkte, sagte sie nicht Nein.

9

Tom kommt nach seinem Frühstück mit Jane nicht nach Hause. Auch nicht zum Mittagessen.

Erst jetzt fällt mir auf, dass Tom seit der Rückkehr unserer Tochter den Julie-Fonds nicht einmal erwähnt hat. Bestimmt hat er sich überlegt, was wir mit dem Geld anfangen könnten oder sollten – ob wir immer noch das nach ihr benannte Stipendium stiften oder ob wir es, wie Julie offenbar vorschwebt, in eine Art Stipendium für sie selbst umwandeln können. Oder ist es vielleicht jetzt, da Julie einundzwanzig ist, ihr Geld, ihre Entscheidung? »Einzige Begünstigte.« Was ist dann mit den Treuhändern, dem Verwalter? Tom hat mir so lange alle Außenkontakte abgenommen, selbst zu unserem Anwalt, dass ich nicht die leiseste Ahnung habe, wo anzufangen wäre.

Toms Schreibtisch steht in dem Zimmer, in dem Julie schläft. Nachdem sie aus der Wanne gestiegen war, habe ich ihr eine Valium gegeben, die sie mit noch dampfender Haut nahm. Sie ist dann gleich im Bademantel unter die Bettdecke geschlüpft, wo ihr sofort die Augen zufielen.

Jetzt gehe ich durch den Flur, und nachdem ich mir eine Zeit lang vor der Tür die tiefen Atemzüge angehört habe, schleiche ich mich rein. Sie hat sich nicht bewegt, nicht einmal im Bett umgedreht; die Bettdecke ist unverändert, seit ich sie damit zugedeckt habe, ihr rotes Haar steht kreuz und quer ab, wie das so ist, wenn man mit kurzen nassen Haaren ins Bett geht. Ich kann gerade noch einen blassen hellroten Fleck sehen, wo unter ihrem Kopf Farbe aufs Kissen sickert.

Ich drehe ihr den Rücken zu und setze mich an Toms Schreibtisch, achte mehr denn je auf das ohrenbetäubende Quietschen des Bürostuhls und das Knistern, wenn die Räder über die Plastikschutzmatte rollen. Einmal fahre ich herum, überzeugt, etwas aus Julies Richtung gehört zu haben, doch sie liegt noch unverändert da, das Gesicht vom Schreibtisch abgewandt.

Toms Schreibtisch ist schon fast klinisch sauber aufgeräumt, alle Schreibutensilien hübsch ordentlich in unterteilte Stiftehalter einsortiert, Schreib- und Rechenblöcke in einer Briefablage mit herausziehbaren Fächern aus Metallgeflecht. Auf dem Fensterbrett dahinter kauert ein Minikaktus mit dürren Stacheln, der gerade eben noch einen schmalen Lichtstrahl durch eine Lücke in den Jalousien mit breiten Lamellen abbekommt. Auf einer Schreibtischecke steht ein Familienporträt von uns vieren, aufgenommen im Fotostudio, davor eine Aufnahme von Julie – nicht die für das Vermisstenfoto, das in sämtlichen Nachrichtensendungen kam, sondern eine vom Grand Canyon, wo wir unseren allerletzten Familienurlaub verbracht haben. Die Aufnahme ist gestellt. Von dieser Reise gibt es unzählige Fotos von Jane über steilen Abgründen, Füße auf zwei Felsbrocken, Hände in die Hüften gestemmt. Julie, die gerade einen Wachstumsschub hinter sich hatte und von der Länge ihrer eigenen Gliedmaßen verunsichert wirkte, rutschte beim Klettern immer mal wieder aus und hielt sich in sicherem Abstand von Felskanten. Auf dem Foto hockt sie etwas wackelig auf einem Felsen, einen Fuß vor sich aufgestellt, Ellenbogen aufs Knie gestützt, Kinn in der Hand.

Als Nächstes bewege ich die Maus und sehe zu meiner Erleichterung, dass der Bildschirm ohne Passworteingabe aufleuchtet. Als Desktophintergrund erscheint eine Landschaft, irgendein austauschbarer Sonnenuntergang auf einer tropischen Insel, und die Ordner sind mit akribischer Sorgfalt arrangiert. Ich gebe verschiedene Stichwörter in die Dateien-Suchmaske unten links ein – *Julie, Fonds, Stiftung, Treuhänder, Spende, Belohnung* –, denn irgendwo muss es ja wohl eine Tabelle geben, die den Spendeneingang und die Ausgaben für die Suche berechnet, oder zumindest eine Datei mit den Kontaktdaten der Treuhänder. Keine Ergebnisse, und ich frage mich unwillkürlich, ob Julie kürzlich die gleiche Suche durchgeführt hat. Wenn ja, kann sie auch nicht mehr Glück gehabt haben als ich. Ich öffne den Browser und überprüfe die Chronik – leer. Wenn man bedenkt, dass sie mir vorhin gesagt hat, sie habe ihren Fall im Internet recherchiert, sieht es verdammt danach aus, als habe sie die Chronik selbst gelöscht.

Ich vergesse diesen Gedankengang schnell wieder und ziehe alle Schreibtischschubladen nacheinander auf, stoße aber nur auf den üblichen Restmüll: leere Druckbleistifte, Radiergummis und Büroklammern. Eine seitliche Schublade enthält Stapel leerer Steuerformulare, von deren bloßem Anblick mir schwindlig wird. So leise wie möglich lasse ich alle zugleiten und ziehe am Griff des Aktenschubfachs. Abgeschlossen.

Mist.

Wer braucht Computerpasswörter, wenn die Papierakten hinter Schloss und Riegel verwahrt werden? Es muss sich um

Kundenakten handeln – strikt vertraulich. Plötzlich bin ich mir sicher, dass alle Infos zum Julie-Fonds in dieser Schublade stecken. An Toms Schlüsselbund muss ich schon mal einen Schreibtischschlüssel gesehen haben; irgendwo wird es einen zweiten geben. Ich ziehe die oberste flache Schublade wieder auf, um nachzusehen, ob auch wirklich kein Schlüsselchen unter die Büroklammern gerutscht ist. In einer spontanen Eingebung hebe ich den Stiftehalter an und spähe unter die Schalen, wo ich zwar immerhin etwas Staub finde, aber keinen Schlüssel. Ich ziehe die anderen flachen Schubladen auf, um darin zu kramen, aber da ist nichts. Wie kann irgendwer in all dieser Ordnung irgendwas finden?

Diesmal höre ich wirklich ein Geräusch hinter mir, und ich wirbele herum, zucke zusammen, als der Stuhl quietscht. Julie wendet mir nun das Gesicht zu, immer noch mit geschlossenen Augen; ein weiteres Murmeln und Seufzen, dann ist es wieder still. Ich wüsste gern, ob sie sich verstellt, ob sie die Augen geöffnet, mich gesehen und sie wieder zugemacht hat, als ich mich umdrehte. Kurz verharre ich so reglos, dass mir Arme und Beine schon fast einschlafen, während ich auf die geringste Bewegung von ihr lauere, ehe ich es schulterzuckend aufgebe. Falls sie mich wirklich gesehen hat, ist es ohnehin zu spät, und ich kann mir ebenso gut holen, wonach ich suche. Aber vielleicht hat sie das ja gar nicht. Ich beschließe, dass es so sein muss, und zerbreche mir erneut den Kopf, wo der Schlüssel versteckt sein könnte.

Ich habe noch nie viel herumgeschnüffelt. Man könnte meinen, dass ich nach Julies Verschwinden wie eine Löwin über Jane gewacht und ihr Handy, sobald sie eins bekam, nach ihren Kontakten und Nachrichtenverläufen durchblättert, ihr Tagebuch gelesen hätte – auch wenn Julies Tagebuch, das die Polizei gründlich durchforstet hat, nichts Interessanteres als Leichtathletik-Übungsstunden, Hausaufgaben und *i*'s mit Herzchen als Punkten enthielt. Trotzdem, ich dachte mir immer, indem ich meine Neugier zügelte, würde ich Janes Privatsphäre respektieren. Jetzt geht mir auf, dass die Neugier nie da war; ich wollte es einfach nicht wissen. Janes Auflehnung war gesund, angemessen – die ständig umgefärbten Haare, die Piercings. Was hätte ich mit Herumschnüffeln gewonnen? Ich dachte mir, wenn ich ihre Privatsphäre achtete, wenn ich sie ihre Tür zuknallen und ihre Musik hören ließe, würde sie eines Tages herauskommen und mir für den Freiraum danken. Jetzt, da sie aus dem Haus, der Stadt, dem Staat abgehauen ist, geht mir auf, dass sie sich mehr Neugier von mir *gewünscht* hat. Mir fällt der Stapel Notizhefte ein, den sie heute Morgen trug, als sie ging. Das waren Tagebücher; sie hat tatsächlich ihre alten Tagebücher zu Hause gelassen, als sie aufs College ging. Damit ich sie finde. Und jetzt, da mir endlich klar wird, wie sehr sie mich gebraucht hat, ist es zu spät.

Und dann weiß ich, wo der Schlüssel ist, und dass Tom ihn nicht nur vor Gott und der Welt, sondern insbesondere vor mir versteckt hat. Er hat ihn an den allerletzten Ort getan, wo ich nachsehen würde.

Ich nehme das Foto von Julie in die Hand, drehe es um und finde den Schlüssel unter einer der Drehklammern, die das Bild festhalten. Ich hole ihn mir. Ich öffne das Schubfach.

Ganz hinten, hinter vierzig Zentimetern Kundenakten, gibt es eine unbeschriftete Hängemappe. Ich ziehe sie raus, schiebe die anderen so gut es geht so zurecht, dass sie die Lücke verdecken, schließe wieder ab, stecke den Schlüssel zurück und stehle mich mit der Mappe unterm Arm so rasch und leise wie möglich aus dem Zimmer, das voll ist von Julies warmem Schlafatem.

Vielleicht hatte ich etwas Dickeres erwartet, eine staubige Aktenmappe voller Zeitungsausschnitte und unserer Korrespondenz mit der Elterngruppe, den Medien, der Polizei und Justiz. Stattdessen finde ich ein paar zusammengeheftete Formulare, gefaltet, weil sie etwas größer als A4 sind: die Bankunterlagen zur Einrichtung des Fonds. Ich überfliege den Anfang, doch das ist alles Juristenlatein, ich verstehe nur Bahnhof. Es gibt Dokumente im Anhang, und als ich sie auffalte, sehe ich die notariell beglaubigte Unterschrift am Ende des Formulars für die Fondsverwalterin: *Alma Josefina Ruiz*. Das sagt mir gar nichts, doch sie hatte die finanzielle Kontrolle über, wie ich jetzt sehe, die stolze Summe von 240 000 $ an gesammelten Spenden im Jahr 2008. Wer weiß, was jetzt davon noch übrig ist, doch es könnte für die Kurse zum Hochschulreife-Test reichen, vielleicht sogar für ein paar Collegejahre, wenn Julie auf eine staatliche Uni kommt.

Ich kann mich an keine Alma erinnern. Aber schließlich kann ich mich überhaupt nur an sehr wenig aus dieser Zeit erinnern. Ich habe mich sinnlos betrunken und ganze Tage durchgeschlafen. Abends nahm ich Tabletten, um nachts schlafen zu können, nachdem ich den ganzen Tag verschlafen hatte. Vor allen Dingen wollte ich nichts von konkreten Einzelheiten wissen. Alles sollte verschwimmen, sich auflösen, völlig verschwinden. Ich wollte in Ruhe gelassen werden. Jetzt, da ich mich zum ersten Mal mit dem Ausgeblendeten in Form von nüchternen Dollarbeträgen konfrontiert sehe, merke ich erst, wie erfolgreich ich im selbstverursachten Vereinsamen war.

Ich schaue auf die Uhr und überlege, wann Tom wohl nach Hause kommen wird. Sonntagabends ist er immer zur Selbsthilfegruppe von Eltern vermisster Kinder gegangen, aber ist das noch aktuell, seit Julie wieder da ist? Darf er noch hin? Was für ein Gefühl es jetzt, nachdem die eigenen Gebete erhört wurden, wohl wäre, mitten im Kreis der anderen zu sitzen, deren Kinder immer noch vermisst sind, ohne ein Ende in Sicht?

Dann fällt es mir wieder ein.

Fragt Alma, ob irgendwer weiß, wie ihre aussieht.

Es waren die Plakatwände. Am letzten Abend, an dem ich mit Tom zur Selbsthilfegruppe ging, haben sie uns, mich, deswegen angegangen.

»Eure Tochter ist überall«, hat eine Frau – Connie hieß sie wohl – an jenem letzten Abend gesagt. »Jedes Mal, wenn ich zum Laden an der Ecke muss, seh ich ihr Gesicht. Wann habt ihr zum letzten Mal das Gesicht von meiner Shawnna gesehen? Wisst ihr überhaupt, wie sie ausschaut?« Angriffslustig starrte sie einem nach dem anderen aus der Runde ins Gesicht. »Ganz genau. Dass sie schwarz ist, wisst ihr sicher; mehr auch nicht. Vierzehnjährige Schwarze, wahrscheinlich einfach ausgerissen, was? Kümmert alle einen Scheißdreck. Fragt Alma, ob irgendwer weiß, wie ihre aussieht.«

In meiner Erinnerung schlägt Alma die Augen nieder, mit dunklen Wimpern, das Haar zu einem straffen, hochgesteckten französischen Zopf geflochten.

Der Gruppenleiter fragte, wie sich jeder Einzelne damit fühlte, wenn wir in uns hineinhorchten; Connie sagte: »angepisst«, und im ganzen Kreis erhob sich Gemurmel unter den Eltern von Kindern, deren Entführung weniger spektakulär abgelaufen war: von einem Exmann von der Schule abgeholt und über Staatsgrenzen verschleppt, wie Almas Tochter, oder überredet, im Transporter eines älteren Freundes mitzufahren. Kids, die zu arm oder zu dunkelhäutig, zu alt oder zu schwer erziehbar waren, um nach ihrem Verschwinden wochen- und monatelang allabendliches Nachrichtenthema zu sein.

Julies großäugige Unschuld hingegen war offenbar wie fürs Fernsehen geschaffen. Sie war wie die Figur in einem Krimi-Comic: eine von Amerikas rosenwangigen Töchtern mit goldenem Haar, von einem Psychopathen geraubt und mit gezücktem Messer aus dem eigenen Elternhaus entführt. Dieses runde Gesicht mit der flachen Oberlippe, die ihr genau das kindliche Aussehen verlieh, wie es von erwachsenen Frauen erwartet wird; ihre strahlend blauen Augen, ihr langes, weiches, helles Haar. Ich sah mir immer die dichten Wimpern an, am Ansatz dunkel, dann immer blasser, und dachte: Wenn dieses Mädchen anfängt, sich zu schminken, sind wir alle dem Untergang geweiht. Natürlich brauchten wir gar nicht so lange zu warten.

Die anderen Teilnehmer sahen uns allesamt mit Neid, wenn nicht gar Hass im Gesicht an. Als wäre unser schlimmster Albtraum inszeniert worden, um ihnen die Show zu stehlen. Als hätten wir ein Riesenglück gehabt, dass unsere Tochter von einem richtigen Psychopathen verschleppt wurde.

Ich sage *wir*, aber ich bin die Mutter. Die Blicke galten mir, und ich spürte, wie ich versteinerte.

»Wie schön, dass wir über die Wut reden, die wir empfinden«, sagte der Gruppenleiter. »Ich freue mich so, dass wir uns voreinander öffnen.«

Sie ist ganz genauso tot wie eure, wollte ich sagen. Doch stattdessen ging ich, kam nie wieder und überließ es Tom, versöhnliche Reden zu schwingen. Ich habe nie gefragt, wie er an jenem Abend nach Hause kam.

Plötzlich bin ich mir sicher, dass Alma ihn im Auto mitgenommen hat.

Karen

feierte ihren siebzehnten Geburtstag mit zwei Partygästen: Melinda und Bob McGinty.

»Herzlichen Glückwunsch«, sagte Melinda und reichte ihr eine kleine Pappschachtel. Ihre stahlgraue Haarkappe war so glatt gekämmt wie immer, aber sie trug Ohrringe, die bis zum Rollkragen baumelten, und zeigte die großen Zähne in einem breit gespannten Lächeln. Sogar Bob sah froh aus.

Karen öffnete die Schachtel. Ein Halskettchen mit Pferdeanhänger lag darin.

Das mit dem Reiten hatte Karen geholfen, die staatliche Schule in Red Bluff, Kalifornien, zu überstehen, eine Ödnis baseballspielender Raufbolde mit Freundinnen, die Gesichter zogen wie saure Milch. Weil sie ritt, blieb ihr der Schulsport erspart, und ihr Status hing nicht von ihren Klamotten ab. Das war auch besser so, denn in den Röcken, Strumpfhosen und Pullovern, die die McGintys ihr kauften – und einiges davon war nicht mal gekauft, sondern von einer Nichte geerbt, die vor fünfzehn Jahren die Highschool abgebrochen und annähernd ihre Größe gehabt hatte –, sah Karen im besten Falle unbeholfen aus. Melinda und Bob hatten trotz Versuchen keine eigene Tochter, und ihr Sohn hatte sich seit seinem achtzehnten Lebensjahr nicht mehr zu Hause blicken lassen. Was auch immer er trieb, trieb er im fernen New York, falls er noch dort war; seine Eltern ließ er darüber im

Unklaren. Sie bekamen etwa einmal im Jahr eine Postkarte, erzählte Melinda ihr und ergänzte mit sachlicher Stimme, die vermuten ließ, dass mit diesem Satz schon genug Tränen geflossen waren: »Damit wir wissen, dass er noch am Leben ist.«

Karen hatte all das in der einen oder anderen Version schon öfter zu hören bekommen. Sie erlebte keine Überraschungen mehr, wenn Pflegeeltern ihr erzählten, warum sie ein Kind aufnahmen. Es kam so oft vor, dass sie fast immer auf Anhieb wusste, für wen sie ein Ersatz war: ein nie geborenes, aber ersehntes Kind, herbeigefleht und irgendwann aufgegeben; ein totes Kind; ein vermisstes Kind; ein älterer Bruder oder eine Schwester, vor vierzig Jahren auf Nimmerwiedersehen mit dem Motorrad auf und davon gefahren. Sie lernte, den großen Familien zu misstrauen, wo die leiblichen Kinder sich gegen sie zusammenschlossen, sie vor den Eltern duldeten, aber hinter deren Rücken wie Luft behandelten. (»Mach dir nicht die Mühe, alle unsere Namen zu lernen, du bleibst so oder so nicht lange.«) Die Eltern mochten so tun, als hätten sie überschüssige Liebe abzugeben, aber da war natürlich auch noch das Geld. Sie machte ihnen keinen Vorwurf, doch sie dankte ihnen auch nicht.

Welche Rolle auch immer Karen für ihre Eltern auf Zeit spielte, sie strengte sich nie übermäßig an. Sie wusste, sie musste nur die Zeit bis zur Volljährigkeit herumkriegen. Die Unterbringung bei einer Pflegefamilie barg Risiken, war aber in der Regel sicherer als das Leben auf der Straße. Und wenn es riskant wurde, wenn ein Vater zu ihr ins Zimmer kam, während sie sich umzog, und etwas zu lange blieb, ehe er wieder ging und die Tür hinter sich zumachte; wenn ein Cousin während eines Familien-Grillabends in ihr Zimmer kam – tja, sie hatte den exakten Zeitpunkt berechnet, ab dem sie den Wert ihres Körpers nicht mehr nach Zupfkäse und Schokopuddings bemessen konnte. Wenn dieser Moment gekommen war, lief sie weg und nahm einen kleinen Gegenstand mit sich.

Nichts Wertvolles; sie wollte nicht im Jugendknast enden. Stattdessen war sie auf Gefühlswerte aus. Sachen, die nicht umgehend vermisst wurden, aber wenn, dann flossen die Tränen. Zwei Jahre als Pflegekind hatten ihr eine kleine Trophäensammlung eingebracht, darunter ein Porzellanfigürchen mit Zwiebelkopf, Tränen in den Augen und Teddy im Arm, dessen eines Ohr in ihrem Rucksack abgebrochen war; ein Souvenir-Fingerhut von den Niagarafällen, den sie in der Nachttischschublade einer Pflegemutter gefunden hatte, und ein mit den Jahren vergilbtes Fingerfarbenbild, in dessen einer Ecke *Deacon, 4 Jahre* geschrieben stand, in der Handschrift einer Vorschullehrerin. Bei Letzterem hatte sie gezögert und an den kranken kleinen Jungen gedacht, doch dann war ihr wieder eingefallen, was Deacons älterer Bruder mit ihr gemacht und wie seine Mutter ihr eine gescheuert hatte, als sie ihn verpetzt hatte. Sie ließ es doppelt gefaltet, damit sie die krakeligen roten und blauen Farbkleckse nicht sehen musste.

Aber die McGintys waren anders. Sie ließen ihr jede Menge Freiraum, weil sie selber ihren Freiraum brauchten. Sie waren im Ruhestand, aber Melinda arbeitete jeden Vormittag ehrenamtlich in der Bücherei, als reichten ständiges Kissenzurechtrücken und Arbeitsflächenwischen nicht als Ventil für ihren Ordnungsdrang. Erst dachte Karen, man hätte sie geholt, um sich während Melindas Büchereidiensten um Bob zu kümmern. Jeden Morgen nach Melindas Abfahrt hatte Karen darauf gewartet, dass seine Perversion zum Vorschein kam, aber Bob hielt sich nur ein, zwei Stunden an seiner Kaffeetasse fest, ehe er zum Tischlerschuppen abzog, um sich die restliche Tageszeit mit Werkeln zu vertreiben. Dann ging sie nach oben, legte sich hinter geschlossener Tür auf ihr Bett und stierte stundenlang zur Deckenlampe hoch, wie gelähmt von unbegreiflichen Erstickungsängsten, als legte sich ihr eine Hand um die Kehle. Es war schon etwas her, dass sie sich zuletzt gelangweilt hatte.

Das Reitcamp rettete sie vor gewissen verzweifelten Anfällen von Zerstörungswut, denen sie sich schon überlassen wollte. Melinda meldete sie für zwei Monate auf einer Ranch nicht weit die Straße runter an, die eine alte Freundin von ihr leitete. Karen vermutete, dass die ihr noch einen Gefallen schuldete, denn obwohl zwei Monate Reitstunden bestimmt ihren Preis hatten, schien es Melinda egal zu sein, ob sie hinging oder nicht. »Bob fährt dich, wenn du willst«, sagte sie. »Oder du gehst eine halbe Stunde die FM 229 lang, dann bist du da. Fängt unter der Woche jeden Tag um zehn Uhr morgens an.« Karen reagierte abwartend, aber dann, als Melinda zur Bücherei abgefahren war, Bob seine Zeitung zusammenfaltete und Richtung Tischlerschuppen abzockelte und sie merkte, dass wirklich niemand sie zu etwas drängen wollte, beschloss sie, dass sich ein Spaziergang besser anhörte als noch ein Vormittag allein mit der Tapete. Außerdem hatte sie schon immer eine gewisse Neugier auf Pferde gehabt. Als Kind hatte sie von einem silberweißen Mustang fantasiert, den keiner außer ihr sehen konnte, der lautlos wie eine Wolke am Horizont entlanggaloppierte und aus der Ferne über sie wachte.

Als sie zum ersten Mal den Stall betrat, war ihr die Märchenvariante, die sie sich ausgemalt hatte, peinlich angesichts der schweißnassen, stark riechenden, laut schnaubenden wirklichen Pferde. Sie machten ihr Angst: nichts als zuckende Muskeln, Weiß in den Augen und Hufe, bei deren Aufstampfen sie durch ihre Sneakers die Erde zittern spürte. Doch Karen hatte es sich zur Regel gemacht, Angst nur dann zu zeigen, wenn es Schaden abwenden half, und sie spürte gleich, dass sie bei so kraftvollen Tieren mit Wegducken nicht weit kommen würde. Außerdem war das halbe Dutzend anderer Kursteilnehmer, die meisten bereits fest im Sattel, um Jahre jünger als sie. Die Jüngste war neun. Als Karen bei ihrem ersten Stallbesuch einer kastanienbraunen Stute den riesigen Kopf tätschelte, achtete sie darauf, dass die Reitlehrerin, die Neunjährige und auch sonst jeder Zuschauer sah, dass ihre Hand nicht zitterte.

Am nächsten Tag ging sie wieder hin, an dem darauffolgenden auch, und im Lauf der acht Wochen wurde sie ganz gut im Umgang mit Pferden – sie reiten, putzen, hinter ihnen ausmisten. Nicht überragend, aber schon in Ordnung. Gegen Ende des Sommers ging Melinda jeden Tag so früh aus der Bücherei, dass sie ihr beim Reiten zusehen konnte. So großartig Karen es auch fand, auf dem Rücken eines starken, schnellen Tiers zu sitzen, so schien das Zusehen Melinda sogar noch mehr zu bedeuten.

Aber erst das Pferdekettchen brachte Karen darauf, wie viel. Als sie sich den unscheinbaren Anhänger so ansah, dachte sie sich, dass Melinda wohl nie so einen bekommen hatte, obwohl sie ihn sich gewünscht hatte, wahrscheinlich von jemand ganz Bestimmtem.

»Wir möchten dir eines Tages ein richtiges schenken«, sagte Melinda. »Also ein Pferd. Dieses Jahr reichen unsere

Mittel einfach noch nicht dafür, aber das wird schon noch.« Die McGintys redeten manchmal von einer fernen Vergangenheit, in der sie wohlhabender gewesen waren und Pferde besessen hatten, doch einen Kauf hatten sie noch nie zuvor angesprochen, das war neu.

»Wow, danke«, sagte Karen.

»Du hast dieses Jahr gute Noten bekommen«, fuhr Melinda fort. »Wir sind stolz auf dich.« Bob nickte zustimmend. »Jedenfalls möchten wir gern über den nächsten Schritt mit dir reden: Wir wollen dich adoptieren, Karen.«

Ich heiße nicht Karen, fiel ihr dazu als Erstes ein. »Was für eine schöne Halskette«, sagte sie stattdessen. »Vielen, vielen Dank.« Das war ehrlich gemeint. Der Anhänger am dünnen Goldkettchen war billig, auf einer Seite flach, wie ein Relief. Aber das Pferd galoppierte.

»Du musst dich nicht jetzt gleich entscheiden«, sagte Melinda. »Wir wollten dir nur sagen, dass wir dich als unsere Tochter ansehen.«

Was Melinda nicht aussprach, Karen aber mitschwingen hörte, war die Besorgnis wegen ihrer nahenden Volljährigkeit, wenn sie nicht mehr als Pflegekind vermittelbar war. Karen hatte sich die Geschichten in der Wohngruppe angehört. Mit Schaudern dachte sie an die Petes.

Sie wog ihre Erinnerungen daran gegen Melindas längliches, kräftiges Gesicht auf, das schon nicht mehr nur schlicht, eher hässlich war. Tiefe Furchen der Bitterkeit gruben sich von ihren Mundwinkeln bis unters Kinn – der Sohn –, doch ein Lächeln milderte den Blick ihrer wässriggrauen Augen. Zu Karens Zukunft bei Melinda und Bob mochten Pferde gehören, doch auch der Besuch eines Community College und dann ein Job in Red Bluff, Redding oder gar Sacramento. Mehr als das: ein Baseball-Raufbold nur für sie allein, vielleicht durch den Mittelgang einer Kirche, geschmückt mit Bändern und Girlanden aus Seidenpapier, vor einen Traualtar treten. Und dann würde dieses spitzgiebelige, mit Schindeln verkleidete Haus eines Tages ihr gehören, und sie würde in dem Elternschlafzimmer mit eigenem Bad und Blick auf die bewaldeten Hügel schlafen und mit ihren eigenen Kindern einmal im Jahr ans Meer fahren. Sich ins gemachte Nest setzen.

»Das ist der beste Geburtstag, den ich je hatte«, sagte Karen. Es war gar nicht mal so weit hergeholt, auch wenn es nicht wirklich ihr Geburtstag war, sondern nur irgendein Datum, das zufällig an ihr haften geblieben war.

Nächstes Mal, als sie beim Reiten war, stellte sie sich vor, dass sie sich nur ein klein wenig weiter vorlehnte und das kraftvolle Tier zum Trab antrieb, dann zum Galopp, bis es wie das Pferd an ihrem Kettchen aussah. Über den niedrigen Holzzaun setzte und quer durch Weiden und Wälder in die Berge hinaufgaloppierte. Das war natürlich reine Fantasie, eine andere Variante des silberweißen Mustangs; sie konnte nicht springen, würde bei dem Versuch sich selbst umbringen und das Pferd vielleicht gleich mit. Pferde waren nicht für Berge gemacht, genauso wenig wie sie. Und überhaupt, wie weit würde ein Mädchen auf einem Pferd heutzutage wohl kommen?

Also dachte sie über Buslinien nach. Es war Zeit, sich nach Portland aufzumachen, wo es mehr Stripteaselokale pro Kopf gab als in jeder anderen Stadt der USA, wie sie gehört hatte. Das klang nach leicht verdientem Geld bar auf die Kralle, ohne Verpflichtungen. Als es dann soweit war, Melinda zur Bücherei gefahren war, Bob seine Zeitung zusammenfaltete und Richtung Tischlerschuppen abzockelte und Karen sich auf ihren üblichen Weg machte, war sie überrascht und erleichtert, wie problemlos sie an der FM 229 die andere Richtung einschlagen und einfach weggehen konnte. Das Halskettchen hatte sie sich zweimal um den Knöchel geschlungen, und der kleine Goldanhänger schlug ihr beim Gehen gegen das Sprunggelenk. Etwa bei jedem achten Schritt rutschte das Pferdchen in den Schuh, wo es kurz an ihre Haut gedrückt wurde, ehe es mit einem Plopp wieder rausflog, einmal um ihren Knöchel wanderte und wieder runterrutschte. Es war ein netter Rhythmus, als würde das Minipferdchen davongaloppieren und sie aus der Stadt tragen, und nicht ein Greyhound-Bus.

10

»Sie glauben, er geht fremd?«, fragt Alex Mercado beiläufig, aber interessiert; wie jemand, der über Gewinnchancen in einem Rennen spricht, auf das er nicht gewettet hat.

»Nein. Ich weiß nicht. Ich hab bloß ...« Eine Silhouette huscht an dem schmalen Milchglasfenster neben meiner Bürotür vorbei, und ich halte den Hörer ans andere Ohr. Im Institut schleicht immer irgendwer herum, auch am Wochenende.

»Sie wollen, dass ich feststelle, ob er Sie betrügt«, setzt er neu an. »Ich kann ihm gern nachspionieren, rausfinden, wo er hingeht.« *Das wird Sie was kosten*, lautet das unausgesprochene Satzende.

»Würden Sie stattdessen einfach etwas – jemanden – für mich überprüfen?«, sage ich mit leiserer Stimme. »Alma Josefina Ruiz.«

»Allgemeine Vorgeschichte?«, fragt er. »Oder beschatten?«

»Vorgeschichte«, beeile ich mich zu sagen. »Sie ist eine Treuhänderin unseres Spendenfonds. Also eigentlich die Verwalterin.«

»Ah«, macht Alex. »Vielleicht kommt mir der Name daher bekannt vor. Dürfte nicht schwer sein rauszukriegen, was mit der los ist.« *Und ob sie sich mit Ihrem Mann trifft.* »Ach, und möchten Sie, dass ich an Julie dranbleibe? Ich weiß jetzt, wo sie hingeht.« Bevor ich etwas erwidern kann, fährt er fort, immer noch in diesem beiläufigen Ton, der einen wahnsinnig macht: »Nämlich in die Kirche.«

»Was? Welche Kirche?«

»The Gate.«

Ich bin sprachlos. The Gate ist die Megakirche, an deren Plakatwand ich täglich auf meinem Weg zur Arbeit auf der Überführung der Umgehungsstraße 610 vorbeikomme. Sie versammeln sich im gottverdammten Astrodome.

»Sie geht nicht rein«, sagt er. »Sondern bleibt in ihrem Auto sitzen. Dem Auto Ihres Mannes«, berichtigt er sich. »Auf dem Parkplatz.«

»Was macht sie da?«

»Keine Ahnung. Es ist ein verdammt großes Gelände, da spielt sich so einiges ab. Um die Zeit drei Bibelgruppen, ein Bowlingtreff für Singles und etwas, das Heilkreis heißt.« Er hört sich belustigt an. »Sie waren nie in dieser Kirche?«

»Wir sind überhaupt nie zur Kirche gegangen. Also Julie vielleicht ab und zu mit einer Freundin, bei der sie übernachtet hat. Aus Neugier, wie Kinder halt so sind.« Ich denke an das überlebensgroße Grinsen des Fernsehpredigers auf der Plakatwand. *Statt Jedermannsglauben: jeden Tag neu glauben!* »Aber ich kann mir einfach nicht vorstellen, dass Julie zu *so etwas* hingeht.«

Kurzes Schweigen. »Haben Sie sich das Video angesehen, Anna?«

»Ja, hab ich. Gretchen Farber. Diese Band in … Portland, oder?«

»Und?«

»Und – ja, es sieht ihr ähnlich. Vielleicht. Aber das Bild ist so unscharf, da kann man sich nicht wirklich sicher sein.« Ich meine das ehrlich, weil ich es mir nur einmal angesehen habe, mitten in der Nacht, ohne Ton. Und weil mir mittlerweile gar nichts mehr sicher erscheint.

»Handyvideo«, räumt er ein, aber ich habe das ungute Gefühl, dass er mich bloß bei Laune halten will. »Keine tolle Aufnahme.«

»Genau. Und Portland ...«

»... ist nicht Mexiko«, beendet er den Satz.

Eine Pause entsteht, also gehe ich zum Angriff über. »Darf man fragen, warum Sie in Portland gesucht haben?«

»Hab ich gar nicht«, sagt er. »Sondern ich hab mir überall die Polizeiberichte aus dem Zeitraum um Julies Auftauchen herum angesehen, alles mit einer Frau in ihrem Alter, falls was dabei wäre. Bei dieser Gretchen Farber gibt es eine Vermisstenanzeige – eigentlich nicht in Portland, sondern in Seattle. Sie wurde nur wenige Tage nach Julies Auftauchen aufgegeben ...«

»Nach ihrer Rückkehr.«

»Man muss drei Tage warten, um eine Vermisstenanzeige nach einer Erwachsenen aufgeben zu können, besonders, wenn es vom Ehemann oder Freund ausgeht – falls es sich um einen sogenannten Beziehungskrach handelt. Diese wurde von ihrem Freund aufgegeben, einem Calvin noch was. Jedenfalls hatte ich das Glück« – *Glück*, denke ich, – »dass es ein Video von ihr gibt. Keine Sorge, ich überprüfe das, rufe die Kneipen an, versuche an den Ausweis ranzukommen.« Und nach einer Pause mit Papierrascheln: »Gerade bin ich da noch an einer anderen Option dran.«

»Sie meinen, um die Schwindlerin zu entlarven?«, frage ich bemüht sarkastisch, doch Alex lässt sich nicht aus dem Konzept bringen.

»Charlotte Willard«, sagt er. »Gleichaltrig mit Julie, ist

kurz nach ihr aus ihrem Elternhaus in Louisiana ausgerissen – äh, verschwunden. Hat vielleicht nichts zu sagen, aber vor sieben Jahren wurde eine Charlotte – natürlich unter anderem Nachnamen – in San Francisco aufgegriffen, wo sie eine Weile in Pflege kam und dann sozusagen von der Landkarte verschwunden ist. Hat ihren Namen wieder geändert oder so.«

»Und?«

»Und ich bin mir nicht sicher«, gibt er zu. »Aber ich glaube, Charlotte könnte Gretchen sein. Und Gretchen könnte – na ja, Julie sein.«

»Und warum sollte sich diese Charlotte oder Gretchen, oder wer auch immer sie ist, als meine Tochter ausgeben?« Ich höre selbst, wie meine Stimme ins Schrille kippt, und versuche erfolglos, sie wieder zu dämpfen. »Was könnte sie damit wohl bezwecken wollen?«

Den Julie-Fonds lasse ich gedanklich außen vor, obwohl Alex sicher nicht vergessen hat, warum ich ihn überhaupt angerufen habe.

»Ehrlich, Anna, ich weiß es noch nicht. Ich lasse es Sie wissen, wenn ich auf was Neues stoße.«

Sein Taktgefühl regt mich auf. »Sagen Sie, was Sie denken. Sie glauben, es ist das Geld, nicht? Das Geld im Fonds?«

»Ich weiß erst, was ich denken soll, wenn Sie mir die DNA-Probe besorgen.«

Ich lege grußlos auf und öffne den Browser auf meinem Desktop.

Die Gate-Website hat eine ganze Reihe von aufwendigen Flash-Animationen zu bieten, durch die ich mich ungeduldig klicke, bis ich den Heilkreis finde. Als ich den Link anklicke, fällt ein Zeichentrick-Wassertropfen mitten auf den Text und drängt die Wörter an den Rand, in konzentrischen Kreisen, die sich über den ganzen Bildschirm ausbreiten. Dann kommt der Desktop zur Ruhe und lässt einen den Text lesen:

Wir laden alle zum Heilkreis ein, die unglücklich sind.
Wenn wir im Heilkreis um Vergebung bitten,
wird Gott uns zeigen, dass wir bereits geheilt wurden.

Am unteren Bildschirmrand werden Gesichter ein- und ausgeblendet, die Zeugnis ablegen: eine ältere Frau war an grauem Star halb erblindet, bis der Heilkreis ihr die frohe Botschaft brachte, dass sie schon sehen konnte. Ein schwarzer Jugendlicher, den der Heilkreis davor bewahrt hat, die Schule abzubrechen. Ein ehemaliger Obdachloser, der durch den Heilkreis den Weg zu einem gesicherten Auskommen fand. *Nach dem Plan Gottes ist uns Gutes in Hülle und Fülle beschieden,* lautet das Zitat. *Das Reich des Herrn ist unermesslich!*

Ich notiere die Termine der Treffen auf einem Haftzettel und gehe zurück zur Suchmaske, wo im Menü auch noch ein Link zu einem neueren Zeitschriftenporträt über Reverend Chuck Maxwell auftaucht, den Mann, dessen Gesicht an jedem Verkehrsengpass auf Plakatwänden über unserer Stadtlandschaft thront. Der Artikel ist überschrieben mit »Kein Schnack, Chuck: Wie Rev. Chuck Maxwell die größte Kanzel in ganz Texas an Land zog«.

Wenn Chuck Maxwell leibhaftig vor einem steht, sieht er noch besser aus als auf den Plakatwänden seiner Megakirche in Houston, The Gate. Der zweiundvierzigjährige Pastor mit grau meliertem Bart und durchdringendem Blick überrascht bei einer Körpergröße von knapp 1,90 m mit seiner Anmut.

Kein Wunder, dass dieser Mann ein spirituelles – und finanzielles – Imperium errichtet hat.

Aha, *so* ein Porträt wird das also.

Maxwell wurde weder je in einer bestimmten Konfession zum Priester geweiht, noch hat er ein abgeschlossenes Theologie- oder gar Philosophiestudium; er besitzt nicht einmal einen Collegeabschluss. Dennoch steht er Woche für Woche im ehemaligen Astrodome in Houston und predigt vor 30 000 Gemeindemitgliedern und bis zu zehn Millionen Fernsehzuschauern kraft seiner via Fernsehen und Internet verliehenen geistlichen Ämter.

Ich scrolle ein paar Absätze weiter nach unten:

Nach dem Abbruch seines Studiums an der Texas Christian University angelte er sich einen Produzentenjob beim Houstoner Feuer-und-Schwefel-Fernsehprediger Jim Wilton. Laut Maxwell reiften dort erste eigene Vorstellungen einer christlichen Botschaft heran, deren Verbreitung ihm wie auf den Leib geschnitten erschien.

»Ich sehe es nicht so, dass ich mich im Schlechten von der Baptistenkirche getrennt habe«, stellt er fest. »Deren Botschaft war nur so negativ: ›Ihr vermasselt alles! Macht euren Frieden mit Gott!‹« Er lacht. »Aber Gott will nicht, dass man den Blick auf die Sünden der Vergangenheit richtet! Gott sagt: Mach es neu!«

Mein Blick einer Anglistikprofessorin hängt sich am »*Mach es neu*« auf, Ezra Pounds modernistischem Motto, und ich amüsiere mich kurz über die Vorstellung, wie sich der elitäre, antisemitische alte Sack im Grabe umdreht. Ich scrolle weiter, und Maxwell predigt unermüdlich den ewigen Neuanfang, verkündet die frohe Botschaft, dass nichts außer dem Hier und Jetzt zählt. Kann es sein, dass Julie davon angelockt wird? Das Porträt zieht sich über drei weitere Seiten, behandelt Maxwells großzügige Spenden an einen gemeinnützigen Verein für vermisste Kinder – was mir natürlich ins Auge sticht –, doch ich ertrage es nicht, es bis zu Ende zu lesen. Die Vorstellung, dass Julie Maxwells Botschaft brauchen könnte – *Vergiss die Vergangenheit, lebe im Hier und Jetzt!* –, ist zu abschreckend, um mich länger damit zu befassen. Schließlich sind Jane, Tom und ich Julies Vergangenheit. Oder sollten es sein.

Was mich an meinen letzten Anruf für heute erinnert.

Ich hole den Zettel hervor, den Jane mir gegeben hat und der noch zerknittert in meiner Tasche steckte, und starre ihn an. Die Vorwahlnummer kommt mir bekannt vor, aber ich kann sie nirgends unterbringen, bis ich nachsehe: Seattle.

Bestimmt spielt Jane mir einen Streich. Dies ist die Telefonnummer einer Freundin von ihr, ihrer Zimmergenossin, von irgendwem, den sie eingeweiht hat. Ich spüre, wie mich die heiße Wut packt, gefolgt von Gewissensbissen. In den letzten acht Jahren habe ich Jane vernachlässigt – sie zuweilen vorsätzlich ignoriert. Immer wenn ich sie ansah, sah ich nur ihr Versagen, als sie in jener Nacht im Wandschrank nicht schrie, die drei Stunden, die sie zusammengekauert zwischen ihren Schuhen hockte und Rotz und Wasser heulte, während Julie ... Ich wusste, dass es nicht Janes Schuld war, aber ich konnte nicht anders. Zweifel an Julies Identität zu schüren, wäre eine besonders perfide Art, sich an mir zu rächen, aber wirkungsvoll. Meine Hand zittert.

Ich wähle die Nummer und warte. Es klingelt ein halbes Dutzend Mal, als würde jemand am anderen Ende meine Rufnummer ansehen und sich überlegen, ob er rangehen soll. Dann passiert es.

»Hör auf damit«, sagt Julie.

Mir verschlägt es vor Schreck die Sprache.

»Na, dann sag schon was, Cal«, fährt sie resigniert fort. »Ich bin endlich bei einer deiner vielen geheimnisvollen Nummern rangegangen, also sag was. Ich weiß, dass du es bist. Rufst von jedem Halt auf deiner großen Tour durch mein Leben an, was?« Kurze Pause. »Na also, du hast mich gefunden. Du bist hier. Was willst du mir jetzt sagen?«

Ich halte die Luft an.

»Was für ein schmutziges kleines Geheimnis hast du jetzt über mich rausgefunden? Was auch immer, es gibt garantiert was Schlimmeres, was du noch nicht von mir weißt, das kann ich dir versprechen.«

Ich weiß nichts, rein gar nichts.

Am anderen Ende der Verbindung sagt Julie: »Fick dich, Cal. Ich bin weg. Es ist aus. *Hau ab*.« Der Anruf wird beendet.

Charlotte

saß mit der Sozialarbeiterin und einem bärtigen Mann, der unbedingt den Namen ihres Zuhälters von ihr wissen wollte, in einem schäbigen Zimmer. Officer Pete hatte dieses Wort auch benutzt, und sie wusste nicht, was es hieß, nur dass es etwas Spannendes und Geheimnisvolles war, wie ein Schimpfwort. Sie musste an Nasezuhalten denken, doch das sagte sie dem Bärtigen nicht.

»So einen hab ich nicht.« Sie konnte sich nicht überwinden, das Wort zu wiederholen.

»Komm schon, was hat er dir gesagt?«, fragte der Bärtige. »Dass du was Besonderes bist, dass er sich um dich kümmern wird?«

Ihr fiel nur einer ein, auf den das zutraf: John David. War er ein Zuhälter? *Ihr* Zuhälter? Sie war sich nicht sicher. Dieser Bärtige konnte unmöglich etwas von John David wissen, oder? Doch unter dem Gedanken tat sich ein tiefer schwarzer Graben auf, in den sie fiel, wenn sie nicht aufpasste. Sie schüttelte den Kopf.

»Er hat dich überredet, dich gegen Geld anzubieten, stimmt's? Nur dass er das ganze Geld kriegt.«

Jetzt verstand sie, und ihr schoss die heiße Röte bis zum Kinn hoch. »Das hab ich nur ein paarmal gemacht«, murmelte sie.

»Okay, bloß ein- oder zweimal«, sagte er mit zu netter

Stimme. »Bloß um ihm aus der Patsche zu helfen. Du willst ihn beschützen, weil er dich beschützt, stimmt's? Glaubst du, dass er dein Freund ist? Vielleicht sogar dein fester?«

»Ich hab keinen festen Freund«, sagte sie, und die Röte stieg vom Kinn aufwärts, bis sich sogar ihre Augäpfel heiß anfühlten. Sie schleuderte allen Hass aus ihren Augen direkt in seinen buschigen braunen Bart. Zumindest Officer Pete glaubte ihr. Als sie schon Luft holen wollte, um ihm das zu sagen, fiel ihr ein, dass sie Officer Petes richtigen Namen nicht wusste.

»Hat er dir erst Geschenke gemacht?« Der Bärtige ließ nicht locker. »Vielleicht hat er dir eine Maniküre spendiert.«

Verlegen zog sie die Hände vom Tisch. Sie hatte schwarze Ränder unter den schartigen Nägeln, und einer war eingerissen, mit einem roten Hauthubbel um den Nietnagel. Sie merkte, wie die Sozialarbeiterin, eine dunkelhäutige Frau mit Brillenkette um den Hals, rasch den Kopf schüttelte und die Augen verdrehte, ehe sie wegsah.

Aber der Bärtige machte noch fünf oder zehn Minuten so weiter, bis er endlich aufstand. Er schnippte eine Visitenkarte vor sie auf den Tisch, presste einen Finger darauf und sagte: »Wenn dir irgendwas einfällt, ruf mich unter dieser Nummer an. Aber vergiss nicht, er ist der Feind. Du bist hier das Opfer.« Als er die Hand anhob, blieb die eine Kartenecke gerade lange genug an seinem verschwitzten Daumen kleben, um sie aus der perfekten Symmetrie mit der falschen Holzmaserung der Tischplatte zu ziehen. Sie beobachtete, wie die Karte schräg vor ihr liegen blieb, und prägte sich den Winkel ein, um den Namen nicht lesen zu müssen. Als sie aufschaute, war der Mann weg, und die Sozialarbeiterin hatte sich sichtlich erleichtert auf seinen Stuhl ihr gegenüber gesetzt.

»Ich bin Wanda, Charlotte.«

Beinahe wäre sie zusammengezuckt. Obgleich es der Name war, den sie ins Formular geschrieben hatte, der erste, der ihr in den Sinn gekommen war, hatte sie bislang noch niemand so genannt – die Polizisten, die sie von einem ins andere Zimmer gebracht hatten, hatten »du« oder »junge Dame« gesagt, und wenn sie über ihren Kopf hinweg über sie sprachen, »die Jugendliche«. Als sie zum ersten Mal mit dem Namen angeredet wurde, ging ihr auf, wie schwach und dumm es von ihr gewesen war, sich so zu nennen, nur weil es ihr mutig vorkam, ihn sich anzueignen. Jetzt klang es wie eine Anklage.

»Charlotte«, fuhr Wanda fort, als wäre sie fest entschlossen, sie so oft wie möglich zu verdammen, »ich hab gehört, du möchtest zu Pflegeeltern. Heutzutage nennen wir das Fremdunterbringung. Hast du ein sicheres Zuhause?«

Beim Versuch, an ihr Zuhause zu denken, sah sie nur ein Augenpaar vor sich, das verkehrt herum ins Leere starrte. Trüb und trocken.

»Nein.«

»Du hast kein Zuhause?«, bohrte Wanda weiter. »Oder fühlst du dich dort nicht sicher?«

Das klang wie eine Fangfrage. Diese Wanda war anders als Officer Pete, der nach einem langen Tag rumstänkerte, oder der Arsch mit Bart, der sie mit Fragen löcherte, um etwas aus ihr rauszuquetschen, das er benutzen konnte. Kein Zuhause, oder nicht sicher? Sie stierte auf Wandas Mundwinkel, wartete auf ein Zucken, das ihr verraten hätte, was die Sozialarbeiterin hören wollte, doch die wartete einfach ab, mit entspanntem, neutralem Gesichtsausdruck.

»Ich … Es ist …« Wo sollte sie anfangen? »Nicht sicher.«

Das war nicht direkt gelogen.

Wanda nickte nur, was weniger nach Zustimmung als nach Vervollständigen aussah, ein Kästchen abgehakt. »Und, Charlotte, wünschst du dir nur vorübergehend oder auf längere Zeit eine Fremdunterbringung?«

Wieder Multiple Choice. Früher war sie mal gut gewesen in solchen Tests. »Ich möchte eine Inobhutnahme«, sagte sie, ganz so, wie Officer Pete ihr geraten hatte.

»Das wäre mir für dich auch am liebsten, Charlotte«, antwortete die Sozialarbeiterin. »Leider sind unsere Kapazitäten zurzeit begrenzt. Das Jugendamt wird sich um all das kümmern, ich stelle nur eine Empfehlung aus. Aber ich muss dir etwas sagen. Wenn du jetzt gleich in eine Fremdunterbringung kommst, wird es höchstwahrscheinlich zunächst eine Wohngruppe sein, während sie eine Pflegefamilie für dich suchen.«

Sie nickte. Gruppe.

»Nur vorübergehend, aber ich wollte dich darauf vorbereiten. Gibt es ganz sicher keine Freundin oder Verwandte, bei der du unterkommen könntest? Und in Sicherheit wärst? Denk mal drüber nach.«

Sie dachte nach, sogar angestrengt. Bei allem, was für sie infrage käme, müsste sie ein Kind sein, und sie war kein Kind mehr. Kinder gingen nicht in dreckige Wohnungen und ließen sich Babys wegmachen. Kinder machten nicht mit Petes, was sie mit Petes gemacht hatte. Kinder taten anderen Kindern nicht das an, was sie dem Mädchen im Keller angetan hatte.

Sie wusste nicht, was sie war.

»Ich geh in die Gruppe«, sagte sie.

Als sie zusammen aus der Polizeiwache gingen, fragte

sie: »Was ist mit meinen Sachen?«, wusste aber schon, bevor Wanda den Mund aufmachte, dass sie das geklaute Messer vergessen konnte.

Es war egal, denn in Gruppen durften sowieso nur die größten Kids Messer haben. Sie versteckten sie in ihren Matratzen oder befestigten sie mit Klebeband unter Schubladen. Niemand klaute sie, und niemand verriet die Kids. Einer von den spillerigen Bürschchen versuchte sich selbst eins aus einem Plastikfrühstücksmesser zu basteln, das er in der Mitte durchbrach. Er zeigte es herum, gab damit an, bis es ihm ein Größerer nachts wegnahm und ihm etwas antat, das nicht zu sehen sein würde.

Weil die Regeln wie hier klar auf der Hand lagen, war das Leben in einer Wohngruppe einfacher, als sie gedacht hätte. Insgeheim nannte sie die größten Kids die Vollstrecker. Selbst versuchte sie, eine Unsichtbare zu sein, offensichtlich die sicherste Variante.

Ihre Zimmergenossin Beth war eine Eifrige. Eifrige machten alles, was die Betreuer von ihnen verlangten, meldeten sich freiwillig in der Gruppentherapie und verdienten sich mit guter Führung Goldsterne, Glitzerzahnbürsten und plastische Sticker. Die Sterne und dicken Sticker waren der letzte Scheiß; sie hafteten zu stark und hinterließen fiese Klebeflecken, die einem die Kleider ruinierten und von der Haut nur mithilfe eines Scheuerschwamms abgingen. Die Unterseiten der Stühle und die Wände über den Betten waren davon versaut.

Mit Zahnbürsten war es was anderes. Sie war schon vorher ohne eine ausgekommen, und das mickrige Plastikstäbchen, das sie ihr bei ihrer Ankunft aushändigten, war besser als gar nichts, aber die dünne Reihe steifer, harter Borsten tat ihrem Zahnfleisch weh. Eines Tages nahm sie Beths Zahnbürste in die Hand, drehte und wendete sie und spähte in die durchscheinenden pinken Tiefen des Glitzerplastiks, ließ den Blick über die vergrabenen Bläschen und schimmernden Fädchen wandern, die beim Hin-und-her-Wenden das Licht reflektierten.

»Hey, leg die wieder hin. Die gehört mir«, sagte Beth von der Türschwelle aus.

»Gefällt mir«, sagte Charlotte, ohne die Zahnbürste aus der Hand zu legen. Sie wartete ab, was Beth wohl machen würde. Beth, die erst elf war, wand sich verlegen. »Wirklich hübsch«, ermutigte Charlotte sie.

»Danke«, sagte Beth. Nach kurzem innerem Kampf, bei dem ihr beinahe Tränen in die großen Augen traten, sagte sie: »Du kannst sie haben.« Jede Silbe eine Überwindung.

Charlotte knallte die Bürste hin. »Voll eklig. Ich will doch nicht deine benutzte Zahnbürste.«

Später nahm sie sie dann doch.

11

Montagnachmittag, ich steige ins Auto und fahre zur Gate-Kirche. Es ist der blanke Hohn: Da erzähle ich Tom seit zwei Wochen, ich würde zur Arbeit fahren, Julie uns, sie würde zur Therapie fahren, und jetzt lügen wir beide, um zum selben Ort zu fahren. Ich biege auf den Parkplatz ein, wo ein Neubau das ehemalige Astrodome vom NRG-Stadion nebenan abgrenzt, und bemerke die Verbindungsbrücke zwischen beiden Gebäudekomplexen. In der Endspiel-Saison muss die Gate-Kirche reichlich Laufkundschaft abbekommen. Wie aufs Stichwort blinkt das Schriftdisplay – MIT GOTT IST ALLES MÖGLICH –, und ich lache nervös schnaubend auf.

Etwa hundert Fahrzeuge scharen sich um den Eingang. Julie hat heute keinen Therapietermin und daher kein Auto, aber mich macht die Vorstellung dennoch nervös, dass ich sie oder sie mich in diesem Moment sehen könnte. Die Parkfläche ist groß, einschließlich eines fünfstöckigen Parkhauses, das von hier aus leer aussieht. Ich stelle den Wagen ab und nähere mich der modernen, stromlinienförmigen Backstein-Kirchenfassade mit Turm, die vor die gigantische umgestülpte Schüssel gesetzt wurde, in dem erfolglosen Versuch, sie auf menschliche Maße zurechtzustutzen. Durch eine Riesenglastür betrete ich eine Empfangshalle, so luftig und sauber wie die VIP-Lounge eines Flughafens. In regelmäßigen Abständen hängen Bildschirme von der Decke und zeigen im Stand-by-Modus das Logo der Kirche, ein glühendes Tor. Der meergrüne Teppichboden ist mit tadellos sauberen weißen Flauschteppichen bestückt, an deren Rändern sich in klaren Linien gehaltene Sessel in vertretbarer Nähe gegenüberstehen. Aus unsichtbaren Lautsprechern dringt sehr dezente Musik, und ganz hinten in einer Ecke der weitläufigen Halle brummt ein Staubsauger. Montags ist hier offenbar wenig los.

Gleich rechts vom Eingang hängt ein Lageplan der Kirche aus, den ich kurz studiere, ehe ich mich einem Gang zuwende, über dem das Wort GLAUBE in gebürstetem Stahl hängt. Ich suche nach Raum 19G und überlege kurz, ob es wohl auch einen LIEBE-Flügel gibt, wo alle Raumnummern auf L enden. Der Staubsauger wird ausgeschaltet, und hinter mir sehe ich meine Fußspuren in etwas dunklerem Grün, die sich in einer Linie über den meergrünen Boden ziehen. Da wird Gott mich wohl geleitet haben, denke ich. Ich konnte Religion noch nie besonders ernst nehmen, doch dieses Gebäude kommt mir wie ein einziger Witz vor.

Die schwere Holztür vor 19G ist geschlossen und fensterlos. Nach nur kurzem Zögern schiebe ich sie auf und befinde mich am Ende eines Raums von der Größe einer Highschool-Turnhalle. Etwa hundert Leute stehen mit geschlossenen Augen und gesenkten Köpfen Hand in Hand in einem abgeflachten Oval, das den ganzen Raum ausfüllt; einige wiegen sich rhythmisch vor und zurück, andere halten völlig still. Ich gehe hinein, schließe die Tür sachte hinter mir und werde vom leisen Murmeln des Kreises umfangen. Ich hatte mir Stühle vorgestellt, etwas, worauf ich sitzen und sie beobachten könnte, doch in der fensterlosen Halle ist für nichts Platz außer dem summenden, atmenden Kreis. Ohne die Augen zu öffnen und mich anzusehen, lassen die beiden Betenden, die der Tür am nächsten stehen, einander los und strecken die Hände aus. Mir wird ganz flau. Das hier fühlt sich viel realer an als erwartet und zugleich peinlich gestellt. Indem ich vortrete und die Hände links und rechts von mir ergreife – die trockene, raue, knotige Hand eines Alten und die abstoßend feuchte und geschmeidige eines Jugendlichen –, mache ich mich endgültig zur Schwindlerin.

Anfangs erkenne ich nicht, woher das Gemurmel kommt; von allen Seiten und in allen Tonlagen um mich herum vervielfältigt, scheint es von keinem bestimmten Ort auszugehen. Ich halte die Augen offen und lasse den Blick über alle Gruppenmitglieder wandern, die ich sehen kann, doch wenn das Gemurmel von einem Punkt ausgeht, muss er irgendwo am anderen Ende des Ovals liegen, einem Teil, der von der Längsseite verdeckt wird. Beim Blick in die Runde sehe ich nichts als einen endlosen Aufzug von Senioren in Sweatshirts, pickligen Teenagern und Frauen mit Pferdeschwanz in Yogahosen, die alle nachbeten, was sie hören. Als ich die Augen schließe, scheint sich irgendwann eine Stimme aus dem Gewirr zu lösen und sich ein Stück weit über das murmelnde Meer zu erheben. Es ist eine gewöhnliche Männerstimme; eine mit den für den Houston-Akzent so typischen gequetschten Vokalen. Dennoch kann ich die Worte glasklar hören, als würden sie mir direkt ins Ohr gesprochen.

»Gefunden.« Das Wort fällt wie ein Stein in den Tümpel aus Gemurmel. »Was verloren war, wurde gefunden. Mehr als das, es war nie verloren.«

»Mehr als das, es war nie verloren«, gibt der Kreis wie ein Echo zurück.

»Schaust du zu deinem himmlischen Vater, der dir Segen

im Überfluss spendet, und bittest ihn um eine einzige Gnade? Wenn man dir auf einer Hochzeit einen vollen Teller mit Essen reicht, bittest du den Gastgeber um einen einzigen Bissen? Was du brauchst, steht vor dir. Neigen die Lilien auf dem Felde die Köpfe vor ihrem Schöpfer und flehen zu ihm? Schicken die Spatzen bettelnde Klagerufe gen Himmel? Nein. Die Lilien erheben ihr Angesicht zum Herrn in Ehrfurcht und Entzücken. Die Spatzen erheben ihre Stimme zu Lobgesängen. Sie preisen Gottes Schöpfung mit ihren Dankgebeten. Kleidet sich eine dankbare Tochter in Lumpen? Nein – sie zeigt aller Welt, dass ihr Vater sie liebt. Sie ist dankbar für seine Liebe. Was verloren war, wurde gefunden. Es war nie verloren. Was verloren war, wurde gefunden. Es war nie verloren. Was verloren war, wurde gefunden. Es war nie verloren.«

»Was verloren war, wurde gefunden. Es war nie verloren.« Einige wiederholen den Refrain, während andere mit ihm weitersprechen, seine Worte direkt im Anschluss wiederholen, so schwerfällig wie nasser Sand, der sich zu einem Abdruck der über ihn hinweggehenden Wellen formt.

»Was du brauchst, gibt es schon in deinem Leben«, fährt der Redner fort. »Christus wurde auf ewig verwundet, damit wir heil sein können.«

Ein paar Sänger ändern nun ihr Mantra. Eine weint laut.

»Die Wunde unseres Herrn Jesus ist das Wunder, das uns heilt.«

Bei diesem miserablen Wortspiel muss ich an mich halten, um nicht loszukichern, doch als der Satz die Runde macht, vom Stimmenchor aufgenommen, macht der unterdrückte Schluckauf in meinem Magen eine seltsame Gefühlswandlung durch. Nicht zu fassen, mir kribbeln die Augen.

»Wir sind geheilt in jedem Augenblick unseres Lebens.

Willst du eine neue Arbeit? Du hast sie bereits. Einen Partner? Du bist schon verheiratet, ihr wisst es nur beide noch nicht. Schuldenerlass? Deine Schulden wurden getilgt, jetzt und immerdar. Keine Schmerzen mehr? Es gibt keine Schmerzen, du redest sie dir nur ein.«

Noch jemand ist in Tränen ausgebrochen, diesmal so, dass zwischen den Schluchzern gekeucht wird. Jeder laute Schluchzer wird prompt von dem Gemurmel umflossen und weggespült, sodass einem der nächste wieder ganz neu vorkommt, wie von einem anderen Planeten.

»Jauchzet, frohlocket! Was verloren war, wurde gefunden. Es war nie verloren. Nur du warst verloren. Der Sohn ist auferstanden von den Toten; wer verloren war, wurde gefunden. Doch er war nie wirklich tot, nie wirklich verloren.«

Viel mehr davon ertrage ich nicht. Ich sperre die Augen auf. Niemand merkt es. Dann fällt mir jemand gegenüber im Kreis auf: eine ältere Dame im Rollstuhl mit einem Micky-Maus-Sweatshirt.

Ich reiße mich los und greife blindlings nach der Tür; meine verschwitzten Finger rutschen von der Klinke ab, während ich die Tür aufstoße und losrenne, nichts wie weg, zurück über den meergrünen Teppichboden, von dem meine Spuren bereits weggesaugt wurden.

Als ich wieder in meinem Büro bin, wähle ich die Nummer, und das Telefon klingelt ausgiebig, aber Alex Mercado geht nicht ran, also muss ich selbst finden, was ich suche. Ich tippe die verhängnisvollen Wörter in die Suchmaschine und warte, bis die neuesten Schlagzeilen auftauchen: GRAUSIGE GEWISSHEIT – LEICHENTEILE IN ATOMBUNKER STAMMEN VON 13-JÄHRIGER.

Das Aufmacherfoto zeigt einen flachen Klinkerbungalow in River Oaks, einem alten innerstädtischen Viertel, mit hohen schattenspendenden Bäumen und, neuerdings, Eigentumswohnanlagen, die sich auf zu kleinen Grundstücken drängen. Als das Haus auf dem Foto abgerissen wurde, um noch so einem Stadthaus Platz zu machen, stießen Bulldozer auf zusätzliche Leitungen zu einem Atomschutzbunker, der unter einer meterdicken Betonschicht in der Erde vergraben war. Ein anderes Foto zeigt verdrehte Kabel, die zu einer aufgebrochenen Betonhülle führen. Keine Fotos des Fundes im Inneren. Ich recherchiere weiter: Das Haus wurde 2008 gepfändet, weil die Eigentümerin, die Pflegeheiminsassin Nadine Reynolds, die Grundsteuer nicht mehr gezahlt hatte. Nachdem es in einer Auktion an einen Investor von außerhalb versteigert wurde, der es jahrelang vermietete, ohne je einen Fuß über die Schwelle zu setzen, wechselte es noch mehrmals den Besitzer, bis es 2015 an den letzten Investor fiel, der befand, dass es ihm als Eigentumswohnanlage mehr Profit bringen würde.

Doch auf das Foto kommt es an, nicht auf das Haus. Ich lande auf der Homepage der DPS, der Behörde für Öffentliche Sicherheit in Texas, wo es eine landesweite Vermissten-Datenbank mit über dreihundert Einträgen gibt. So viele Vermisste; so viele nicht identifizierte Leichen, jede zu einem verschwundenen Familienmitglied passend, ob Tochter, Ehemann, Ehefrau oder Sohn – wie ein riesiges Puzzle, dessen Einzelteile über den ganzen Globus verstreut sind.

Ich klicke mich durch die letzten Einträge aus Harris County und sehe kleine Porträtfotos von Männern mit geschlossenen Augen, eigenartig würdevoll und brutal traurig. Dann ein Umriss in Kopfform mit einem Fragezeichen.

Der Todeszeitpunkt ist unbestimmt, 2008 oder 2009, ungefähr zu der Zeit, als unser Leben in die Brüche ging. Ich klicke mit angehaltenem Atem darauf, und das Foto, das mich verfolgt hat, erscheint, ein Ausschnitt ohne weitere grausige Details, nur ein einzelner vermoderter, ausgeblichener schwarzer Stofffetzen mit zwei Kreisen, verbunden durch einen verblassten schwarzen Streifen.

Jetzt begreife ich, warum ich es nicht gleich erkannt habe. Schließlich hat es sich acht Jahre lang in der Luft im Bunker zersetzt. Niemand hätte es auf Anhieb erkennen können, nicht einmal, wenn man wie ich seit acht Jahren die Erinnerung an das Schlafshirt seiner Tochter mit sich herumträgt. Ein Shirt, von dem nur noch ein Paar Micky-Maus-Ohren geblieben sind.

Ich will nur den Leichnam, habe ich einmal in der Selbsthilfegruppe gesagt, bevor ich endgültig ausstieg. *Ich will nur etwas zum Bestatten.* Der Chor der Stimmen von Polizisten, Therapeuten und Journalisten, die mit vereinten Kräften *die ersten drei Stunden, die ersten drei* Tage skandierten, erschwerte mir den Glauben an eine Welt, in der meine Tochter noch am Leben war. Jetzt spüre ich, wie mich eine seltsame Taubheit erfasst bei dem Gedanken, dass sie es nicht war. Nicht ist. Ich habe es nicht gleich erkannt, weil ich nicht wollte. Ich wollte nicht, dass Mercado recht hatte mit Julies Tod. Ich wollte nicht, dass er mit *irgendetwas* in Bezug auf meine Tochter recht hatte. Ich wollte diejenige sein, die sie besser kannte als jeder sonst.

Mein Handy klingelt; Alex ruft zurück. Ich drücke das grüne Symbol, um ranzugehen, bin bereit, alles zu beichten. Doch dazu kommt es nicht.

»Ich habe schlechte Nachrichten«, sagt Alex.

Die Petes

nannte sie sie alle, selbst die, die die Pillen und das Gras kauften, alles aus dem Einkaufswagen unter der Brücke geklaut, ohne von ihr zu verlangen, dass sie ihnen den Schwanz lutschte oder ihn in sich reinstecken ließ. Sie hatte gelernt, sich rasch in die Hand zu spucken und fest zuzugreifen, damit sie das mit dem Reinstecken vergaßen, wenn sie schnell genug machte. Und wenn sie doch dran dachten, ging es dann etwas einfacher, war etwas eher vorbei.

Als sie in San Francisco ankam, hatte sie den Überblick über die Männer verloren, die sie hingebracht hatten, wusste nur noch, wie sie hießen: Pete. Zwei Petes im Busbahnhof. Ein Pete auf der Toilette einer Shamrock-Tankstelle. Ein Pete im Bus, den sie erst mit dem Messer abwehrte, bis sie es über sich ergehen ließ und ihm dafür die Brieftasche klaute. Er saß die ganze Strecke bis Sacramento neben ihr, die dreckigen Finger mit ihren verflochten, als wären sie ein Pärchen. Zwischen zwei Petes wurde sie vierzehn, war sich aber nicht sicher, wann genau der Tag verging, und überhaupt, für die Petes war sie sechzehn, für die Polizei achtzehn. Das Geburtsjahr für achtzehn hatte sie im Kopf, und wenn sie aufgefordert wurde, weiterzugehen – *Wie alt bist du, junge Dame, solltest du um diese Uhrzeit nicht längst zu Hause sein? Ach wirklich, wann bist du geboren?* – gab sie irgendein Datum aus dem Jahr an, wobei sie einmal aus Versehen das aktuelle Tagesdatum nannte, ohne es zu merken. Der Polizist sagte: »Alles Gute zum Geburtstag«, und schnitt eine Grimasse.

Der letzte Pete entpuppte sich als ein Polizist. Und als sie in sein Auto einstieg und er sie nach ihrem Geburtsdatum fragte, hatte sie eins runtergerasselt, und er hatte sie nur kopfschüttelnd angesehen. »Bist du dir ganz sicher, dass du achtzehn bist?«, hatte er gefragt. »Damit fällst du nämlich unters Erwachsenenstrafrecht.«

Er drückte auf einen Knopf, und eine Sirene heulte los, und sie merkte, dass die Türen innen keine Verriegelungen hatten und ihre nicht mal einen Griff.

»Elfter Januar 1989«, sagte sie sofort. Tag und Jahr stimmten zwar nicht, aber es brachte sie zwei Jahre näher an ihr richtiges Alter ran.

»Schon besser. Wir besorgen dir eine Sozialarbeiterin und legen eine Fallakte mit dir an, bevor du in eine Lage gerätst, aus der du nicht mehr rauskommst.«

Das war ich schon, dachte sie. *Ich bin rausgekommen.*

»Ich weiß, du hältst dich für ziemlich taff«, sagte er und warf ihr einen raschen Seitenblick zu. »Aber du warst kurz davor, von einem Typen abgeschleppt zu werden, der dir richtig wehgetan hätte. Diese Straße gehört Juárez. Das war einer von seinen Jungs in der Schrottkarre, kurz bevor ich angehalten hab.«

Der rostfleckige Honda hatte abgebremst, und der Fahrer hatte das Fenster runtergefahren, aber gleich wieder raufgefahren und war davongebraust, bevor sie ihm vom Bordstein entgegenkommen konnte.

»Die sind abgehauen, als sie mich gesehen haben. Sie wissen, dass ich ein Zivilbulle bin«, sagte er. »Und das ist auch gut so, denn sie hätten dich in die Mangel genommen und halb tot geprügelt. Und dann irgendwo in praktischer Nähe von Juárez' Wohnung abgeladen – das ist übrigens nicht sein richtiger Name, er will nur allen vormachen, dass er in Mexiko 'ne große Nummer war –, und der hätte dich zu einer Art Pakt überredet, zum Beispiel, dass du bei ihm absteigst und für ihn anschaffen gehst und er sich drum kümmert, dass dir keiner auf der Straße was tut, dass dich keiner je wieder überfällt. Und in der Woche drauf siehst du dann den, der dich vergewaltigt und zusammengeschlagen hat, in deinem Wohnzimmer auf deinem Sofa sitzen und ein Toaster-Törtchen mampfen, und dir geht ein Licht auf, aber zu spät.«

Sie hörte sich den Vortrag schweigend an. Die Stimme von Officer Pete, wie sie ihn insgeheim nannte, verriet einen gewissen Überdruss, und er hatte den nervösen Tick, sich von unten gegen die Nase zu schnippen.

Er räusperte sich. »Na jedenfalls, gern geschehen«, murmelte er. »Jetzt lernst du die nette Sozialarbeiterin kennen, die eine Akte über dich anlegen und dich in einem Jugendheim unterbringen wird.«

Sie horchte auf. »Ich brauch in kein Heim. Ich bin achtzehn.«

»Damit hast du es schon mal versucht. Wie war noch mal dein Geburtsdatum?« Er lachte. »Wetten, du kannst dich an keins von beiden erinnern.«

»Ich brauch in kein Heim.«

»Ich will nicht, dass du auf dem Straßenstrich von einem Zuhälter abgestochen wirst. Du bist noch nicht besonders lange auf dich allein gestellt, oder?«

Sie dachte über die Frage nach. War sie bei John David auf sich allein gestellt gewesen? Sie wusste es nicht, schüttelte aber auf alle Fälle den Kopf.

»Hab ich mir doch gedacht. Bist du seit unter einer Woche hier in der Stadt?«

Seit zwei Tagen.

»Du magst diese Arbeit nicht, die du da machst, stimmt's? Mit Vergnügen hat das sicherlich nichts zu tun, oder?«

Wieder schüttelte sie den Kopf.

»Okay. Du brauchst also eine kostenlose Unterkunft. Zumindest wirst du eine Weile in eine Jugendwohngruppe kommen.«

Eine Wohngruppe. Davon hatte sie gehört. Sie wusste nur deshalb nichts Genaues, weil Straßenkids, die sagten »Ich bin aus 'ner Gruppe abgehauen«, einem nicht ihre Lebensgeschichte erzählen wollten. Sondern einem damit eine Höllenangst einjagen.

Er bemerkte ihren Gesichtsausdruck. »Entspann dich, ich fahr dich nicht auf direktem Weg dorthin«, sagte er. »Sondern ich bring dich zu Wanda, und die lässt sich was einfallen, was wir mit dir anfangen. Wenn du solche Angst vor Wohngruppen hast, sag ihr, dass du eine Inobhutnahme willst, und dann von einer netten Familie adoptiert werden, die dich nicht verprügelt, oder was auch immer bei dir zu Hause los war.« Er schnippte sich wieder an die Nase und warf ihr einen Blick zu, den er vermutlich für verstohlen hielt. »Was auch immer, tut mir leid für dich. Muss ziemlich schlimm gewesen sein. Aber auf die Art ist das Überleben verdammt gefährlich. Nach Hause willst du ganz bestimmt nicht zurück?«

Sie dachte etwas länger über zu Hause nach. Es kam ihr unwirklicher vor als das, was sie getan hatte, nicht bloß mit den Petes, um zu überleben, sondern das davor. Sie erinnerte sich an eine schlimme kleine Klinge und wie sie auf Händen und Knien, glitschig von Blut, aus einem Loch gekrabbelt war. Sie dachte daran, wer am anderen Ende des Lochs auf sie wartete. Wessen Blut auf dem Boden des Bunkers trocknete.

»Es war nicht …«, setzte sie an und nahm einen neuen Anlauf: »Ich musste bloß nach …«

»Nach San Francisco. Ich weiß.« Er seufzte tief, und sie hasste ihn von ganzem Herzen, diesen bescheuerten Pete. »Nicht du hast damit angefangen«, sagte er.

Natürlich hatte sie das nicht. Sondern die Petes. Und Janiece. Und John David.

12

Als ich nach Hause komme, verdrückt Tom gerade etwas Aufgewärmtes am Küchentisch. Von Julie keine Spur.

»Wo ist das Geld?«, sage ich. Die Worte verlassen wellig und zäh wie Sirup meinen Mund, als sähe man sie durch ein schlieriges Fenster.

Er legt die Gabel aus der Hand. »Anna«, sagt er schon jetzt so verzweifelt, dass ich weiß, ich liege richtig.

»Wo ist das Geld aus dem Julie-Fonds«, werde ich deutlicher, »und vögelst du Alma?«

»Nein.«

»Lügner.« Nicht zu fassen, wie ich auch nur auf die Idee kommen kann, mich darüber zu ärgern. Ich habe gelogen, Julie hat gelogen. Jane auch, jedenfalls was ihr Studium angeht. Aber Tom – ich habe wirklich nicht gewusst, dass etwas in mir ihn noch als den Ehrlichen, den Guten sehen wollte, aber so muss es wohl gewesen sein. Ich wollte alle negativen Gefühle für mich beanspruchen, auf die schlimmste, selbstzerstörerischste Art überhaupt mit Julies Tod fertigwerden – *ja*, hämmere ich mir selbst ein, *ihrem Tod.* Und er ließ mich in dem Glauben, dass mir das gelang. Das ist dann also der allererbärmlichste Verrat. Nicht dass er all die Zeit der Lügner, der Betrüger war, sondern dass er mich in dem Glauben ließ, *ich* wäre es gewesen.

»Anna, komm schon«, sagt er. »Du hast so viel getrunken.

Und dich geweigert, mit mir zu reden, mir zuzuhören. Ich war so einsam. Du bist nicht mal mehr mit mir zur Selbsthilfegruppe gegangen.«

Ich will ihn anschreien, dass ich aus der Gruppe ausgestiegen bin, weil es mich fertiggemacht hat. Die Hoffnung, ja, aber auch, den Schmerz der anderen zu sehen, an die Töchter der anderen zu denken. Nur mein Schmerz zählte.

»Schieb das ja nicht auf mich«, setze ich an.

»Du bist gegangen, und ich hab wen gebraucht. Ich hab Julie kein bisschen weniger geliebt als du. Sie hat mir kein Stück weniger gefehlt als dir.«

»Du hast den Fonds gemanagt«, sage ich. »Du hast das Forum gepflegt, die Flyer verteilt. Du hast die verdammten Plakatwände bestellt. Du hast mit den Treuhändern geredet. Und du hast *Alma* das Geld verwalten lassen.«

»Ja.«

»Wo ist das Geld, Tom?«

»Wenn du so bist, kann ich nicht mit dir reden.«

»Wie bin ich denn? Du hast Julies Geld gestohlen und deiner Nutte gegeben!«

»Anna!«

»Gib zu, dass du es *Alma Ruiz* gegeben hast!« Ich spucke den Namen fauchend aus.

Er vergräbt den Kopf in beiden Händen. »Ich hab es Alma gegeben. Ja. Ein paar zwielichtige Typen, die ihr Exmann angeheuert hatte, sind mit einer Lösegeldforderung an sie herangetreten – vielleicht hatte seine Freundin ihm den Laufpass gegeben, und der Ex hat sich gedacht, ein Kind alleine großziehen ist doch kein reines Vergnügen, was weiß ich. Ich hab sie zur Verwalterin bestimmt, damit sie abzeichnen konnte, als ich das Konto leergeräumt habe, und ich habe es ihr fürs Lösegeld gegeben, und sie hat ihre Tochter wiedergekriegt.«

»Gib endlich zu, dass du mit ihr geschlafen hast.«

Eine lange Pause kommt auf.

»Gib's zu. Mach schon. Ich will's hören.«

»Einmal«, gesteht er kläglich. »Danach – sind wir getrennte Wege gegangen.«

»Du wirst deinen Zweck wohl erfüllt haben.«

Er steht auf, plötzlich wütend. »So was darfst du nicht sagen.«

»Ich finde, ich darf zurzeit alles sagen, was ich will«, stelle ich klar, aber er fällt mir ins Wort.

»Glaubst du, das weiß ich nicht selber? Okay, vielleicht ging es ihr nur ums Geld, und vielleicht war ich so verdammt einsam und fertig – egal, wir hatten es und sie nicht. Ich mach ihr keinen Vorwurf, ich hätte ohne zu zögern das Gleiche getan, um Julie zurückzubekommen. Wenn ich geglaubt hätte, mehr als fünfzigtausend Dollar wären dazu nicht nötig, wäre ich dafür mit jeder ins Bett gestiegen. Ich hätte dafür *getötet*.« Er zittert. »Du ganz genauso.«

Ich kann nicht denken. Ich lasse es nicht zu. »Und wenn wir es als Lösegeld für Julie gebraucht hätten?«

»Haben wir aber nicht.« Er schluckt, sieht zu Boden, dann wieder mich an. »Du willst, dass ich es zugebe? Ich hab geglaubt, sie wäre tot, Anna. Es war einfacher, das zu glauben, als weiter zu hoffen.« Das gibt ihm den Rest. Er senkt den Kopf, bebt mit trockenen Augen, schluchzt ohne Tränen. Es ist schrecklich mitanzusehen. »Kannst du mir verzeihen?«

Auf dieses Stichwort sollte ich nun also zu ihm eilen, ihm die Arme um den Hals werfen, mich von ihm um die Taille fassen lassen und in Tränen ausbrechen, während ich zugebe, dass auch ich das Schlimmste angenommen habe. Gefolgt von der grausigen Wahrheit: dass ich recht hatte und er damit auch im Recht war. Das Recht hatte, mit Alma zu vögeln, das Recht, Almas Kind zu retten, statt an der Hoffnung auf unseres festzuhalten. Denn als er das Geld verschenkt hat, war Julie bereits tot. Tot, tot, tot.

Doch nichts davon kommt für mich auch nur ansatzweise infrage. Dafür hasse ich ihn viel zu sehr, weil er nicht an Julies Rückkehr geglaubt hat. All die Jahre habe ich nur deshalb daran gezweifelt, weil ich dachte, er hielte fest am Glauben. Die Vorstellung, wie wir Seite an Seite, jeder eingesperrt in sein eigenes Mausoleum, jahraus, jahrein um Julie getrauert haben, ist deprimierend und macht mich wütend. All die Jahre, die ich auf seinen Glauben neidisch war! Hätte ich gewusst, dass er zweifelte, hätte ich die Hoffende sein können. *Ich* hätte zu diesen Gruppentreffen gehen, *ich* hätte die Suche fortsetzen können, solange das Geld nicht ausging. Das hätte alles ich sein können.

»Anna, bitte«, sagt er und schaut auf.

Ich gehe wortlos aus der Küche. Ich muss zum Treffen, das ich mit Alex abgemacht habe, nachdem er mir vom Julie-Fonds erzählt hat, und zuvor etwas aus meinem Nachttisch holen. Das Pfannkuchenhaus an der I-10 liegt zwar zu nah, aber ich will das hier rasch hinter mich bringen, bevor ich es mir anders überlege.

Der braune Umschlag ist seit dem letzten Mal, als ich ihn sah, dicker geworden, als hätte er sich seitdem ein Polster angefressen. Er ist nicht mehr geschlossen, sondern klafft auf dem klebrigen Tisch zwischen uns, der Inhalt teilweise verdeckt von der abgegriffenen Umschlagklappe. Ich frage mich, was Mercado wohl in diesem Umschlag über Tom und mich, Alma Ruiz und Gretchen Farber zusammengetragen hat. Mein Leben aus lauter Schichten versteinerter Lügen, unter denen ich ganz unten eine glänzende Ecke der Wahrheit erkenne: das Foto. Ich drücke die Umschlagklappe mit dem Daumen auf den Tisch und fummele es heraus.

Ich halte das Foto in Händen und zwinge mich hinzusehen. Das Original ist so viel größer als der verkleinerte Ausschnitt im Netz, und so viel grauenvoller. Vom Blitzlicht schmutzig gelb gebleichte Gebeine, der Schädel seitlich weggesackt, beide leeren Augenhöhlen reflektieren halbmondförmig das Licht. Schwarze Fetzen hängen am Brustkorb in dieser Form, die ich jetzt als schauderhafte Parodie einer Zeichentrickfigur erkenne.

Ich will nur den Leichnam.

Ich versuche, die furchtbare Leere des Schädels mit dem Gesicht meiner Tochter zu überschreiben. Ich modelliere die weichen Wangen, fülle die Augenhöhlen, gebe ihr blaue Augen und weißblonde Haare, die sich wie ein Fächer über den Boden breiten. Doch das wird mir zu viel, und stattdessen ertappe ich mich dabei, wie ich an Julie denke, oder an Nicht-Julie, die Frau, die in meinem Haus wohnt und sich als meine Tochter ausgibt – des Geldes wegen oder einfach nur zum Spaß oder aus einem anderen unvorstellbar grauenvollen Grund. Ihr Gesicht drängt sich selbst in diesem Augenblick in den Vordergrund. Das Foto verschwimmt, doch ich starre weiter darauf, während mir die Tränen über die Wangen laufen.

»Es tut mir so leid, Anna«, sagt Alex sanft und legt mir die Hand auf den Unterarm, wo die Muskeln zucken, die meine Finger um das Foto gepresst halten. Er lässt sie ziemlich lange da liegen, ehe er sie wieder wegzieht.

Ich lege das Foto so behutsam auf den Tisch zurück, wie ich ein Baby in seine Wiege legen würde.

»Jetzt sind Sie sich sicher«, sagt Alex mit noch leiser Stimme, deren durchdringender, gehetzter Ton sich aber bereits wieder ankündigt. »Warum?«

Ich hole das andere Foto aus meiner Handtasche, lege es auf den Tisch und richte beide Aufnahmen vor Alex aus.

Sofort zieht er geräuschvoll Luft durch die Zähne ein. »Das Schlafshirt«, sagt er. »Ich weiß nicht, warum ich nicht ...«

»Ich musste sie nebeneinanderhalten, um sicher zu sein.« Es ist ein Foto vom Weihnachtsmorgen, neun Monate bevor es passierte. Sie sitzt auf den Fersen vor dem letzten Weihnachtsbaum, den wir vier hatten, in einer Hand ihr neues Tagebuch, in der anderen die viel zu große Schachtel, in der wir es raffiniert verpackt hatten, um sie aufs Glatteis zu führen, und lächelt das unverstellt glückliche, leicht benommene Lächeln eines Kindes, das noch klein genug ist, sich etwas aus Weihnachten zu machen.

»Warum hat die Polizei das nicht?«, murmelt Alex mit starrem Blick aufs Foto.

»Sie haben nach neueren Bildern gefragt«, erkläre ich ihm. »Ich hab einfach nicht dran gedacht ... ich meine, sehen Sie sie an. Sie ist noch ein kleines Mädchen.« Dabei liegen nur neun Monate zwischen dieser Aufnahme und Julies Verschwinden. Wie kann sie sich in dieser Zeitspanne so stark verändert haben? Natürlich, es ist das Lächeln. Dies ist das letzte Foto, auf dem Julie wie ein Kind lächelt, mit weit offenem Mund. Bald danach wurde sie ein verschlossener Teenager. Und dann war sie verschwunden.

»Nein, nein«, sagt er. »Also in den Ermittlungsakten gibt es kein einziges Foto von ihr in diesem Schlafshirt, nur eine

Beschreibung. Ich bin einfach davon ausgegangen, dass Sie keins haben. Zu genau so einer Nachlässigkeit wäre es nie gekommen, wenn dieser Fall als …« Er unterbricht sich, schüttelt den Kopf, sieht sich wieder die beiden Fotos an und seufzt. »Na, damit hat sich diese Theorie jedenfalls erledigt.«

»Welche Theorie?«

»Dass Julie ausgerissen ist.«

Ich starre ihn an.

»Ach, kommen Sie schon, Anna. Sie müssen doch gewusst haben, dass man das in Betracht gezogen hat. Es sah einfach nicht nach einer Entführung aus.« Er schüttelt den Kopf. »Was glauben Sie denn, warum Sie und Tom so gründlich unter die Lupe genommen wurden?«

»Aber Jane hat doch gesehen …«

»Die Aussage einer zehnjährigen Augenzeugin? Von einem dunklen Schrank aus, in einem dunklen Haus? Nicht besonders zuverlässig«, sagt er. »Ganz ehrlich, Anna, es gab schon immer gewichtige Gründe zu der Annahme, dass sie alles erfunden hat oder manipuliert wurde. Oder, wenn sie etwas sah, es nicht richtig gedeutet hat.«

»Aber …« *Sie haben ihr einen Lolli geschenkt, weil sie so lange beim Polizeizeichner saß,* möchte ich sagen, doch das hört sich selbst in meinem Kopf haarsträubend an. »Die Ermittlungen …«

»Klar, wichtiger Fall mit großer öffentlicher Anteilnahme, da werden sämtliche Hebel in Bewegung gesetzt. Ohne andere verwertbare Hinweise waren sie bereit, die Geschichte ernst zu nehmen, jedenfalls in der Öffentlichkeit. Aber hinter geschlossenen Türen – glauben Sie mir, ich war dabei, ich weiß, worauf es hinauslief. Ich hab alle Anzeichen gesehen.«

»Nein«, sage ich. Es erscheint mir wichtig, dabei zu bleiben, denn was er da andeutet, ist schlimmer als mein schlimmster Albtraum. So etwas habe ich noch nicht einmal verdrängen müssen. Wie auch, denn mir wäre nie im Leben so ein Gedanke gekommen. Obwohl ich mich jetzt, da mir das Wort *Ausreißerin* statt *Entführung* in den Ohren dröhnt, auf einmal frage, warum eigentlich nicht.

Als könne er meine Gedanken lesen, zählt er seine Beweisliste an den Fingern einer Hand ab, beginnend mit dem Zeigefinger: »Minimale Spuren gewaltsamen Eindringens. Wie inszeniert, als hätte jemand einfach ein Weilchen mit einem Dietrich rumgeruckelt und die Tür dann mit dem Schlüssel geöffnet. Die Alarmanlage war nicht mal eingeschaltet.«

»Die haben wir manchmal …«

»Ich weiß, Sie haben sie nicht jeden Abend angestellt, okay«, sagt er. »Wäre möglich. Oder auch, dass sie sie selbst entschärft hat.« Er macht mit dem Mittelfinger weiter: »Keine Waffe.«

»Das Messer …«

»*Ihr* Messer, das er sich aus der Küche nimmt, nachdem er eingebrochen ist. Er kommt mitten in der Nacht völlig unbewaffnet zu diesem Haus. Und geht direkt die Treppe rauf; er weiß genau, in welchem Zimmer …«

»Wir haben das alles mit der Polizei durchgekaut. Sie haben gesagt, er müsse das Haus ausgespäht haben.«

»Das streite ich nicht ab«, stellt Alex klar. »Ich sage nur, was die Polizisten damals gesagt haben. Ich war da, wissen Sie noch? Ich hatte Akteneinsicht.«

Ernüchtert lasse ich mich auf meiner Sitzbank zurückfallen.

»Sie haben nicht geglaubt, dass überhaupt ein Mann da war. Und selbst wenn – sie müsste ihn eigentlich gekannt haben, Anna.«

Vor lauter Anstrengung, mich zu beherrschen, höre ich mich erstickt an. »Wissen Sie, mir ist völlig egal, ob sie ihn vorher gekannt hat oder nicht. Sie war dreizehn. Es ist Kindesentführung.«

»Absolut. Immer noch eine Straftat. Aber die Ermittlungen gehen in eine völlig andere Richtung. Ausreißer sind sehr viel schwerer zu finden, weil sie nicht gefunden werden wollen.« Er wartet kurz, als zögerte er weiterzureden, fährt dann fort: »Ich weiß nicht, wie ich es sagen soll. Wäre sie aus meiner Wohngegend, hätte niemand auf etwas anderes gesetzt als auf eine Ausreißerin.«

»Aber Julie war erst dreizehn ...«

»Genau wie Stephanie Vargas. Die 2005 zu einem Freund der Familie ins Auto gestiegen ist. Meine kleine Schwester ist mit ihrem Bruder zur Highschool gegangen. Für die Vargas' haben wir nicht einen verfluchten Finger gerührt. Sie hat mit ihrem Bruder bei einem Onkel gewohnt, während die Mutter Verwandte in Mexiko besuchte.« Er seufzt. »Stephanie war eine Einserschülerin, hat Klarinette gespielt. Hat täglich geübt.« Er sieht mir in die Augen. »Ihre Leiche wurde keine zwei Kilometer von ihrem Haus entfernt gefunden. In den Straßengraben geschmissen.«

Ich halte den Mund. Sein Gesicht wirkt älter, um Jahre gealtert, und hat offensichtlich den einen oder anderen bösen Schlag abbekommen. Es macht mich wütend. »Sie haben es also gewusst«, sage ich. »Sie haben davon gewusst, dass die gar nicht wirklich nach Julie gesucht haben, weil sie nicht nach diesem anderen Mädchen gesucht haben, und anstatt den Mund aufzumachen, anstatt sich für alle diese Mädchen einzusetzen« – für *Julie, Julie, Julie* – »haben Sie verdammt noch mal einfach hingeschmissen?«

»Ich hab nicht hingeschmissen. Ich wurde gefeuert.«

»Das klang vorher aber ganz anders.«

»Ich hab gelogen.«

Sie und alle anderen, denke ich. »Warum sind Sie damals also nicht zu uns gekommen?«, frage ich unerbittlich weiter. »Wenn Sie so ein edler Ritter sind, wo waren Sie vor acht Jahren? Als es drauf ankam?«

»Mit absoluter Sicherheit kann ich es nicht sagen, aber wenn ich raten müsste, würde ich auf sturzbetrunken auf irgendeiner öffentlichen Toilette tippen. Oder auf einem Parkplatz oder hinter einem Müllcontainer. Es ist schon eine ziemliche Leistung, die Entschlusskraft erfordert, allein wegen Trinkens aus dem Polizeidienst entlassen zu werden. Da bleibt nicht viel Zeit für andere gesellschaftliche Verpflichtungen.« Er seufzt. »Wissen Sie, ehrlich gesagt, auch nachdem ich von der Flasche weg war, hab ich mir selbst nicht mehr allzu viel zugetraut.« Er beugt sich vor. »Aber ich hab versucht, sie zu finden. Bitte glauben Sie mir, Anna, ich hab's versucht.«

»Warum geben Sie sich überhaupt damit ab?«

Er zuckt verlegen mit den Achseln. »Manche Fälle vergisst man einfach nicht. Sie lassen einem keine Ruhe. Man ist sich sicher, dass man es komplett verbockt hat, aber es gibt keinen Beweis.«

Wir starren beide die Fotos auf dem Tisch an.

»Bis jetzt. Wir brauchen keine DNA-Probe, nicht damit. Damit kann ich zur Polizei gehen. Sie halten sich bedeckt; Sie können sich ruhig ganz raushalten. Die werden das gerichtsmedizinische Gutachten vom Leichenfund mit Julies ärztlichen Unterlagen abgleichen. Und dann werden wir erfahren, was wir bereits wissen.« Er sieht mir in die Augen. »Sie brauchen nur grünes Licht zu geben.«

Aber ich bringe kein Wort heraus.

»Habe ich Ihre Erlaubnis?«

Ich wende den Blick ab. Und nicke.

»Ich weiß, dass es zu spät ist, Anna. Ich weiß, dass ich nie ins Reine bringen kann, was ich getan oder nicht getan habe, als ich an der Flasche hing. Aber es ist alles, was ich habe.« Pause. »Es ist meine einzige Chance, es wiedergutzumachen.«

»Ich will Ihre Wiedergutmachung nicht.«

Ich will meine Tochter, mein Baby.

Baby

wachte auf, ohne die Augen zu öffnen. Ihre Eingeweide schmerzten, als wäre der Magen eine Faust, die sich mit aller Kraft zusammenballte. Oder wie wenn man mit einem Gummiband in nassen Haaren einschläft und am Morgen versucht, es rauszuziehen. Oder wenn etwas, das nicht loslassen will, sich an etwas festklammert, das nicht mehr da ist. Sie krümmte sich, um die Wände in ihrem Bauch näher aneinanderzuschieben und das Loch zu füllen, aber ihr Körper war wie Blei, und als sie versuchte, die Arme um ihre Knie zu schlingen, bekam sie die Handgelenke nicht vom Boden los, als würden sie von starken Magneten festgehalten. Sie blieb so liegen, zusammengerollt auf der Seite, Knie unters Kinn gezogen, Arme wie gelähmt.

Ihr Körper war noch träge, aber ihr Geist schon hellwach. Die Leere, die ihrem Bauch wehtat, schrillte ihr in den Ohren, immer lauter, jagte ihr kalte Schauer über den Rücken. Sie hatte gewonnen. Esther blutete aus ihr heraus in ein zusammengerolltes Handtuch, das dick zwischen ihre Beine geklemmt war. Esther war endlich weg, und mit ihr der letzte Rest von John David.

Sie versuchte sein Bild heraufzubeschwören, so wie sie ihn früher gesehen hatte, umgeben von einem diffus wabernden Heiligenschein. Doch wenn sie jetzt einen Lichtschein sah, war es die Glühbirne in der Küche, wo sie rücklings mit weit gespreizten Beinen auf dem harten Tisch lag, und das Dunkle inmitten des Lichts war nicht John David, sondern ein Mann in OP-Klamotten, mit Mundschutz und Handschuhen, der ihr eine süße Pille verabreichte, damit sie mit dem Tisch verschmolz, bis sie ganz nach unten fiel. Dann stieg ihr Geist auf, weit hinauf bis zur Deckenlampe, wo die Hülsen geflügelter Insekten mit verbrannten Innereien auf einem staubigen Haufen lagen. Mit ihrem letzten bisschen Willenskraft flog sie in diese Lichtkugel hinauf und ließ sich das Gewebe aus dem Leib brennen. Und jetzt war sie eine Hülse, die nur sie selbst mit Leben füllen konnte.

Als sie wieder aufwachte, waren die Schmerzen so viel schlimmer geworden, dass sie es kaum aushielt. In diesem Bett taten ihr alle Knochen weh. Wo war sie?

Weil es draußen dunkel war, brauchte sie eine Weile, um zu merken, dass sie in gar keinem Bett lag. Sondern auf einer abschüssigen, unebenen Betonfläche unter einer Brücke, mit Schwefel- und Benzingestank in der Nase. Janiece hockte gut einen Meter von ihr entfernt da, Kopf und Schultern schauten aus einem Wust von Decken hervor. Sie regte sich, und Janiece drehte sich zu ihr um.

»Hey, Baby, geht's schon besser?«, fragte Janiece. Sie beugte sich vor und zupfte ein paar Decken zurecht, ohne ihr Nest zu verlassen. »Du hast da drüben ganz schön Krach gemacht.«

Sie öffnete den Mund, um *es tut weh* zu sagen, doch stattdessen konnte sie nur nach Luft schnappen, so als würde die Faust in ihrem Bauch ihr auch die Lunge zusammenquetschen.

Janiece nickte. »Auweia, du hast die Krämpfe«, sagte sie. »Die sind fies. Nach meiner hatte ich richtig üble Krämpfe.«

Bei der Vorstellung von Janiece mit einem Baby im Bauch blinzelte sie.

»Ich hab kein Mittelchen dagegen für dich, Baby«, fuhr Janiece fort. »O Mann, sieh mich nicht so an. Drüben bei Smith geben sie einem never irgendwas mit nach Hause. Die verpassen einem die volle doppelte Dröhnung, bis man total ausgeknockt ist, aber hinterher heißt es dann ›nee, du vertickst es ja doch bloß‹ oder ›du ziehst es dir durch die Nase‹. Baby, bei Doc Smith gibt's einfach mal rein gar nichts. Scheiße, die trauen einem kein Stück übern Weg.« Jetzt redete sie eher mit sich selbst, aber laut, als hätte sie ein Publikum unter der Brücke, wo die Tauben unter dem von Kot geäderten Beton in einer Reihe dahockten wie Kuscheltiere auf einem Regalbrett.

Wieder machte sie den Mund auf, um etwas zu sagen, doch ihr Atem streikte immer noch.

»Was ist los, Baby?«

»Sag nicht immer Baby zu mir.«

Janiece sah sie einfach nur an, völlig unbeeindruckt. »Also Perücken-Girl biste jedenfalls nicht mehr. Wie heißt du denn?«

Sie dachte ein wenig nach. Und blieb still.

»Na siehste, Baby«, sagte Janiece. »Kannst ruhig noch 'ne Weile Baby bleiben, das bringt dich nicht um.« Sie beugte sich wieder vor und streckte eine Hand aus. Die Finger berührten Babys Haare, und Baby entspannte sich unwillkürlich. Die Finger waren warm und schwer an ihrer Kopfhaut, und die trockene, raue Haut verfing sich in ihrem Haar und ziepte ein klein wenig daran, sodass ihre eigene Haut davon kribbelte.

Baby blieb die ganze Nacht auf der Seite liegen, konnte

aber nicht schlafen. Ihr tat der Bauch so weh, dass sie an nichts anderes mehr denken konnte. »Du brauchst bloß was zu futtern«, sagte Janiece. »Mach mir nicht schlapp, wir kriegen was, wenn Pete vorbeischaut.«

Baby fragte nicht, wer Pete war, sondern nickte bloß.

Sie warteten ewig lange auf diesen Pete. Autos rauschten in unregelmäßigen Abständen vorbei, mal mehrere auf einmal, dann wieder eine halbe Minute lang keins, und dann eine Zeit lang nur alle zehn Sekunden eins. Baby zählte sie, auch wenn sie die Farben oder Marken nicht erkennen konnte. Janiece hielt den Blick starr auf die Autos gerichtet, rührte sich so wenig wie die Tauben.

Als Pete schließlich kam, wusste Baby, dass auch sie die ganze Zeit still gehalten hatte wie eine Taube, denn Pete brachte so viel Bewegung auf die schiefe Betonebene, dass es Baby peinlich war, sogar als ihre Eingeweide von einer neuen Runde Krämpfe klapperten wie die Räder des Einkaufswagens, den Pete vor sich herschob. Beim Näherkommen zerrte er sich ein paar Deckenfetzen vom Handgelenk und band sie um die Räder, damit der Wagen nicht den Betonhang hinabrollte.

»Hast ja echt lang gebraucht«, sagte Janiece. »Hab schon gedacht, wir verrotten hier. Also hör zu, Pete, es muss sich wer um die Kleine hier kümmern, damit ich uns was zu essen besorgen kann. Ich bin am Verhungern. Ich hab mich jetzt den ganzen Tag und die ganze Nacht um die hier gekümmert.«

»Was brauchst du, J?«, fragte Pete, ohne Baby auch nur eines Blickes zu würdigen.

»Was hast du zum Runterkommen?«, fragte sie. »Morph?«

»Hättste wohl gern«, sagte Pete. »Kann ich dir später besorgen, aber dafür musst du mir eine besorgen, kapiert?«

»Tylenol?«

»Nichts da. Sorry.«

»Scheiße, zu was bist du überhaupt gut, Pete? Warum haben wir hier die ganze Nacht drauf gewartet, dass du blöder Arsch dich blicken lässt?«

»Wenn du Tylenol willst, geh runter zum Zeltlager.«

»Nicht mit der hier«, erwiderte sie mit einem weiteren Blick auf Baby. »Die kommt noch nicht allein durch.«

»Oder in die Klinik.«

»Wir gehen die Tage in keine Klinik mehr«, gab Janiece mit leiser, rauer Stimme zurück.

»Okay«, sagte er. »Ich hätte da was Gras, mehr nicht erst mal.«

»Hab doch gewusst, dass du zu was gut bist.« Sie lächelte. »Na los, Baby, ich hab was für dich. Das hilft, kannst mir glauben.« Baby verlangte ihrem Körper Bewegung ab, doch der unebene Beton war schwerer zu beherrschen als gedacht. »Na komm, willst du's oder nicht? Davon gehen die Krämpfe weg. Und dann kann ich los und uns was zu essen besorgen.«

Baby schob sich halb hoch und sah, wie Pete ihr zum ersten Mal einen Blick zuwarf. In der Luft hing ein warmer, würziger Geruch, etwas wie das Innenleben von Schuhen, aber auch wie der Dampf einer Tasse Tee, nicht direkt unangenehm.

»Hier, Süße«, sagte Janiece und schob ihr den Joint direkt vors Gesicht.

Baby hatte schon mal einen Joint gesehen, als ein Junge einen in die Schule mitgebracht hatte, auch wenn ein paar andere Jungs gesagt hatten, es sei Oregano. Ganz bestimmt hätte sie das damals nicht mit dem Geruch in Verbindung gebracht, der ihr entgegenschlug, als Janiece ihr die Selbstgedrehte aus sprödem Papier reichte, noch warm von dem heißen Atem, der schon durchgezogen war.

»Du verarschst mich doch«, sagte Janiece, als sie ihre Verwirrung bemerkte. »So, Baby, siehst du?« Sie formte einen Kussmund mit ihren rissigen, faltigen Lippen, schloss ihn um das knittrige Mundstück des Joints, zog daran, behielt den Zug in der Lunge und stieß ihn mit einem Husten wieder aus. »Du bist mir echt voll das Baby.« Sie reichte den Joint weiter, und Baby nahm ihn, formte vorsichtig einen Kussmund, schloss ihn um das feuchte Mundstück und zog daran. Der Rauch überraschte sie, ein eckiges Gefühl in der Brust, wie etwas Quadratisches mit harten Kanten. Sie versuchte, ihn in der Lunge zu behalten, doch die zog sich zusammen, drückte den Rauch zurück nach draußen. Sie bekam einen Hustenanfall.

»Schon in Ordnung«, sagte Janiece. »Nimm noch einen. Nimm keine Rücksicht auf mich, Baby, rauch du den mal allein auf. Ist alles für dich. Ich hab's dir bloß gezeigt.«

»Klar«, sagte Pete. »Ich will nichts davon. Hab allerdings noch nie gesehen, dass du einen Joint auslässt, J.«

»Ich hab Baby bloß gezeigt, wie's geht.«

Mittlerweile hustete Baby wieder, aber ein dicker Sirup hatte sie umschlossen, sodass sie den Husten kaum spürte. Dann kam ein köstliches Gefühl in ihrem Bauch an, so als lockerte sich die Faust, oder vielleicht war die Faust auch noch da, wenn sie es sich recht überlegte, genauso fest geballt wie zuvor, aber es machte ihr nichts mehr aus, weil sich all ihre Muskeln nach und nach in Gummi verwandelten oder etwas noch Nachgiebigeres, unendlich Dehnbares, wie Zauberknete. Ihre Haut bebte vor lauter Haarfollikeln, die sich offenbar massenhaft in Fühler verwandelten, und ihr ganzer Körper löste sich in Lichtpünktchen auf. Oder Bläschen, wie in einer Limo. Sie war so glücklich, fühlte sich so geborgen. Selbst die Autobahnbrücke hatte sich in eine Schatzkammer verwandelt, und sie war eine darin versteckte Kostbarkeit, so gut verborgen, dass niemand sie finden konnte.

»Geht's dir schon was besser, Baby?«, fragte Janiece, und jetzt konnte sie nicken. Ihr Mund ging von allein auf, und wie von einer Marionette gesprochen kam »Ja, danke« raus.

»Richtig höflich! Gut so. Das ist voll gut. Paff du nur weiter. Aber du wirst bald Kohldampf kriegen. Ich muss aus dem Zeltlager was zu essen holen. Pete hier kümmert sich solange um dich.«

Baby schüttelte heftig den Kopf, als sie sah, dass Janiece aufstand. Plötzlich kam ihr Janiece wahnsinnig geschickt vor, wie sie so auf beiden Beinen stand, denn die ganze Welt war in die Schräglage gekippt, und sie brachte es fertig, am Rand das Gleichgewicht zu halten. Baby verdrehte den Hals, um die Welt wieder in die Gerade zu bekommen, doch die blieb schräg, und da fiel ihr ein, dass die Erde ja wirklich nicht flach, sondern abgeschrägt war, was ihr komisch vorkam, so komisch, dass sie losprustete und nicht mehr aufhören konnte. Jetzt tat ihr der Bauch weh vor Lachen, nicht von Krämpfen, es sei denn, das war das Gleiche. Sie hatte vergessen, was es mit den Krämpfen auf sich hatte. In ihr war nichts. Sie war nichts.

Inzwischen war Janiece weg, und Baby begriff plötzlich kristallklar, was Sache war. Aber es war natürlich zu spät für sie um wegzukommen, sie hatte den Beton im Rücken wie die Tauben, war wie eine Puppe auf einem Regalbrett, mit großen glasigen Augen, die sich nicht richtig schließen ließen, auch nicht, als Pete anfing, an ihren Klamotten unter dem Schlafsack rumzufummeln, und sein Gestank überwältigend wurde. *Okay*, sagte sie zu sich, weil die Panik in ihr hochstieg, zähflüssig und warm, und sie mit absoluter Sicherheit wusste, dass nach Janiece oder sonst wem schreien ihr absolut nichts bringen würde, denn dies war nun mal ein weiterer selbst gewählter Weg, nicht wahr? Von nun an suchte sie alles selbst aus, das sie ausfüllte, und jetzt eben war es das Nichts, jetzt eben war es Pete, es war etwas, was sie tun musste, um sich den warmen Rauchsirup zu verdienen, der ihr Inneres mit Glitzerfarbe überzog.

Diese zähflüssig verlangsamte Welt ließ ihr alle Zeit, die sie brauchte, um sich zu überlegen, was als Nächstes kam. Sie war wie in einer Blase mit dem Mann, der Pete hieß, dem Schlafsack, den Tauben und Autos, deren Scheinwerfer die Stelle hinter den Stützpfeilern immer bloß einen Sekundenbruchteil ausleuchteten, doch in diesen hellen Momenten sah sie, dass Pete Fäuste hatte und dass ein Messer in einer seiner Taschen versteckt war, und warum auch nicht? Es wäre nicht die erste schlimme Klinge, die sie geklaut hätte.

Baby lag still und wartete, dass es vorbei war. Das Nichts lauerte auf seinen Einsatz.

13

Ich beobachte sie die ganze Woche, warte, dass etwas geschieht.

Jetzt bin ich dankbar für ihre kurzen roten Haare, die ihr Gesicht enttarnen und mir zugleich entfremden. Im Geiste ziehe ich die Konturen nach, nicht mit der innigen Vertrautheit einer Mutter, sondern mit der Neugier einer Fremden. Ich versuche, die falsche Julie nicht mit der richtigen zu überblenden, sie nicht Stück für Stück miteinander zu vergleichen, sondern eher, mir jede Wölbung und Vertiefung neu einzuprägen. Ihr Kinn ist schmal und spitz, aber der Kiefer eckiger und kantiger, als man bei flüchtigem Hinsehen meinen könnte, ihre Stirn höher und von ersten Fältchen gezeichnet, die auch ein noch so konsequenter Verzicht auf Mimik nicht glätten kann. Ich versuche den Steigungswinkel ihrer leichten Stupsnase zu bestimmen, fahre in Gedanken über die Wölbung ihrer Nasenflügel.

Ihre Augen lasse ich aus, wenn es sich vermeiden lässt. Zu gefährlich. Sie würde meinen Blick spüren, und ich etwas, das wahr sein könnte. Oder auch nicht.

Dennoch mache ich sie nervös. Am Mittwochmorgen lässt sie ein Glas in die Spüle fallen, und es zerbricht; Tom muss sie an den Schultern fassen und beiseiteschieben, damit er die Scherben auflesen kann. Sie rennt in ihr Zimmer und macht die Tür hinter sich zu, dramatisch, aber so leise wie eine Schauspielerin in einem Stummfilm. Sie kommt fast geräuschlos die Treppe rauf und runter, kein Knarzen oder Stampfen. Ich frage mich, ob sie in ihrem Zimmer auf und ab geht; falls ja, hören wir unten nichts davon.

Tom und ich reden nicht darüber. Wir haben seit Montag nicht miteinander gesprochen, und er übernachtet in Janes leerem Zimmer, wo er seinen Computertisch aufgestellt hat. Ich nehme an, dass er tagsüber dort arbeitet. Vielleicht kommt und geht Julie, während Tom auf seinen Bildschirm starrt und versucht, sie nicht zu beachten.

Ich meinerseits gehe auch zur Arbeit. Sobald ich in meinem Büro bin, hinter geschlossener Tür abgeschottet gegen die Institutssekretärin, vergesse ich Kollegen und Studenten, die durch die Flure gehen; nichts kann mir etwas anhaben. Ich lege mein Handy auf den Tisch und meinen Kopf daneben ab, warte auf Alex' Anruf, auf das Ergebnis vom DNA-Test. Manchmal werde ich ungeduldig und überlege, selbst bei der Polizei anzurufen, ihnen von meinen Zweifeln an der Frau in meinem Haus zu berichten. Danach würde alles viel schneller gehen. Aber ich habe Overbeys Nummer weggeworfen, und es übersteigt meine Willenskraft, sie mir erneut zu beschaffen.

Außerdem kann ich mich so, wie Alex sagte, raushalten. Sie wird nie erfahren, dass es von mir ausging. Das ist der Vorteil, wenn man die Identität einer Leiche und nicht eines lebendigen Mädchens überprüft.

Und was passiert, wenn das Ergebnis feststeht? Ich stelle mir vor, wie die Polizei unser Haus stürmt, um ihr Handschellen anzulegen und sie mitzuschleifen. Sie sitzt unter der Häkeldecke auf dem Sofa und sieht sich einen Film an; bei den Geräuschen dreht sie sich um. Ich mache mich immun gegen ihren Gesichtsausdruck, wenn sie sie holen kommen. Schock? Wut? Doch ich sehe ihn einfach nicht. Stattdessen immer nur ihr vom Ultraschallmonitor beleuchtetes Gesicht: bodenlose Trauer, hoffnungslose Verzweiflung.

Und wenn ich mich irre?

Doch das ist das typische Verhalten bei Verleugnung. Sobald ich spüre, dass es damit losgeht, zwinge ich mich, an das Foto zu denken.

Von da ist es nur ein kleiner gedanklicher Schritt zu Toms Pistole. Wann hat er die Prüfung abgelegt, wann den Waffenschein bekommen? Noch so etwas, das er im Alleingang durchgezogen hat, auch wenn ich weiß, dass es nicht lange dauert. Ich weiß es, weil ich selbst mal eine kaufen wollte. Ich habe mir eingeredet, dass ich deshalb zum Schießstand ging: um für meinen Schein zu üben, als ich aus rein praktischen Gründen Schüsse auf ein Stück Papier in Männerform abgab. Falls so etwas je wieder vorkäme, sagte ich mir, wollte ich gewappnet sein.

Es war eine Lüge. Ich wollte so tun, als tötete ich ihn, in jeder erdenklichen Situation. Jedes Mal, wenn sich der Schuss entlud und ich den Rückstoß im ganzen Körper spürte, durchströmte mich ein Glücksgefühl bei der Vorstellung, dass ich vielleicht das Herz verfehlt und ihn stattdessen an Schulter, Knie oder in der Leistengegend getroffen hatte, sodass ich es wiederholen konnte. Ich wollte ihn bis in alle Ewigkeit erschießen.

Als ich eines Tages zum Schießstand fuhr, ging mir auf, dass ich gar nicht Julies Entführer töten wollte. Sondern jemand anderes: die Person, die eigentlich schuld war an Julies Tod – und selbst wenn sie es nicht war, war sie die Einzige, die ich zur Rechenschaft ziehen konnte. Wenn man sich umbringen will, ist ein Schießstand der beste Ort der Welt dafür; man braucht keine Waffe zu besitzen, um eine abzufeuern. Es regnete in Strömen, so ein Sommerplatzregen, wenn einem die Luft wie auf links gedreht vorkommt, der reinste Monsun, und auf dem Weg dorthin fuhr ich den Wagen fast zu Schrott. An dem Tag war ich zu betrunken, um mich auf der Anmeldeliste einzutragen, und wurde weggeschickt.

Ich bin nie wieder hingefahren. Das war der Anfang vom Ende meiner Trinkerei, und als ich wieder trocken war, entschied ich mich gegen den Kauf einer Waffe.

Doch in unserem Leben wirken Gesetze des Unvermeidlichen. Während ich betrunken in meinem Auto heulte und vor dem Abgrund zurückschreckte, entschied sich Tom irgendwo am anderen Ende der Stadt anders. Und jetzt ist die Pistole in unserem Haus, als hätte es schon immer so und nicht anders sein sollen.

Jetzt, da ich Julie erneut verloren habe, kann ich immer noch zur Waffe greifen.

Freitagabend nach dem Essen geht Tom in Janes Zimmer hinauf und macht die Tür zu, während ich auf dem Sofa sitze und mich träge durch die Kabelkanäle zappe. Es braut sich was zusammen; ein Gewitter liegt in der Luft. Bestimmt kommt es noch heute Abend zum Ausbruch.

Mitten in der Wiederholung einer *Roseanne*-Folge bestätigt Julie meine Vermutung, indem sie auf dem Weg nach draußen rasch am Sofa vorbeimarschiert. Ich höre die Garagentür aufklappen und sehe kurz aus dem Küchenfenster, wie Toms Auto im Rückwärtsgang rausfährt. Ich lasse den Fernseher an, warte kurz und folge ihr dann in meinem Wagen.

Spätabends ist der Freeway nicht so verstopft, und die Perlen an meinem Rosenkranz flitzen vorbei, anstatt in Zeitlupe vorüberzuziehen. Die blassen Vordächer, Neubauten und Wohnblöcke sehen nachts flach und langweilig aus, substanzlos. Ich kann kaum eins vom anderen unterscheiden. Weiter vorn schlängelt sich der Range Rover geschickt an langsameren Autos vorbei, wechselt die Spur – *was für eine gute Fahrerin Julie doch ist, dafür, dass sie es vor Kurzem erst gelernt hat*, geht mir nicht ohne Sarkasmus durch den Kopf. Obwohl noch genügend Autos unterwegs sind, verliere ich sie nicht aus den Augen. Der SUV überragt die anderen Fahrzeuge, sodass selbst ich in meinem gedrungenen Prius ihn gut im Blick habe. Ich weiß, wohin sie fährt, bevor sie den Blinker setzt.

Im Dunkeln ist die Gate-Kirche ein kahler, mit leuchtendem Glas verkleideter Hügel. Der Parkplatz draußen ist vollgestellt – etwas geht vor, ein Abendgottesdienst, mit das meistbesuchte Angebot dieser Kirche. Ich biege ins Parkhaus ab, wo Aufseher in Anzügen eine Autoschlange im Schritttempo immer weiter nach oben winken und ein nicht nachlassender Menschenstrom durch ein Treppenhaus in der Mitte von oben hinabsteigt. Den Anweisungen folgend, fahre ich an Tausenden von Autos vorbei zum obersten Parkdeck.

Immer wenn ich am Treppenhaus vorbeikomme, mustere ich die Menschenschlange, und gerade als ich um die Ecke des obersten Decks biege, gerät endlich Julie kurz in mein Blickfeld, wie sie mit dem Rest der Menge abwärts strebt. Sie trägt einen langen Rock mit Cardigan, Sachen, die ich ihr erst vor wenigen Wochen gekauft habe, als alles noch so anders war.

Ich parke und mache mich mit den anderen Nachzüglern an den Abstieg: ein hageres älteres Pärchen im Partnerlook, Jeanshemden und glänzende Gürtelschnallen, die Frau mit einer Lederhandtasche, an der dicke Silberanhänger baumeln; eine Schwarze, ungefähr in meinem Alter, in Jeans und Rüschenbluse, die zwei Kinder vor sich her scheucht; eine ältere Dame mit Stock; ein hünenhafter Latino mit Bierbauch und Eierkopf, der sich ungeduldig an allen vorbeidrängelt. Alle miteinander kommen wir unten auf dem Parkplatz an und strömen über einen Fußweg in die Eingangshalle, in der es von Menschen nur so wimmelt. Die herabhängenden Monitore und Oberlichter erzeugen abends eine andere Wirkung, dazu der leiseste Hauch eines Stadionechos, das sich auch mit noch so viel Plüschteppichboden nicht dämpfen lässt. Ein gewisses Kribbeln liegt in der Luft dieses ursprünglich für aufregende Sportevents errichteten Baus.

Die Rolltreppen, die den Eingangsbereich mittig unterteilen, sind voll mit Leuten, doch Julie ist nirgends zu sehen. Ich strebe am Infostand vorbei auf die Rolltreppe zu, um dem überschwänglichen Empfangspersonal zu entkommen, nur um oben einer dünnen Frau mit großen hellwachen Augen hinter eulenhaften Brillengläsern in die Arme getrieben zu werden. »Programmheft?«

Ich nehme den Hochglanz-Flyer, während ich immer noch den überfüllten Hintergrund nach Julie absuche, und sie spürt mein Zögern.

»Sind Sie das erste Mal hier?«, fragt sie mit starkem Houston-Akzent: gequetschte Vokale, erst durchgekaute, dann abgeklemmte Konsonanten.

»Äh, ja.« Ich nicke, und sie legt mir eine Hand auf den Unterarm.

»Na, dann passen Sie mal auf, meine Liebe, Sie machen jetzt Folgendes: Sie fahren direkt mit der Rolltreppe hier wieder runter und – sehen Sie den Tisch dort rechts von Ihnen? Also normalerweise ist Sheena nämlich mit mir zusammen hier oben, aber jetzt können Sie sie dort unten sehen …«

Ich gerate in Panik. Was, wenn Julie mich bemerkt, wie ich hier im obersten Stock angehalten werde? »Kann ich mir nicht einfach selbst einen Platz suchen?«

»Natürlich, meine Liebe«, sagt sie, ruft mir dann aber hinterher: »Es ist nur so, weil Sie neu sind, wär's uns lieber, wenn Sie einen *richtig guten* Platz bekommen.«

In meinen Augen ist ein guter Platz einer, von dem aus man die Lage sondieren kann, ohne Aufmerksamkeit auf sich zu ziehen. Ich umrunde die Stadionkurve im dritten Stock, folge dem Menschenstrom vorbei an einem Raum mit Türschild, auf dem KOMMUNION steht, weiteren Monitoren und einem unbesetzten eingebauten Infoschalter, der in alten Stadionzeiten mal ein Imbissstand war. Und dann betrete ich die heiligen Hallen.

Eine riesige Höhle tut sich vor mir auf. Vor der blauschwarzen Kuppel des ehemaligen Astrodome leuchtet gebündeltes Scheinwerferlicht jedes Staubkörnchen bis in etliche hundert Meter Entfernung aus; nur das komplexe Strahlenkranzmuster eckiger Oberlichter an der Decke erinnert noch an die frühere Funktion. Der Stadionrasen ist fort, ausgetauscht gegen fußballfeldgroß ausgelegten beigen Teppichboden. Die Klappsitze entlang der Wände wurden in dezentem Dunkelblau neu gepolstert. Die Bühne ist von Großbildleinwänden flankiert, und eine Fernsehkamera schwingt an einem Kran über dem mit rotem Teppich ausgelegten Podest, als machte sie sich warm für die Show. Ich finde einen Platz auf halber Höhe der obersten Ebene, nahe am Gang, und setze mich.

Nach ein paar Minuten wird das Licht gedämpft, und im Stadion, in das immer mehr Leute strömen, bricht Applaus aus. Das Publikum steht in Wellen auf und übertönt die Band, die einen effektvollen, pulsierenden Rhythmus angestimmt hat, mit »Jesus lebt!«- und »Lobet den Herren!«-Rufen. Sieben Sängerinnen treten aus den Tiefen des Altars hervor, in fernsehfreundlicher Bühnenkleidung, Funkmikrofone in Händen. Mit einem Mal wird die Musik explosionsartig laut, ein stampfender Beat erfüllt das ganze Stadion, so laut wie bei einem Rockkonzert, Basketballspiel oder Monstertruck-Rennen. Die Laser-Lightshow setzt ein, leuchtend grüne und blaue Strahlen fegen durchs Stadion. Einer fährt rasch über mein Gesicht, und ich spüre einen Adrenalinstoß als Reaktion darauf, plötzlich und ungewollt in grelles Licht getaucht zu werden. Mir ist, als hüpfte mir wirklich das Herz auf, wie in dem Regenbogen-Gedicht von Wordsworth; ich habe mich schon immer gefragt, wie sich das wohl anfühlen mag.

Die Musik wummert ohrenbetäubend weiter. Es ist eine mitreißende Pophymne, ein Song, wie man ihn am Ende eines Films über verliebte Teenager erwartet. Die Großbildleinwände zeigen in rascher Folge die Gesichter der Sängerinnen, die schwitzenden Bandmitglieder an ihren Instrumenten und eine Bildmontage: Sonnenuntergänge und -aufgänge im Zeitraffer, Blüten, die sich binnen Zehntelsekunden öffnen, junge Leute, die in einem Jeep über Dünen fahren, ein schönes blondes Mädchen, das neben einem Lagerfeuer auf dem Rücken liegt, ein schwarzes Baby, das auf stämmigen Beinchen vorwärtstapst, einer weißen Frau in die ausgebreiteten Arme, ein Segelboot, das im Takt der fliegenden Wolken über einen See dahingleitet. Das geht ein paar Minuten so weiter, dann weichen die Sängerinnen zurück und lassen in der Mitte eine einzelne Gestalt durch, die auf der Bühne vortritt. Jetzt recken die Leute rhythmisch die Fäuste in die Luft, die »Lobet den Herrn«-Rufe werden immer lauter.

»Ich bin für euch da«, sagt er schlicht. »Und der Herr mit mir.«

Ich erkenne die Stimme aus dem Heilkreis wieder, bekomme Chuck Maxwell aber das erste Mal leibhaftig zu Gesicht. Er sieht aus wie ein Country-Popsänger bei einer Rodeoshow oder wie der verloren geglaubte Vater in einer Vorabendserie. Die Großleinwand führt mir ein überaus freundliches, von sympathischen Lachfältchen umrahmtes blaues Augenpaar vor.

»Ich bin hier, um euch zu verkünden, dass der Herr Großes vorhat mit euch, Seinen Kindern«, predigt Maxwell dem klatschenden, kreischenden Publikum. »Und ihr seid aus einem bestimmten Grund hier: nämlich um zu lauschen, Weisheit zu erlangen und Seinen Heiligen Namen zu preisen. Denn in diesem großen Universum, das Gott erschaffen hat, bleibt nichts dem Zufall überlassen. Er ist größer als eure Sorgen und Nöte. Und wenn Er euch beim Namen ruft, sind sie *Schall und Rauch*!«

»A-*men*!«, ruft eine laute Stimme direkt hinter mir.

Maxwell legt eine Pause für die Rufe und Schreie ein, während ein Lächeln seine Bartkrause in Knitterfalten legt. »Hört her«, sagt er und legt eine weitere Kunstpause ein. Die Musik legt noch einen Zahn zu, die Leute schwanken hin und her, lassen die Köpfe nach vorn und in den Nacken fallen. »Sag's uns, Chuck!«, ertönt eine Stimme.

»Ich werd's euch sagen! Ich verkünde das Wort!«, ruft er. »Warum seid ihr heute gekommen, Leute? Nur die eine Frage, warum seid ihr hier?« Er streckt ihnen das Mikrofon hin und hält sich die andere Hand ans Ohr, während das Publikum wie aus einer Kehle ruft: »Kein Schnack, Chuck!«

Das Mikro wieder am Bart, fährt er fort: »Stimmt genau. Kein Schnack. Ich mach euch nicht vor, irgendwas in diesem Universum, das Gott für uns erschaffen hat, wäre Glückssache. Er liebt jeden Einzelnen von uns, wir sind alle miteinander Seine Günstlinge, und Er wird uns in naher Zukunft mit etwas beschenken, das unsere Vorstellungskraft weit übersteigt. Und was auch immer Er für uns bereithält, ihr Lieben ...«, noch eine Pause, »... es wird der Mühe *wert* sein!«

Erneut folgen Kreischen und Klatschen, und die Sängerinnen gleiten vor, stimmen ein Lied an und verdecken ihn vorübergehend. Mein linker Sitznachbar tippt mir auf die Schulter und reicht mir einen mit Briefumschlägen und Bargeld gefüllten blauen Plastikeimer, obenauf ein druckfrischer Hundert-Dollar-Schein. Ich reiche den Eimer weiter an den Platzanweiser am Ende der Reihe, der mir beseelt zulächelt, obwohl ich nichts dazugelegt habe.

»Leute, hört her, Sein Segen wird in Hülle und Fülle auf uns herabregnen«, raunt Maxwell ins Mikrofon, während die Musik verklingt. »Ich weiß, ihr habt Kummer und Sorgen. Ich weiß, ihr rackert euch ab, um euer täglich Brot zu verdienen, habt ein krankes Kind oder unbezahlte Rechnungen zu Hause. Ich weiß, ihr habt einen Schwiegersohn, der noch nicht zu Jesus gefunden hat. Wenn ihr Nachrichten schaut, stellt ihr fest, dass diese Welt immer finsterer wird, immer weiter von Gott abfällt. Ich bin hier, um euch die beste Nachricht von allen zu überbringen: *Sorget euch nicht!* Überlasst dem Herrn die Sorgen um euren Nachbarn, euer Kind, euren Vermieter, euren Chef. Worauf ihr wartet, das wird eintreffen, und es ist nur deshalb noch nicht da, weil euer Glaube noch nicht *fest* genug ist!«

Die Musik setzt wieder ein, doch diesmal langsamer, getragener. »Also, während des nächsten Liedes werde ich mit meinem Team von Gebetsleitern von der Bühne steigen, und jeder, der will, kann hierher zu uns vortreten und mit uns beten. Stellt euch einfach am Beginn eurer Sektion auf, und ein Gebetsleiter wird euch sein Ohr leihen und mit euch beten, auf dass euch die Augen geöffnet werden zu sehen, womit der Herr euch bereits beschenkt. Und alle anderen bleiben einfach sitzen und hören sich an, was euch diese begnadeten Sängerinnen über Gottes Liebe verkünden.«

Während sich die Menge geschlossen erhebt und Richtung Podium strebt, geht mir so langsam auf, wozu die *»richtig guten* Plätze« da sind. Schlangen bilden sich, die den Stadionboden füllen und sich die Gänge entlangziehen, während Maxwell und eine Handvoll anderer Kirchenältester leise Zwiesprache mit den Ersten halten, die es bis an die Bühne geschafft haben. Ich suche mit Blicken den Saal nach einer Rothaarigen in der Menge ab, doch auf dem Stadionboden wimmelt es bald von einer amorphen Menschenmasse, lauter Zuschauer, die für persönliche Gebete nach vorn drängen.

Gerade als ich mir sage, dass die Aufgabe unlösbar ist, sehe ich sie, im Visier der Gebetskamera, die Gesichtszüge, die ich mir so scharf eingeprägt habe, überdimensional oben auf der Großbildleinwand. Gebannt beobachte ich, wie Maxwell neben ihr auftaucht, ihr das Gesicht zuneigt und mit ernstem, teilnahmsvollem Stirnrunzeln eine Hand auf die Schulter legt. Die Rothaarige sieht zu ihm auf, stellt sich auf die Zehenspitzen, bis sie fast auf Augenhöhe mit ihm ist, und kommt ihm so nahe, als wollte sie ihn küssen. Den Mund an seinem Ohr, flüstert sie etwas. Maxwells Gesichtsausdruck schlägt jäh um. Er reißt plötzlich die Augen auf, zieht die Brauen hoch und schnappt keuchend nach Luft, als hätte ihm jemand das Knie in den Unterleib gerammt.

Die Kamera schwenkt ab.

Ich reiße mich vom Bildschirm los und blicke zum Stadionboden hinunter, will sie unbedingt entdecken, bevor es zu spät ist. Da ist sie, stützt sich mit einer Hand am Schulterpolster von Maxwells Jackett ab, um sich auf den Zehenspitzen halten zu können, und zielt mit dem Zeigefinger der anderen Hand auf seine Brust. Er fährt zurück, während sie sich auf die Fersen sinken lässt und zum Gehen wendet. Zwei Männer in Anzügen, die in der Nähe standen, lösen sich aus der Menge und nähern sich ihr, doch Maxwell ist schneller. Mit einem Satz packt er sie am Unterarm, beugt sich über sie, den ganzen Körper angespannt, und zwingt ihr seine furchtbare Nähe auf. Er rüttelt sie einmal am Arm, da reißt sie sich aus seiner Umklammerung und bricht zur Seite aus, taucht vor den beiden Bodyguards und vor meinem Blick in der Menge unter.

Als ich wieder zu Maxwell schaue, spricht er bereits mit der nächsten Frau in der Schlange, seine Stirn so nah an ihrer, dass sie sich fast berühren, und doch merke selbst ich, dass er in Gedanken nicht bei der Frau ist, deren Beichte er abnimmt. Sondern bei Julie, die nicht mehr da ist.

Ich bin im Begriff aufzuspringen und ihr zu folgen, besinne mich aber anders und lasse mich auf den Sitz zurückfallen. Sie ist unten, ich bin oben; bis ich aus der Gate-Kirche komme, ist sie schon halb bei Toms Auto, und meins steht viel weiter weg. Jedenfalls habe ich keine Ahnung, was ich da eben gesehen habe, und weiß daher nicht, was ich zu ihr sagen sollte, würde ich sie jetzt einholen. Nur eins ist klar: Nach Maxwells alarmiertem Gesichtsausdruck und der furchteinflößenden Vertraulichkeit seiner Körpersprache zu urteilen, müssen die beiden sich kennen. Was hat sie ihm ins Ohr geflüstert? Eine Drohung? Was könnte Julie wohl gegen Maxwell in der Hand haben?

Nicht Julie, rufe ich mir ins Gedächtnis.

Während sich der Gottesdienst seinem Ende zuneigt, dröhnt und donnert die Musik, die Monitore blinken, Strahlen der Morgenröte umwabern das Kirchenlogo, ein Tor, und zu einem letzten großen Tusch öffnet es sich. Als der Lobgesang endlich verklingt, wirken die Menschen um mich her glücklich erschöpft von dem positiv bestärkenden Wortschwall. Mit einem Gefühl innerer Leere stolpere ich hinaus. Draußen an der Nachtluft schaue ich auf mein Handy: eine neue Voicemail, vor zwanzig Minuten angekommen. Im Betonstadion muss der Empfang gestört sein, denn ich habe es nicht vibrieren gespürt. Dann sehe ich die Nummer und halte es mir hastig ans Ohr, um die Nachricht anzuhören.

»Hi, Cal. Hier ist Gretchen.«

Es ist dieselbe Stimme, die »Mom, Dad« gerufen und uns in der Notaufnahme umarmt hat, dieselbe, die geflüstert hat: »Ihr wolltet mich wohl wirklich unbedingt finden«, ehe sie in Tränen ausbrach. Und jetzt gibt diese Stimme laut und deutlich zu, dass sie, die Frau, die in meinem Haus wohnt, nicht meine Tochter ist. Nach allem, was ich weiß, sollte es mich nicht überraschen. Doch das hier ist erdrückender als ein unscharfes YouTube-Video, sogar erdrückender als ein Tatortfoto. Erst jetzt merke ich, dass ich mich an einen letzten dünnen Hoffnungsfaden geklammert hatte. Bei diesen Worten – *hier ist Gretchen* – höre ich, wie er reißt.

Die Nachricht geht weiter. »Ich brauch deine Hilfe, Cal. Ich hab Angst.« Sie weint. »Wenn du diese Nummer noch hast, bist du in Houston. Und wenn du mich hier gefunden hast, weißt du vielleicht schon alles über mich. Auch das Schlimmste.« Schluchzen mit belegter Stimme. »Wenn du mich abholen kommst, nachdem du das Schlimmste erfahren hast, weiß ich, dass du mich noch liebst. Ich geh zur Waterwall und treffe mich mit dem Mann, der mir das angetan hat. Er wird um Mitternacht dort sein. Bitte komm. Ich will nicht allein hin.«

In der Voicemail ist eine Autohupe zu hören, gefolgt von einem klappernden Geräusch, als hätte sie das Handy fallen lassen. Dann: »Cal, ich weiß nicht, ob es einen Unterschied macht, aber ein paar Wochen lang war ich ... waren wir ... Ich glaub, es war ein Mädchen.«

Die Voicemail piept. »Um die Nachricht erneut anzuhören, wählen Sie die Sieben. Um die Nachricht zu löschen, wählen Sie die Acht. Um die Nachricht zu speichern, wählen Sie die Neun ...«

Ich tippe auf die Neun. Wenn ich ihr gegenübertrete, will ich zum Beweis ihre eigene Stimme in meiner Tasche haben. Als ich an meinem Auto ankomme, ist es fünf nach halb zwölf, und ich weiß, ich muss sie jetzt finden, heute Nacht, bevor ich die Nerven verliere, und sie zur Rede stellen, Auskunft verlangen, was sie hier treibt und warum sie meine Familie belästigt.

Jetzt, da ich weiß, dass Julie doch nur Gretchen ist, ein

unscharfes Gesicht in einem YouTube-Video, eine Schmierenkomödiantin, eine Schwindlerin, Betrügerin, bleibt mir keine andere Wahl. Die ganze Zeit war sie also Gretchen, Gretchen at Midnight. Und bald ist Mitternacht.

Sie

spürte den Schlag nicht, nur das Schwarze. Es war wie Wasser, in dem sie versank, oder das in sie sank. Ganz oben war etwas Rotes, und je näher sie dem Roten kam, desto mehr tat es weh. Das Schwarze hingegen schimmerte so sanft blauschwarz wie auffliegende Vogelschwärme. Das Schwarze schimmerte so sanft grünschwarz wie der Meeresgrund. Es war so weich wie das schwarze Samtkissen, das den Diamantring verschluckt. Das Schwarze war so schwarz wie ihr schlafendes Ich.

Sie schwamm auf das Rote zu, kämpfte sich zum Rot durch, obwohl das Schwarz sie verschlucken wollte wie einen Diamanten, ihre Knöchel mit blinden Ranken umschlang und sie leise nach unten zog, sie mit stummen Schreien umfing und in einen blauschwarzen Himmel davontrug. Aber jedes Mal, wenn sie sich in das Weiche zurückfallen ließ, hörte sie Charlotte schreien. Dann einen Schlag, und die Schreie verstummten.

Schließlich ein anderer Laut, ein Wimmern, das sich weder nach Charlotte noch nach sonst wem anhörte. War sie das? Die Zunge hing wie tot in ihrem Mund, wie ein toter Vogel mit blauschwarzen Flügeln. Der Laut ging in ein gurgelndes Geräusch über, gefolgt von noch einem Schlag, den sie hinter den Augenlidern spürte.

Wenn sie jedes rote Energieteilchen in ihre Fingerspitzen

sandte, spürte sie gerade eben noch den Boden. Er war glitschig, warm und rot; sie spürte, wie sie das Rot in die Fingerspitzen stach. Oder vielleicht war es gar kein Gefühl, sondern ein Geruch, ein spitziger Geruch, sauber und schmutzig zugleich. Es war der Geruch, wenn man einen Zahn verliert, und gleichzeitig ein Geschmack, warm, elektrisch, metallisch.

Sie versuchte, ihre Finger zurückzuziehen, doch sämtliche Vögel waren mit einem Knüppel vom Himmel geholt worden, und sie musste von Kopf bis Fuß aus ihnen bestehen. Daher lagen ihre Tote-Vögel-Finger in der elektrischen roten Pfütze, die nach Zähnen roch.

Worte wurden aufgesagt, eine Litanei, ein Gebet. Von einer Stimme, die sie gut kannte, John Davids, doch sie klangen zornig. Vielleicht waren es Gottes Worte, und Gott selbst war zornig.

»Du kleines Miststück. Verfluchtes Miststück«, diese Worte wurden ständig wiederholt.

Der Vogel in ihrem Mund zuckte, und sie wusste, dass er doch noch am Leben war. Er wollte schreien. Sie biss die Zähne fest zusammen.

»Was mach ich nur. Was mach ich nur. Was mach ich nur.«

Schritte, die sich zurückzogen, hinaufstiegen und verklangen. Er stieg in den Himmel auf. Er hatte den Stein beiseitegerollt, und nun stieg Er die Kellertreppe gen Himmel empor.

Sie öffnete die Augen.

Charlotte lag erschlagen vor ihr, kopfüber, gut einen Meter entfernt, und starrte sie aus Augenhöhlen voller Blut an.

Sie blickte in Charlottes umgedrehte Augen. Sie schienen ihr voller Weisheit zu sein.

Charlotte wollte ihr etwas sagen. Charlotte war die Mutige, die Schlaue. Sie hatte sogar die schlimme kleine Klinge aus John Davids Mülleimer geklaut, um das Klebeband durchzusäbeln.

Falsch, die Rasierklinge hatte Julie geklaut.

Charlotte sah ihr doch gar nicht in die Augen. Sondern auf Julies rechte Hand, kurz vor ihrem Gesicht zur Faust geballt. Sie starrte auf etwas, das Julie unter ihrem Handrücken spürte, wie es sich mit einer scharfen Kante in den Knöchel bohrte. Einer schlimmen kleinen Kante.

Als sie ihre Hand bewegte, schabte die Klinge über den Boden, und da war es, eine kalte Luftschicht nicht weit von ihrem Gesicht, ein verschwommenes Doppelbild, aber eindeutig. Ihre linke Hand glitt darauf zu, die Fingerspitzen zogen elektrische Spuren durch die rote Flüssigkeit, die jetzt schon nicht mehr ganz so warm war, kaum noch wärmer als die umgebende Luft. Ihre blutigen Finger schlossen sich um eine Seite der Klinge.

Füße erschienen auf der Treppe, und daneben der Kopf einer Axt.

Einen winzigen Moment lang kniff sie die Augen wieder zusammen. Nur um sich zu erinnern, wie das Leben gewesen war, als sie noch nicht wusste, dass Charlotte tot und sie die Nächste war.

Aus der Ecke kam überraschend ein Würgegeräusch. Sie machte die Augen auf, und da kniete John David, von ihr und Charlotte abgewandt. Er betete nicht. Eine Pfütze Erbrochenes schlängelte sich an seinen Knien vorbei zu der Stelle, wo das Blut war, wo sie war.

Bevor die Pfütze sie erreichte, war sie auf den Beinen. Sie wusste selbst nicht, wie; ihr Kopf war wie ein Betonblock, doch sie pflanzte ihn auf ihren Rumpf und den Rumpf auf ihre Beine, und schon stand sie, über der zerbrochenen Puppe aufragend, die einst Charlotte gewesen war, und der gekrümmten, stöhnenden Gestalt John Davids in der Ecke. Er spuckte, stöhnte wieder und rang nach Atem. Plötzlich wurde ihr schwindelig, das Rote kam wieder und vernebelte ihr mit am Rand umherschwebenden blauschwarzen Punkten die Sicht, drohte wieder wie Rauch aufzusteigen. Sie setzte einen bloßen Fuß vor den anderen, um besseren Halt zu haben, und bei dem Geräusch wirbelte der entleerte John David auf den Knien herum, eine Hand noch am Axtstiel, einen Fuß schon aufgestellt, um sich in den Stand hochzudrücken. Doch als er den anderen Fuß nachzog, landete sein Stiefelabsatz in der geschlängelten Spur aus Erbrochenem, der Stiefel schoss unter ihm weg wie bei einem russischen Tänzer, und er fiel auf die Hand, die noch die Axt hielt, so schwer, dass seine Finger eingeklemmt wurden und er vor Schmerz aufjaulte.

Sie blieb aufrecht stehen und hielt die Rasierklinge vor sich hin, doch als er haltsuchend auf dem Boden umhertastete, der glitschig war vom vielen Blut und Erbrochenen, stieß sie einen Schrei aus und kraxelte auf Händen und Knien die schmale Treppe hinauf, mit der Linken noch die Rasierklinge umklammernd. Ihre Knie, alles an ihr war glitschig vom Blut.

»Esther! Esther!« Die Stimme war hinter ihr, unter ihr, aber wie weit weg? »Esther, komm zurück! Ich tu dir nichts!«

Sie war oben an der Treppe, er unten. Sie sah ihn sich an, so winzig, und entdeckte eine erste kahle Stelle oben auf seinem Schädel. Noch nie zuvor war sie größer als er gewesen.

»Esther!«, rief er wieder, aber mit der Hand noch an der

Axt, die er jetzt am oberen Ende des Stiels gepackt hielt. Sein Tonfall wurde beschwörend. »Ich wollte dir nie wehtun, Esther. Charlotte war die Böse. Ich hab dich nur bewusstlos geschlagen, damit du es nicht mitansehen musstest.«

»Ich heiße nicht Esther«, rief sie, doch es kam als Flüstern raus.

»Nein«, stimmte er ihr zu.

Sie war entgeistert.

»Sondern Ruth. Denn du hast viel gesehen.«

Sie rührte sich nicht vom Fleck.

»Ruth«, sagte er, »du hast die Prüfung bestanden. Du hast ein Blutopfer dargebracht.«

Seine Stimme klang nicht mehr rasend, sondern beschwichtigend, honigsüß. »Du hast das Richtige getan, Ruth. Sie hat versucht wegzulaufen, und du hast sie aufgehalten. Jetzt können wir wieder eine glückliche Familie sein, nur du und ich.«

»Ich …«

»Du hast um Hilfe gerufen. Sie hat dich überwältigt, und du hast um Hilfe gerufen. Und ich bin gekommen.«

Obwohl sich ihr alles drehte, wusste sie, dass es überhaupt nicht so gewesen war.

Sie schüttelte den Kopf, um sich von den Spinnweben zu befreien. »Ich heiße Julie.« Das war das Einzige, was stimmte, doch nun packte er den Axtstiel fester. Sie machte kehrt und rannte los, während er hinter ihr her die Treppe hochsetzte.

Er hatte längere Beine als sie, aber sie schoss pfeilschnell um die Ecke, als er ausholte, um sie am Knöchel zu packen, während der Axtstiel noch schwerfällig gegen die Stufen polterte. Sie schaffte es auf die andere Seite des Küchentischs, bis er oben ankam, und merkte dann erst, dass sie eingekeilt mit dem Rücken zur Wand stand. Er hielt die Axt in beiden Händen, wiegte sie hin und her, als kostete er das Gefühl aus. »Zwing mich nicht, dich umzubringen, Esther«, sagte er.

»Ich denk, ich heiße jetzt Ruth«, sagte sie diesmal mit bemüht lauter, kräftiger Stimme.

»Wer auch immer du bist!«, brüllte er. »Bring mich nicht dazu, dich zu töten, denn ich tu's, wenn es sein muss, aber Gott will nicht, dass du stirbst.«

»Gott ist ein Stück Scheiße«, sagte Julie.

»Gott ist die Liebe, und *du* bist ein Stück Scheiße«, entgegnete er. »Vergiss das ja nie.« Er rammte die Schneide so in den Tisch, dass sie im Resopal stecken blieb und die Platte mit einem langen Riss spaltete. Sie packte den Tisch und schob ihn mit aller Macht vor, so fest, dass John David auf den Hintern fiel, die Axt noch in der Platte, was so komisch aussah, dass ihr fast zum Lachen war, doch jetzt kroch er auf dem Boden hinter ihr her, langte mit beiden Händen nach ihren Knöcheln und fegte den Stuhl beiseite, den sie nach ihm geworfen hatte – dann war sie endlich an der Tür.

Mit einem Fuß erreichte sie die Betonstufe, ehe seine Hand das erbärmliche Laken erwischte, in das sie immer noch wie in ein Ballkleid gewickelt war. Sie versuchte die Fliegentür hinter sich zuzuschlagen, doch die prallte von seinem Arm ab. Sie lehnte sich so fest wie möglich vor, stemmte ihr ganzes Körpergewicht gegen die Tür. Es gelang ihr, seine Hand kurz abzuschütteln, doch schon packten die Finger ihren Oberarm und drückten zu.

»Hab ich dich«, keuchte er, und sein heißer Atem schlug durch das Fliegengitter an ihre Wange. »Hab ich dich.« Er warf sich so wuchtig gegen seine Seite der Tür, dass sie sein Gewicht durch das Gewebe spürte, merkwürdig weich und nah an ihr dran. Musste sie sich denn gerade jetzt so an seinen massigen Körper auf ihrem erinnern, an diese Albtraumvereinigungen, sich ausgerechnet jetzt mehr denn je wie sein Eigentum fühlen, in diesem Augenblick der Fast-Freiheit, der knapp verfehlten Freiheit!

»Du bist schuld an allem, was hier passiert ist.« Sein Atem erreichte sie durch das Fliegengitter. »Du bist nicht Ruth. Und auch nicht Esther. Sondern ein *Nichts*.«

Aber in ihren blutigen Händen hielt sie noch etwas Schlimmes.

Sie holte blindlings mit der Klinge nach seinen Fingern aus, und als er losließ, rannte sie.

Ein Nichts ein Nichts ein Nichts

Ein Nichts ein Nichts ein Nichts ein Nichts

Ein Nichts

Sie rannte im Takt zu dem, was sie war.

Tief in ihr drin war trotzdem etwas, in ihrer Körpermitte zusammengerollt, und mit jedem aufstampfenden Barfußschritt jagten ihr Schockwellen die Beine hoch, um es zu begrüßen.

Tschüs, sagte sie zu ihm.

Mir egal, sagte sie zu ihm.

Du bist ein Nichts, sagte sie zu ihm. Auch wenn sie wusste, dass es nicht stimmte.

Ihr fiel ein entferntes Hilfsangebot ein – Pfirsichkompott, Dosenmais –, und sie rannte verzweifelt darauf zu. Jedes Quäntchen Kraft floss in die Anstrengung, nicht auf dem holprigen Bürgersteig zu stolpern, von tief hängenden Zweigen ins Gesicht gepeitscht zu werden oder sich im nachschleifenden Laken zu verfangen. Ihr blieb keine Zeit, sich umzuschauen und festzustellen, ob er zehn oder zwanzig Schritte oder gar nicht hinter ihr war; wenn sie stürzte, würden sich seine Hände um ihre Kehle schließen, blutige Hände, die sie selbst mit der schlimmen kleinen Klinge aufgeschlitzt hatte, derselben Klinge, mit der sie die Sünde begangen hatte, die sich nie und nimmer tilgen ließ. Oh, Charlotte. Arme, arme Charlotte.

Sie rannte durch das Altbauviertel von Houston mit seinen windschiefen Backsteinhäusern, die in ihren Mauern haufenweise eingeschlagene Schädel und zugrunde gerichtete kleine Mädchen bergen mussten, Häuser mit unzähligen vergrabenen Geheimnissen im Garten, bog wüste Haken schlagend um Ecken. Von den pittoresk verschnörkelten Hexenhausfassaden, an denen die Kletterpflanzen emporwucherten, wurde ihr übel, und sie ließ sie hinter sich und steuerte die größeren Straßen an, die Zivilisation versprachen und womöglich Hilfe. Doch die waren gespenstisch leer – war es selbst für Morgenspaziergänge noch zu früh?

Sie kam aus dem beengten Viertel auf eine Straßenkreuzung mit Ampel hinaus und legte eine Atempause ein. Rechts von ihr lag ein kleiner Park neben einem länglichen rechteckigen Gebäude mit umlaufendem Laubengang. Sie erkannte die Skulptur auf dem Rasen, einen Kanal aus rostigem Metall, in zufälliger, wahlloser Anordnung, wie ein fallen gelassenes Band im Rasen versenkt, und erinnerte sich schwach daran, dass sie einmal auf einem Wandertag mit der Klasse dieses Museum besucht hatte.

Sie sah sich um und merkte, dass es gar nicht früher Morgen war; obwohl das Licht blass war und sie das Gefühl hatte, eine lange Nacht hinter sich zu haben, passten die Farben nicht zu Sonnenaufgang. Der Himmel war von einem schmutzigen, trüben Weiß, bei dem sie sich fühlte, als wäre sie immer noch drinnen, nur in einem größeren Zimmer. Die himmelhohen Bäume waren so dicht belaubt, von so sattem Grün, dass die Farbe schon fast über die Blattränder auszulaufen schien. Vollkommen still standen sie in der stickigen Luft, wie künstliche Bäume auf einer Bühne oder wie in einem Traum. Sie lief auf die leere Straße, reckte den Hals nach rechts und sah einen Freeway.

Und dann sah sie es über sich aufragen, höher als die Bäume, als die Laternenmasten. *Vermisst*: ein Mädchen, blond, hübsch, mit rosigen Wangen.

Das war nicht sie. Auch nicht ansatzweise. Sie sah erst die Plakatwand an, dann an sich selbst herunter, barfuß, verdreckt nach Monaten im Dunkeln mit ihm und dem, was er mit ihr gemacht hatte. Und jetzt hatte sie das Etwas, das kein Nichts war, zusammengerollt im Bauch, um sie an das Dunkel zu erinnern. Und daran, was sie Charlotte angetan hatte. Das Mädchen auf der Plakatwand hatte keine Ahnung davon. Es war makellos.

Im nächsten Moment fiel ein Sturzbach nieder, als hätte jemand ein Heftpflaster vom Himmel gerissen. Binnen Sekunden hatte sich ein Fluss gebildet, der an ihren bloßen Füßen vorbeirauschte; die Plakatwand wurde fast völlig verdeckt.

Sie rannte wieder los.

Als sie bei der Essenstafel ankam, war aus dem Regen ein Tröpfeln geworden, wie wenn man Wäsche auswrang, und die Sonne blinzelte hinter Nasse-Waschlappen-Wolken hervor und brachte die letzten Tropfen in der Luft zum Funkeln. Der Boden dampfte bereits, doch sie zitterte vor der dünnen Sperrholzbude, die mit einem Vorhängeschloss verrammelt war.

»Wenn du irgendwas brauchst«, hatte die Frau mit den Pfirsichen gesagt. Sie brauchte eine Menge. Ihr drehte sich der Magen um vor Übelkeit, die sie zu jeder Tageszeit erwischen konnte, besonders wenn sie nichts gegessen hatte. Das Einzige, das sie vom Erbrechen abhielt, war die Vorstellung, allein auf allen vieren auf dem Asphalt gefunden zu werden, vor der Tafel-Bude. Sie schlug einen Bogen drum herum.

Jemand saß im Schutz der Bude an die Rückwand gelehnt und rauchte eine Zigarette. Als die Frau sie hörte, drehte sie den Kopf langsam in ihre Richtung, als rechnete sie mit nichts Aufregendem. Sie musterte sie lange von Kopf bis Fuß, stieß den Rauch aus und wartete ab; die Zigarette hing zwischen ihren Knien. Es sah so aus, als sei sie Warten gewöhnt.

Plötzlich gab sich die Frau einen Ruck und zog noch einmal rascher an der Zigarette. Dann hielt sie sie vor sich hin und wies damit in Richtung des Mädchens. »Perücken-Girl!«, sagte sie. »Ich kenn dich. Du bist dieses Perücken-Girl. Wo ist deine Perücke hin?«

Das Mädchen wollte schon etwas sagen, da wehte ein Windhauch den Zigarettenrauch zu ihm herüber. Davon wurde ihr so schlecht, dass sie im Matsch auf die Knie sank und sich ins lange nasse Gras hinter der Holzbude erbrach, nur dass es nichts zu Erbrechen gab außer Galle, die ihr in der Kehle brannte. Danach sah sie vorübergehend nur noch grüne und gelbe Sprenkel, und ihr wurde schwarz vor Augen, ehe sie eine warme Hand im Nacken spürte.

»Perücken-Girl, du siehst ja gar nicht gut aus«, sagte die Frau, während sie ihr half, sich auf den Beton zu setzen.

Die Sprenkel verzogen sich, und sie sah das Gesicht der Frau deutlicher. Die Extensions waren weg, und die kurzen schwarzen Haare standen in steifen kleinen Stacheln von ihrem Kopf ab. »Ich bin Janiece. Und du bist bald 'ne Mama, wenn du mich fragst.«

Das Mädchen atmete die jetzt rauchfreie Luft in langen Zügen ein und aus. »Ich bin weggelaufen«, sagte sie und stockte. Sie fand keine Worte für das, was geschehen war. Sie hatte gelogen. Sie hatte getötet. Sie hatte versucht, gut zu sein. Sie hatte versagt.

»Klar, schon kapiert«, sagte Janiece. »Hast du ein Zuhause, wo du hinkannst?«

Sie schüttelte den Kopf.

»Brauchst du Klamotten? Was zum Übernachten?«

Sie nickte.

»Musst du das loswerden?« Janiece zeigte drauf.

Kurzzeitig war sie verwirrt.

»Wem sein Kind kriegst du da, Süße?«, fragte die Frau mit etwas sanfterer Stimme.

Diesmal begann das Würgen so tief in ihr drin, dass sie dachte, es würde sie in Stücke reißen. Nur dass das ja gar nicht möglich war. Um aus Stücken zu bestehen, musste man ein *Etwas* sein.

Janiece beobachtete sie, wie sie sich aufsetzte und sich den Mund mit dem Handrücken wischte. »Na gut, was auch immer. So oder so musst du was zu futtern kriegen.«

Sie warf einen stummen Blick auf die Tafel hinter ihnen.

»Scheiße, bloß nicht«, sagte Janiece. »Rhonda ist voll nett, aber die schaut einmal auf deinen Bauch im vierten Monat und lässt dich nicht mehr aus den Fängen. Die haben ein Zimmer für dich.«

»Ein ... Zimmer?«

»Na so was, es spricht! Klar, die haben ein besonderes Zimmer mit 'nem ganz besonderen Film. Das sind *Katholiken*, alles klar? In deinem Zustand willste nicht an Katholiken geraten, Scheiße nee.«

»Sie hat gesagt, wenn ich was brauche ...«

»Ja, wenn du 'nen Vortrag drüber brauchst, wie man die Beine nicht breitmacht. Und ich sag ja nicht, dass das nicht gut für dich wär.«

»Ich brauche ...« Sie hatte das Gefühl, jedes einzelne Wort aus einem bodenlosen Brunnenschacht hochziehen zu müssen. Manchmal traf der Eimer auf Wasser, dann wieder fuhr er immer weiter hinunter und blieb in der Luft hängen.

»Ich weiß, was du brauchst, und ich kann dir gleich sagen, das kriegste nicht – nicht ohne einen Haufen Papierkram, den deine Leute zu Hause unterschrieben haben. Scheiße, wahrscheinlich hat einer von denen dir das überhaupt erst eingebrockt.«

Zu Hause.

Du bist ein Nichts.

»Komm schon. Komm mit mir mit.« Seufzend half Janiece ihr auf. »Wer auch immer das mit dir gemacht hat, soll zur Hölle fahren, denn das gibt 'nen ganz schönen Aufwand, dir das wegmachen zu lassen. Und kostet 'ne Stange Geld.« Ein Seitenblick. »Aber da reden wir später drüber.«

Sie dachte an die Hölle. Sie dachte an den Himmel. Sie dachte an das, was in ihr war, das Leben, den Herzschlag. Dann dachte sie an John David, sein Gewicht auf ihr, immer wieder. Sie war doch nicht aus dem Loch rausgeklettert. Es war in ihr drin, und es hieß Esther.

14

2002 bestieg der Felskletterer Ryan Hartley mit einem kleinen Pickel den Transco Tower. Am einunddreißigsten Stock angekommen – fast auf halber Höhe –, sprang er.

An seinem zerschmetterten Leichnam wurde ein Protestbrief gegen den Irakkrieg gefunden. Vermutlich hatte er dieses Hochhaus als ein Symbol für Houstons Öl-Boom gewählt: vierundsechzig Etagen Stahl und schwarzes Glas, in den Himmel aufragend, ein Solitär in einer Einkaufs- und Wohngegend, der höchste Wolkenkratzer, der je außerhalb eines City-Geschäftsviertels errichtet wurde. Pure Energie, die aus dem Erdinneren emporschießt, als ließe sich eine sprudelnde Ölquelle einfangen, reinigen und in ein Licht speicherndes Prisma verwandeln. Als ob irgendetwas so rein sein könnte.

Gegenüber, hinter einer Grünfläche, erhebt sich die Waterwall, ein knapp zwanzig Meter hoher hufeisenförmiger künstlicher Wasserfall; gut dreißig Zentimeter für je ein Stockwerk des Transco Tower. Einmal sind wir mit den Mädchen nach unseren Weihnachtseinkäufen in der Galleria hingegangen. Jane, damals drei, riss sich von meiner Hand los und lief zum Brunnenrand, Tom hinter ihr her. Die abenteuerlustige Jane blieb unten an der Treppe stehen und sah zur gewölbten Wand hoch. Dann, wie benommen vom Wasserrauschen, machte sie einen Schritt vor. Die Beinchen gaben unter ihr nach. Sie plumpste auf den Po und stimmte ein Geheul an.

Die fünfjährige Julie lag auf dem Betonboden, mit schräg gelegtem Kopf, um sich den gigantischen Bogen rauschenden Wassers aus sicherer Entfernung anzuschauen. Während Tom Jane auf den Arm nahm, legte ich mich neben Julie, um sehen zu können, was sie sah. Ich weiß noch, wie sie ihren warmen Kopf an meine Schläfe schmiegte, wie ihr feines Haar an meine Wange wehte. Gemeinsam lauschten wir, wie Tom Jane tröstete, kaum zu hören bei dem lauten Wasserrauschen. Das Wasser schleuderte so rasend schnell die Wand hinab, dass man die Bewegung kaum wahrnahm.

Als Julie redete, war ihr Mund ganz dicht an meinem Ohr. »Mommy«, sagte sie. »Fällt uns der Himmel auf den Kopf?«

Ich nahm mir vor, Tom später am Abend davon zu berichten, wenn die Mädchen im Bett waren, und sagte mit lauter Stimme, aus der das Wasserrauschen ein Flüstern machte: »Keine Sorge, Schätzchen, hier kann uns nichts passieren.«

Ihr tapferes kleines Lächeln spürte ich eher, als dass ich es sah.

Aus der Ferne gesehen, als Silhouetten vor der beleuchteten Waterwall und umrahmt von dem steinernen Bogengang, könnten sie ein Pärchen sein, das für Verlobungsfotos posiert: Gretchen und Maxwell umklammern jeweils die Hände des anderen, Gretchen mit anmutig durchgedrücktem Rücken gegen sein Gewicht zurückgelehnt. Dann zieht er sie ruckhaft vor wie ein Tänzer und umfängt sie mit beiden Armen, und sie verschmelzen zu einer dunklen Gestalt, die vor der angestrahlten Wasserwand hin und her tänzelt. Doch als ich über das nasse Gras, das in Brunnennähe immer matschiger wird, auf sie zugehe, sehe ich Gretchens Ellenbogen seitlich abstehen, während sie ihn von sich wegzuschieben versucht, aber er hält ihre Arme gepackt und drückt sie nach unten. Sie ringen darum, an ihre Handtasche zu kommen, deren Riemen sich im Kampf offenbar um ihren Hals geschlungen hat. Ich laufe los.

Ich vergesse immer, wie laut die Waterwall von Nahem ist, ein stampfendes Tosen, das mit jedem meiner Schritte in Tonlage und Lautstärke variiert, mal wie ein Störgeräusch im Hintergrund, dann wieder laut dröhnend. Der runde Betonplatz vor der geschwungenen Brunnenwand ist voller Sprühnebel, der den Boden tückisch glatt macht, und nachts wird das Licht gelblich von den ockerfarbenen Strahlen der Unterwasserscheinwerfer. Gerade als ich unter dem Torbogen auf den Vorplatz hinaustrete, kippeln die beiden Gestalten gefährlich, die Achse verrutscht. Gretchen stolpert über etwas auf dem Boden und stürzt so nach hinten, dass sie mit dem Kopf aufschlägt. Maxwell verliert ebenfalls das Gleichgewicht und taumelt auf sie drauf. Er rudert noch etwas mit Armen und Beinen wie ein gestrandetes Tiefseeungetüm, ehe er sich zurückzieht und die beiden Körper sich trennen. Kurz beleuchtet ein Lichtstreifen um seinen Bart ein Zähnefletschen aus animalischer Wut, bevor er ins Dunkel abtaucht und nach der Handtasche greift, die jetzt halb unter Gretchens schlaffem Körper auf dem nassen Beton liegt.

Der Mann, der mir das angetan hat. So hat sie Maxwell in der Voicemail genannt. Ich weiß weder, was er getan hat, noch, wer sie ist, aber als ich sehe, wie sich seine Hand ihrer reglosen Gestalt nähert, weiß ich, dass ich ihn aufhalten muss.

Ich werfe mich heftig nach vorn, doch da gleiten meine Schuhe auf dem nassen Beton aus, genau wie Gretchens kurz zuvor, und die Füße rutschen unter mir weg. Gerade noch rechtzeitig kann ich mich mit einer Hand abfangen und falle auf ein Schienbein, doch meine Zähne beißen beim Aufprall auf einen Millimeter Zunge, und in meinem Mund öffnet sich eine Hitzeknospe. Maxwell sieht mich und schnellt auf beide Beine hoch, immer noch in Grätschstellung über Gretchens schlaffem Körper. Als er zum Sprechen ansetzt, übertönt seine tiefe Stimme das Wasserrauschen hinter ihm, genau wie sie im Heilkreis das Stimmenmeer übertönt hat.

»Ich weiß, wonach das hier aussieht«, sagt er schnaufend. »Aber Sie wissen nicht, wozu diese junge Frau fähig ist. Sie ist gefährlich verhaltensgestört. Sie lügt. Sie ist eine Mörderin.«

»Das glaube ich Ihnen nicht«, sage ich, kann aber meine eigenen Worte nicht hören, und dass das mit dem Lügen stimmt, weiß ich.

»Sie hat mich mit Drohungen belästigt. Sie hat versucht, mich zu erpressen. Sie hat es auf mein Geld abgesehen.« Er zeigt auf eine Sporttasche, die in der Nähe zerknautscht auf dem feuchten Boden liegt. »Sie hat mich gezwungen, herzukommen, und mich bedroht. Und dann hat sie mich angegriffen.« Ich blicke auf den reglosen Körper am Boden. »Ich schwöre, es war Notwehr! Sie hat eine Pistole in der Handtasche!«

Doch das ist ein Fehler, denn jetzt lasse ich ganz bestimmt nicht zu, dass er diese Handtasche in die Finger bekommt. »Wenn sie nur an Ihr Geld will, warum sollte sie Sie dann angreifen?«

Er leckt sich die Lippen. »Wie gesagt, sie ist gestört. Ich habe Erfolg, ich helfe anderen Menschen.« Er hört sich gereizt an und wird lauter. »Solche Mädchen ertragen es nicht, wenn ...«

»Was für Mädchen?«

Er sieht mich mit gelinde überraschter Miene an. »Huren.«

Ich ziehe die Luft durch zusammengebissene Zähne ein. »So reden Sie nicht über meine Tochter«, sage ich. Und obwohl sie es nicht ist, ist sie es plötzlich doch.

Er macht einen Satz nach der Handtasche, doch ich bin vor ihm da und stoße ihn mit so viel wilder Kraft in das Brunnenbecken, dass ich im nächsten Moment in fünfzehn Zentimeter tiefem Wasser auf seiner Brust knie. Hinter mir rudern und zucken seine Beine, treten mir gegen den Rücken, den Kopf, aber ich bin überwiegend in der Luft und er überwiegend unter Wasser, was mich momentan schwerer macht. Die Knie auf seinen Schultern, spüre ich, wie er nach meinen Haaren greifen will, und denke: *Viel Glück, Arschloch*, denn die habe ich mir nach Julies Geburt kurz schneiden lassen, habe sie der Mutterschaft geopfert, zusammen mit Ohrhängern, Gemütsruhe und der Fähigkeit *mich! einen! Scheißdreck! um! sonstwen! zu! scheren! Und! eigenen! Träumen! Und! einem! Herzen! im! Leib!* Die Finger in seinem wirren Haar vergraben, schmettere ich seinen Kopf mit voller Wucht auf den Brunnenboden, wie damals, als ich mich durch die Badezimmertür geboxt habe, weil ich dachte, Julie sei auf der anderen Seite verletzt, aber das Wasser leistet zu viel Widerstand, und statt dass der Kopf aufschlägt, spritzt nur das Wasser auf, und eine Menge verrückter Schatten schießen im Rhythmus meiner Wut auf und trudeln davon.

Hinter mir durchschneidet eine Stimme das Wassertosen. »John David.« Ich höre ein Klicken, das ich aus meinen Fantasien kenne. In dem Sekundenbruchteil, in dem ich den Griff lockere, weicht er zurück und kickt mich weg, bis er aufrecht vor der Wasserwand steht. Und dann sehe ich Maxwell an, dass er wünscht, er hätte mich nicht so rasch abgeschüttelt, und ich drehe mich um und weiß nun auch, weshalb: Da steht Gretchen, die Pistole in der Hand.

Die tosende Wasserwand ist wie ein leeres Blatt, und die Pistole ist die Bleistiftspitze, die einen Millimeter darüber schwebt und uns drei unsichtbar in der Luft skizziert, ehe sie uns aufs Papier bannt.

Unsere Körper bilden die Ecken eines Dreiecks: der Mann mit erhobenen, vorgestreckten Händen, mit dem Rücken zur Brunnenwand, dem das Wasser über die Schultern strömt und auf den Nacken trommelt, sodass sein Kopf zittert vor Anstrengung, sich aufrecht zu halten. Ich auf einem Knie im Wasser, mitten im Aufstehen erstarrt. Gretchen, die steht, die Waffe auf ihn gerichtet.

»Esther«, sagt Maxwell. »Bitte.«

Ohne ihn zu beachten, wendet sie sich an mich. »Er hat recht, weißt du. Ich hatte Sex gegen Geld, öfter als ich zählen kann. Das macht mich zur Hure. Und ich hab noch viel Schlimmeres getan. Menschen, die mich liebten, angelogen und bestohlen. Sie benutzt. Und verlassen.«

»Julie«, sage ich, aus Versehen.

Sie fährt zu mir herum, und die Pistole mit. Als ich zusammenzucke, richtet sie sie wieder auf Maxwell. »Nenn mich nicht so. Mit Julie hab ich nichts mehr zu schaffen.«

Etwas bricht auf. Es fühlt sich an wie ein Stück meiner Lunge oder als würde das Brunnenwasser kochen und sich die Haut meines Fußes vom Knöchel abwärts schälen. All das ist eine Übertreibung. Eigentlich fühlt es sich eher so an, als zögen all meine Körperteile in verschiedene Richtungen davon. Als würde ich von allem verlassen, das ich je als mir zugehörig empfunden habe. Vielleicht hört das Verlassenwerden nie auf, nachdem man einmal vom wichtigsten Menschen in seinem Leben verlassen wurde. Vielleicht ist man dazu verurteilt, sogar von den eigenen Eingeweiden verlassen zu werden, oder der Fuß spaziert mit dem Oberschenkelknochen davon, warum nicht, es sind schon ganz andere Dinge passiert.

Zum Beispiel jetzt gerade, da zielt Gretchen oder Esther, oder wer auch immer sie ist, auf Maxwell und spricht Worte, die keinen Sinn ergeben:

»Ich bin zu unserem alten Haus zurückgegangen, John David. Ich hab ewig gebraucht, um es zu finden. Ich wusste nicht mehr, wie das Haus von außen aussah, aber das macht nichts, weil es nicht mehr da ist. Bloß ein leeres Grundstück, bis auf das Absperrband von der Polizei, und ein Kreuz, und ein Haufen Blumen und Teddys.« Kurze Pause. »Nachdem du mir eingeredet hast, ich hätte Charlotte umgebracht, hast du den Bunker wohl einfach zugemauert und neu angefangen. Weiß Gott, das hab ich auch versucht.« Ihr Gesicht ist schon zu nass vom Sprühnebel in der Luft, als dass ich die Tränen sehen könnte, doch ich höre ihr stoßweises Atmen. »Aber andere Leute machen sich was aus dem toten Mädchen da drin. Du solltest die ganzen Kerzen sehen. Niemand weiß, wer sie ist, aber sie tun nicht einfach so, als ob nichts gewesen wäre, und machen weiter wie vorher.« Sie tritt einen Schritt vor. »Ich auch nicht. Ich hab niemanden umgebracht. Ich bin keine dreizehn mehr, und du kannst mir nicht einreden, es wäre meine Schuld.« Sie geht noch einen Schritt vor und richtet die Pistole aus. »Das lass ich nicht zu.«

»Helfen Sie mir, Anna, bitte«, sagt Maxwell ein paar Meter links von mir.

Möglichst unauffällig sucht mein Fuß Halt auf dem Brunnenboden.

»Bleib, wo du bist!«, schreit sie.

»Okay«, sage ich. Es fühlt sich an wie eine schäumende Wand zwischen uns, von der tonnenweise Wasser herabstürzt und die ich durchstoßen muss. »Gretchen.«

Darauf reagiert sie. Ihr Kopf schnellt in meine Richtung.

»Ich weiß, wer du bist. Und ich weiß von Cal.« Nach und nach richte ich mich auf. »Ich weiß, dass es seins war. Vielleicht liebst du ihn.«

Sie sagt: »Hör auf damit.«

»Ich möchte nur, dass du dir überlegst, was du tust. Denk nach, bevor du abdrückst.«

»Ich hatte genug Zeit zum Nachdenken.«

»Ich auch«, sage ich. Jetzt stehe ich, immer noch im Wasser. Vorsichtig setze ich einen Fuß vor den anderen. »Ich glaub nicht, dass du eine Mörderin bist.«

»Ich bin ein Nichts.«

Aber nicht für mich. Im letzten Monat habe ich das Mädchen mit Nahrung und Kleidung versorgt. Ich habe ihren schluchzenden Körper auf dem Badezimmerboden in den Armen gehalten. Ich habe in Wartezimmern um ihre Genesung gebetet, obwohl ich nie bete. Jetzt kann ich sie nicht aus den Augen lassen, sonst löst sich der Schuss. Mit einem Fuß habe ich fast den Beckenrand erreicht. Mit jedem Schritt, den ich auf sie zugehe, sieht ihr Gesicht jünger aus. Ich kämpfe gegen die Wand an, ziehe die Füße durch ihren Widerstand wie durch einen reißenden Strom. »Du bist meine Tochter.«

Ich bin nahe genug, um eine Hand quer über ihre Handgelenke zu legen. Sie sind wie aus Stein, zittern nicht.

»Julie.«

Sie schüttelt den Kopf in meine Richtung. »Anna«, flüstert sie mit erschreckten Augen.

»*Mom.*« Sanft umfasse ich die Pistolenmündung, rechne jeden Moment mit knallender, brennender Hitze.

»Ich bin nicht die, für die du mich hältst«, sagt sie, so, dass ich sie eben noch hören kann.

»Wer auch immer du bist, ich liebe dich«, sage ich. Und dann halte ich die Pistole in beiden Händen und taste nach der Sicherung, langsam und vorsichtig, während ich ihr fest in die Augen sehe. »Und was auch immer er getan hat, ist es nicht wert, dir dein Leben kaputt zu machen.«

»Er hat Julie entführt.« Ihre Augen sind weit aufgesperrt und blau. »Mom. Er ist es.«

Die Worte verlangsamen alles, schieben das Tosen des Wasserfalls um ein Zentrum der Stille. Zu meinen Füßen ist die Sporttasche aufgeplatzt, und glänzende Stapel von Flyern gleiten heraus, die im Nebel feucht werden und aufklappen. Als der Wind einen wendet, sehe ich, dass es ein Kirchenblättchen ist.

Irgendwo im Zentrum der Stille schreit Maxwell: »Sie ist eine Lügnerin, Anna!«

Doch in meinen Ohren hallt noch etwas nach, das sie vor Kurzem gesagt hat. Der Bunker. Das Absperrband der Polizei. *Zu unserem alten Haus.*

»Sie kennen also meinen Namen«, sage ich zu ihm und drücke ab.

Esther

war eine Jungfrau, eine Waise, die bei ihrem Onkel Mardochai lebte. Aber Esther war zu Höherem berufen.

Eines Tages rief sie der König des Lichts in seinen Palast, denn er brauchte eine neue Gemahlin, und sie war die schönste Jungfrau im ganzen Land. Esther fürchtete sich. Sie war nur ein Mädchen und wollte sich im Palast des Lichtkönigs in ihren schmutzigen Kleidern keine Blöße geben. Doch sie erkannte die Stimme Gottes im Ruf des Lichtkönigs und wusste, dass sie dem Herrn gehorchen musste, wenn er rief. Also ging sie zum König. Er sah sie und liebte sie auf den ersten Blick, weigerte sich aber, sie anzufassen. »Deine Gewänder sind schmutzig«, sagte er. »Du sollst mein Bett nicht besudeln.«

Was geschah dann?

Esther weinte vor Scham.

Esther weinte vor Scham. Doch der König des Lichts sagte: »Weine nicht, mein Kind. Mit Gottvertrauen wirst du eines Tages reiner und schöner sein, als du dir je vorstellen kannst.« Und was dachte sie?

Sie dachte, er müsse sich täuschen.

Weil?

Weil sie unwürdig war.

Aber?

Sie zweifelte nicht am König des Lichts.

Warum?

Weil er mit der Stimme des Herrn sprach.

»Was muss ich tun?«, fragte Esther.

»Du musst ein Jahr lang mit meinen Konkubinen im Palast leben«, sagte er.

Esther hörte aus den Befehlen des Königs die Stimme des Herrn heraus und wusste, dass sie dem Herrn Gehorsam schuldete. Daher neigte sie den Kopf, ging hin und wohnte bei den Konkubinen.

Die Konkubinen badeten und parfümierten sie und flochten ihr Haar. Ein Jahr lang blieb sie unbekleidet, auf dass sie Demut erlerne. Sie lehrten sie Künste, dem König des Lichts zu Gefallen zu sein. Sie schlugen sie, wenn sie sprach, doch nie so, dass Narben zurückblieben. Sie dachte nie an Flucht, denn sie war willens, alles zu ertragen um der Liebe des Lichtkönigs willen, der ein Auserwählter des Herrn war.

Wie fühlte sie sich?

Sie fühlte sich so einsam und allein. Wie wenn sie tot wäre.

Aber?

Aber sie wusste, dass ihr Lehm für den Heiligen Geist geformt wurde.

Daher?

Daher erduldete sie alles.

Andere Jungfrauen wurden in das Frauenhaus gebracht, und sie sah sie weinen und wehklagen, und einige ergriffen die Flucht. Doch Esther vergoss ganze zwölf Monate lang nicht eine einzige Träne; und obwohl andere Jungfrauen zum Bett des Lichtkönigs gebracht wurden, wusste Esther, dass er keinen Gefallen an ihnen fand, denn sie kehrten danach in das Haus der Konkubinen zurück und wurden Sklavinnen des Königs.

Eines Tages, ein Jahr nachdem sie den König des Lichts das erste Mal erblickt hatte, rief er sie zu sich an sein Bett. Er fand einen solchen Gefallen an ihr, dass er sie zu seiner Königin erwählte, der Königin des Lichts. Und von jenem Tage an war sie die Erwählte Gottes.

Was macht sie?

Sie befolgt die Gebote des Herrn.

Wie?

Sie gehorcht ihrem König.

Wer ist ihr König?

Der König des Lichts.

Wer ist sie?

Die Königin des Lichts.

Ist sie glücklich?

An dieser Stelle hatte sie sich anfangs vertan. Zu oft. Vom ersten Mal hatte sie auf der Innenseite ihres Oberarms einen runden roten Fleck, lila angelaufen und verblasst. Die neueren waren an den Innenseiten ihrer Oberschenkel.

Aber nicht heute.

Ist sie glücklich?

Nein.

Warum ist sie nicht glücklich?

Weil es nicht der Wille des Herrn ist.

Was ist sein Wille?

Er will, dass sie gehorsam ist.

Und?

Er will, dass sie rein ist.

Und?

Er will, dass sie schön ist.

Das ist sie, Esther. Das ist sie.

Und dann schloss sie die Augen. Was jedes Mal als Nächstes kam, tat gar nicht mehr weh.

Tagsüber predigte er, und sie, seine erste Jüngerin, hielt den Korb. Sie trug ein Laken, in das sie gewickelt war, anfangs bis ganz oben und über den Kopf, wie eine Kapuze, bis er in einer Mülltonne in einer Gasse hinter einem Gebäude eine Perücke entdeckte. Von da an trug sie die Perücke. Es war eine schwarze Lockenperücke mit abstehenden Plastikkräuseln am Scheitel, und die eine Hälfte war länger als die andere, wie etwas, das es in Kostümläden in Kunststoffbeuteln zu kaufen gab. Die Haube darunter war steif und kratzig, weil sie so lange zusammengeknüllt gelegen hatte. Sie piekste sie an der Kopfhaut und roch nach Müll.

John David sagte, sie solle ihr Haar damit bedecken, das ihr fast bis zur Taille gewachsen und von Weißblond zu Goldblond nachgedunkelt war. Ihr Haar, sagte er, sei ein machtvolles Geschenk. Gott habe sie in Licht gehüllt. Sie bedeckte es, wenn sie draußen waren, damit andere sie nicht mit ihren Blicken unrein machten.

Mit der Perücke musste sie sich nicht mehr das Laken um den Kopf wickeln. Weil ihr Blickfeld nicht mehr eingeengt war, musste sie wieder lernen, nicht darauf zu achten, wie die Leute sie ansahen. Sie hielt ohnehin die meiste Zeit den Blick gesenkt. Die Worte, die John David den Passanten zuschrie, hörte sie kaum, sah nur deren Füße, wenn sie rasch an ihnen vorbeieilten. In seinen Händen ein Pappschild; zu ihren Füßen ein Korb. Wenn sie die Füße nur fest genug anstarrte und es sich wünschte, blieb manchmal ein Paar vor ihr stehen und warf Geld ins Körbchen. Davon geriet John Davids Wortschwall zwar nie ins Stocken, aber sie konnte sehen, wie zufrieden er mit ihr war.

An den besten Tagen sangen sie.

Mit dem Geld ging er aus dem Haus, von ihr weg, kam spät wieder, süßsäuerlich riechend, und fiel auf sein Bett, ohne sie in der Kammer aufzusuchen. Das gefiel ihr am allerbesten: wenn er mit ihr zufrieden war und einschlief, ohne sie anzufassen.

Sie wollte mit sich allein sein, manchmal. Und über ihre Sünden meditieren. Sie waren zahlreich.

Einmal gingen sie zur Suppenküche, doch dort wimmelte es von Männern in muffigen Mänteln und verdreckten Sweatshirts, die in ihren Augen wie wilde Tiere aussahen. Die meisten ließen sie in Ruhe, aber nicht alle. Ein Mann, der neben ihr an dem langen Tisch im Speisesaal saß, schob ihr grinsend eine Hand zwischen die Schenkel. Sie erstarrte. John David war nur kurz weggegangen, und als er wiederkam und das lüstern grinsende stoppelbärtige Gesicht sah, wusste er, was los war. Der Mann ebenso, und er zog die Hand weg, als hätte er sich verbrannt, nahm sein Tablett und verdrückte sich.

Esther schämte sich zu Tode. Später wurde sie bestraft.

Die Tafel hingegen wurde von Frauen mit Einkaufswagen und schreienden Babys aufgesucht, die bis zur Öffnungszeit draußen anstanden. Die Tafel war bloß eine Bude auf dem Parkplatz einer Kirche, unbeheizt, und die Leute, die dort arbeiteten, waren so kalt wie die Dosen mit Erbsen und Mais, die sie einem an der Ausgabe reichten. Manchmal gab es nur matschige grüne Bohnen, und wenn sie zu Hause die Dosen öffneten und die Bohnen aßen, verlangte John David von ihr hinterher, das olivgrüne salzige Wasser mit Bohnenfäden darin zu trinken, weil er es beunruhigend fand, wie hager ihre Handgelenke aus ihren Gewändern hervorschauten. Dann wieder gab es gebackene Bohnen, ihr Lieblingsessen, und kleine Dosen mit Pfirsich- und Birnenkompott. Sie bewahrte die gebogenen Blechdeckel, noch mit der

Aufziehschlaufe dran, unter ihrem Lager auf, wo sie – nicht direkt versteckt waren, aber ihr gehörten. Sie hatte keine Geheimnisse vor John David, er konnte ja doch alles sehen. Er wusste, dass die Deckel da waren, und ließ ihr großzügig ihr dunkles Geheimversteck. Während das Bett unter ihnen quietschte, dachte sie über die Ansammlung gebogener Silberflächen nach, stellte sich vor, wie sie an den steilen Hängen Schlittschuh lief, von einem zum anderen sprang oder sogar mit ihnen segelte wie in kleinen Booten, und dann verwandelten sich die Boote in schwankende Blütenblätter auf einem Teich, ehe sie eine Schrecksekunde lang wieder Metall wurden und quietschend gegeneinanderkratzten. Dann war alles still, und er war weg.

Eines Morgens kam John David nicht die Treppe runter, um sie zu holen.

Esther wartete ängstlich im Bett. Am Morgen durfte sie das Bett erst verlassen, wenn er es ihr befahl. Sie fürchtete, wenn sie jetzt vom Bett aufstand, würde er wiederkommen und sie schlagen. Oder, noch schlimmer, überhaupt nie wiederkommen. Womöglich war es eine Prüfung.

Vielleicht hatte er seine Gründe, sie nicht aus dem Bett zu lassen. Vielleicht war der Fußboden eine Todesfalle.

Sie dachte an die Deckel unter dem Bett. Die würden nicht zulassen, dass der Boden sie tötete.

Sie horchte. Sie wartete.

Später, als sie unzählige Male eingeschlafen und wieder aufgewacht war, knurrte ihr der Magen zu laut, als dass sie es noch überhören konnte. Es war wie eine leere Höhle in ihr drin. Sie stand auf, trat gedankenlos auf den Boden, registrierte, dass der sie nicht mit einem Stromschlag getötet hatte, dankte den Dosendeckeln und ging nach oben. Auf der Arbeitsplatte stand nur eine Dose Mais in Sahnesoße. Sie öffnete sie und aß den Inhalt. Die süße Stärke schoss ihr direkt ins Blut; eine Zeit lang fühlte sich ihr Hirn sauerstoffgesättigt an, prickelnd.

»Wo bist du?«, traute sie sich laut zu fragen, auch deshalb, weil sie wusste, dass er nicht da war und nicht antworten würde. Sie tastete nach dem Gefühl seiner Allmacht, bekam es aber nicht zu fassen und spürte, dass er nicht nur weg war, sondern sie auch nicht mehr beobachtete. Von dem Gedanken wurde ihr kalt, und sie fröstelte.

Am dritten Tag ging Esther allein zur Tafel. Es war das Mutigste, was sie je getan hatte, aber sie kannte den Weg. Sie hielt den Kopf so gut es ging gesenkt und hatte sich einen Schal um die Perücke gebunden – *ein Kopftuch*, dachte sie, ein Wort, das aus einer früheren Lebensphase an die Oberfläche drang, wie es ihr in letzter Zeit manchmal mit Wörtern ging. Sie stellte sich an.

Die Frauen in der Schlange starrten sie an. Eine ältere Frau mit Kopftuch wie sie lehnte sich auf einen Einkaufswagen, den sie über den holprigen Parkplatz hergeschoben hatte. Eine sehr große Frau mit kurzem, engem Rock und langer blonder Perücke warf ihr verstohlene Blicke zu. Eine zappelige Drogensüchtige unbestimmten Alters mit langen fettigen braunen Haaren starrte sie kurz ungeniert an und sah gleich wieder weg.

Eine Frau mit Haarverlängerungen wandte sich von der Essensausgabe ab und ging die Schlange entlang zurück, summte und schwenkte eine Plastikeinkaufstasche, in der die Konservendosen schepperten. Oben auf dem Stapel rasselte eine Schachtel Tiercracker. Esther spürte, wie sie näher kam und dabei von allen anderen beachtet wurde. Sie brauchte etwas zu essen.

»Süße, wo steckt dein Freund heute?«, fragte die Frau.

Esther hielt den Kopf gesenkt.

»Ich hab gesagt, wo steckt dein Freund?«, wiederholte die Frau. »Er ist doch ein Freund von dir, oder?«

Die anderen taten so, als hörten sie nicht hin, nur die zappelige Frau vor ihr, bei der wüste rote Flecken aus den offenen Manschetten des übergroßen Hemds hervorschauten, scherte sich als Einzige wirklich nicht um den Wortwechsel. Esther spürte, wie die Spannung stieg. Eine weitere Frau schlurfte vom Ausgabeschalter weg, ihre Dosen in einer Windjacke mit zusammengeknoteten Ärmeln verstaut. Jetzt war nur noch eine Frau vor ihr in der Schlange. Sie hielt den Atem an.

»Hey, Süße, ich rede mit dir. Was ist das für'n Typ, der immer mit dir zusammen hier war?«

Sie musste etwas sagen. »Das ist mein Dad«, flüsterte sie mit gesenktem Kopf.

»M-hm. Wohin ist der denn abgehauen?«, kam es wie aus der Pistole geschossen zurück.

Noch ein Wort stieg in Esthers Bewusstsein hoch und kam geflüstert aus ihrem Mund: »Waschsalon.« Sie zeigte nach rechts, wie auf etwas, das um die Ecke lag, höchstens ein paar Blocks weiter weg.

»Aha.« Die Frau musterte sie von Kopf bis Fuß, ihr schmutziges weißes Laken und die Turnschuhe, bei denen sich an den Kappen die Sohlen lösten, bis ihr Blick an der Perücke hängen blieb. »Weiß deine Mama, wo du steckst?«, erkundigte sie sich.

Ohne zu zögern antwortete Esther, den Blick weiter auf den Boden geheftet: »Die ist tot.«

»A-ha.« Die Frau taxierte sie abschätzig.

»Lass sie in Ruhe, Janiece«, sagte die große Blonde, die auf ihren High Heels kippelte, mit tiefer, kehliger Stimme. »Das ist irgend so'n Sorgerechtsscheiß.«

Die Frau, die Janiece hieß, blaffte sie an: »Mütter gehören zu ihren Töchtern. Vor allem, wenn der Vater *ungeeignet* ist.« Das vorletzte Wort betonte sie mit Pausen zwischen den Silben, mit einem vielsagenden Blick auf die High Heels und sehnigen bloßen Beine der Blonden.

»Leck mich, J«, sagte die Blonde und seufzte. »Außerdem, was weißt du schon, ihre Mama könnte noch schlimmer sein. Bei mir war's jedenfalls so.«

Die beiden kabbelten sich weiter, doch mittlerweile schlurfte die Fixerin von der Schlange weg, die ausgebeulte Jeans und die Tasche ihres Flanellhemds mit Dosen beladen, und Esther trat rasch vor. Alle Würstchendosen waren weg, doch es gab eine Dose mit Kichererbsen und eine mit gebackenen Bohnen, und sie zeigte wortlos auf beide. Hinter dem Schalter stand eine ältere Frau, die oft dort arbeitete. Mit ausdruckslosem Gesicht schob sie ihr außerdem noch eine Dose Pfirsiche zu. »Hier«, sagte sie, »die hab ich für dich aufgehoben. Sag mir Bescheid, wenn du irgendwas brauchst.«

Esther konnte sich nicht überwinden zu nicken, falls er sie von irgendwo in der Nähe beobachtete, sie auf die Probe stellte. Aber sie sah der Frau ganz kurz in die Augen und versuchte, ihr mit angedeutetem Lächeln für die Pfirsiche zu danken. Als sie sich abwandte, war diese Janiece weg, und die große Blonde grummelte mit verschränkten Armen vor sich hin. Die Fixerin zockelte in Schlangenlinien über den Bürgersteig davon. Plötzlich legte sie den Kopf in den Nacken, formte mit beiden Händen einen Trichter und krähte zum Himmel.

Esther eilte nach Hause, wobei sie sich mit den Turnschuhen im verhedderten Laken verfing. Sie fragte sich, ob John David wohl merkte, dass sie das Haus verlassen hatte, und wenn, wie er sie bestrafen würde. Wenn er sie auf die Probe gestellt hatte, hatte sie versagt. Esther dachte an Abraham in der Bibel, wie er seinen Sohn Isaak gefesselt und das erhobene Messer in der Morgensonne geglänzt hatte – so hatte John David es ihr erzählt. Auch Gott hatte seinen Sohn Jesus geopfert. Immer Söhne, nie Töchter. Waren Töchter zu wichtig? Oder genau umgekehrt?

Sie ging in die Küche, aß, stieg die Treppe nach unten und legte sich auf ihr Bett, um weitere Anweisungen abzuwarten.

Vom Bett aus hörte sie das Knarren der Haustür und zwei Paar Füße, die oben durch die Küche gingen. John Davids Stimme hätte sie anfangs fast nicht erkannt; die Tonlage war höher und erinnerte sie an jemand anderen, den sie vor langer Zeit gekannt hatte, einen Mann mit Gitarre. Er unterhielt sich mit einer zweiten Stimme, und auch wenn sie die Worte nicht verstand, klang es jedenfalls freundlich.

Die zweite Stimme gehörte zu einem Mädchen mit schweren Schritten. Ein Stuhl scharrte quietschend über den Boden, gefolgt von einem Quieken vor Schmerz und lautem Auflachen. Wer auch immer das war, sie war tollpatschig.

»Esther!«, rief er die Treppe hinunter. »Esther, komm rauf!«

Sie warf einen Blick auf die Perücke, auf das Laken, das am Fußende des Bettes hing. Als könnte er sie sehen, rief er: »Wir gehen nicht raus, du kannst deine Schuhe und so weiter unten lassen. Komm einfach rauf, ich will dir jemanden vorstellen.«

Jemanden vorstellen. Argwöhnisch ging sie in ihrem Schlafshirt die Treppe hoch. Ein junges Mädchen, vielleicht etwas jünger als Esther, stand neben John David in der Küche. Sie war klein, mit schwarz gefärbten Haaren, die zu zotteligen Rattenschwänzen gebunden waren, und trug ein schwarzes T-Shirt und einen kurzen schwarzen Ballonrock, der den Blick auf schmutzige weiße Beine über verwaschenen Regenbogensöckchen freigab.

»Esther, das hier ist Charlotte«, sagte John David.

Erschrocken stellte sie fest, dass er sich den Bart abrasiert hatte. In ihrem Kopf blitzte die Erinnerung an eine Gitarre mit besticktem Gurt auf, an einen Raum mit Postern an den Wänden. Seine Haut, die unter dem Bart versteckt gewesen war, sah blassrosa und genoppt aus, wie Hühnerhaut, der Mund klein und schmallippig; über dem Adamsapfel war ein winziger Schnitt.

Obgleich Esther den Blick gesenkt hielt, merkte sie, dass Charlotte sie anstarrte, und geriet in Verlegenheit über ihr Aussehen: ein Schlafshirt über Jeans, die er aus einem Müllcontainer geklaut hatte, dreckige bloße Füße, die aus dem zerfransten Saum hervorschauten. Sie fragte sich, ob das Schlafshirt wohl stank. Hier war es nie gewaschen worden.

»Charlotte, Esther ist meine Nichte. Sie ist für ein paar Tage bei mir abgestiegen.« Wieder diese Stimme, der altneue John David, der sie an eine andere Person erinnerte, eine, die sie vor langer Zeit mal gewesen war. Er wandte sich zu Esther um und sprach sie mit dieser schmeichelnden, freundlichen Stimme an, bei der sie sich am liebsten die Ohren zuhalten und laut lossingen wollte, um sie nicht hören zu müssen. Doch sie konnte sich beherrschen. »Esther, kann Charlotte mal eben an deinem Computer ihre Mails checken? Sie ist ziemlich weit weg von zu Hause und wäre dir wirklich sehr dankbar.«

Esther hatte zwar keinen Computer, wusste aber, was von ihr erwartet wurde. Sie nickte, ohne aufzuschauen.

»Super. Ich bring sie rasch nach unten und zeige ihr alles in deinem Zimmer. Macht es dir was aus, solange hier oben zu bleiben?«

Esther schüttelte den Kopf und gab die Tür frei. Als sie an ihr vorübergingen, sagte Charlotte: »Danke.« Esther schaute rasch zu ihr hoch und sah ganz kurz braune Augen mit einem Schimmer Grün oder Gold tief drin. Sie machte Anstalten, Charlotte am Arm zu packen.

Doch da hatte die schon die schmale Tür entdeckt, die nach unten führte. »Boah, ist das wie so'n Geheimgang oder so?«, fragte sie.

»Atombunker«, sagte John David, der sich hinter ihr hielt.

»Wahnsinn!«

»Das Haus hier hat meinen Großeltern gehört«, sagte er. »Mein Großvater war Kampfflieger im Pazifik. Er wurde '61 von der NASA angeworben. Sie hätten in ein großes Haus in Clear Lake umziehen können. Aber meine Großmutter hat geglaubt, der Kalte Krieg würde in einer Atomkatastrophe enden. Sie hat geglaubt, Jesus wollte die Menschheit geißeln.« Seine Stimme hörte sich weit weg an. »Sie hat ihn überredet, hier einen Bunker zu bauen.«

»Voll abgefahren«, sagte Charlotte bewundernd.

Es war wirklich abgefahren. Esther hatte noch nie davon gehört. Der Gedanke an John Davids Großeltern ließ ihn plötzlich in einem sehr gewöhnlichen Licht erscheinen.

»Auf Meereshöhe kann man zwar keinen Keller haben, aber sich mit etwa zehn Tonnen Beton einen Atombunker bauen.«

Die Wörter purzelten durch ihren Kopf, eine Geschichtsstunde, mal eben gehalten, als stünde der Mann, der da sprach, nicht über der Geschichte, als wäre er nicht göttlich. Als wäre er einfach nur ein Mann, der in einem Haus wohnte.

»Deine Nichte hat echt Megaglück. Das ist ja mal das coolste Zimmer überhaupt.« Charlottes Stimme wanderte mit ihren Schritten die Treppe hinunter. Erst als die beiden im Dunkeln verschwanden, begriff Esther, was geschehen würde.

Erst da begriff sie, dass es mit ihr geschehen war.

Sie rollte sich auf dem Sofa zusammen und hielt sich mit beiden Händen die Ohren zu, hörte es aber immer noch. Nicht die Worte, sondern wie Charlottes Stimme höher und schriller wurde, dann ein dumpfer Schlag und noch einer, etwas, das scheppernd auf den Betonboden des Kellers fiel, gedämpfte Schreie, das Geräusch von Schuhen, die über den Boden rutschten, als suchten sie Halt. Kurze Stille. Etwas Schweres, das geschleift wurde. Und dann eine Art ruckelndes Knattern, das ihr rasch bekannt vorkam: das Geräusch von Klebeband, das von einer Rolle gerissen wurde.

Erschöpft kam John David die Treppe hoch und ließ ein Kleiderbündel auf den Küchenboden fallen. An der Spüle füllte er einen Plastikeimer mit Wasser und reichte ihn Esther. »Bade sie«, sagte er.

Die Konkubinen badeten und parfümierten sie und flochten ihr Haar.

Der Schwamm war ein neuer blauer Spülschwamm, mit einer weichen und einer kratzigen Seite. Der Eimer war schwerer als erwartet und schwankte etwas, als sie ihn nahm, sodass ein wenig Wasser auf seine Schuhe schwappte.

Er ging zum Sofa und legte sich hin. Die körperliche Anstrengung hatte ihm zugesetzt, die fiebrige Energie verbraucht, die er sonst ständig versprühte und die in Wellen von ihm auszugehen schien. Wie er so mit geschlossenen Augen dalag, wirkte er kleiner. Sie machte einen Schritt auf ihn zu, doch er hielt sich den Unterarm über die Augen und drehte sich zur Rückenlehne um. Und schon schnarchte er.

Sie fragte sich, was er wohl immer hier oben tat, wenn sie unten in ihrer Kammer zitterte. Auf dem Sofa ein Nickerchen machen? Sich ein Brot schmieren? Bei der Vorstellung graute ihr. Sie wandte sich um und ging zur Tür an der Treppe, stieg über den Kleiderhaufen, lieblos hingepfeffert wie eine ausrangierte Puppe. Obenauf lag das schwarze T-Shirt, gewendet und verdreht, sodass das Bild vorne bloß ein klobiger Umriss war, der den Stoff wellte, die Buchstaben am Rücken spiegelverkehrt und unleserlich. Sie stieg die Treppe hinunter.

Noch bevor sie Charlotte sah, roch sie sie; sie hatte sich angepinkelt. Dann gewöhnten sich ihre Augen an die Dunkelheit, und allmählich wuchs ein weißer Schimmer und nahm die Form eines Rumpfes an. Charlotte lag nackt auf dem Boden. Ihre Hände waren mit Klebeband hinter dem Rücken gefesselt, die Waden zu einer kompakten Silbersäule zusammengeklebt, sodass es in dem schwachen Licht aussah, als wären ihre Beine unterhalb der Knie amputiert; ihre weißen Füße lagen wie ein Paar Turnschuhe in der Nähe. Ein Stück Panzerband war fest auf die untere Hälfte ihres kleinen runden Gesichts gepappt, kleine Wölbungen zeigten die Lippen an. Ihre Augen waren geschlossen.

Die Konkubinen badeten und parfümierten sie und flochten ihr Haar.

Esther kniete sich auf den kalten Beton. Sie stellte Eimer und Schwamm neben sich ab und wartete.

Es war zu viel. Sie wollte die Treppe wieder hochgehen und John David sagen, dass sie es nicht tun konnte.

Esther robbte auf beiden Knien auf den Körper zu, versuchte, nicht hinzusehen, und spürte, wie ihr Tränen in die Augen traten. Sie streckte eine Hand aus, näherte sich der Stelle unter den Rippen, wo sich vier rote Wutkreise auf dem weichen weißen Bauch abzeichneten, und zuckte wieder zurück. Sie nahm den Schwamm und tauchte ihn ins Wasser, das anfangs noch lauwarm gewesen, mittlerweile aber fast kalt war. Ganz sachte benetzte sie die Prellungen auf der weißen Haut mit einer feuchten, weichen Ecke des Schwamms, als könnte das kalte Wasser sie abwaschen.

Das Mädchen riss die Augen auf.

Esther wich kreischend zurück.

Charlotte, die nicht schreien konnte, stöhnte ins Klebeband und hob den Kopf an, nur um ihn wie wild vor- und zurückzuschütteln, sodass sich Strähnen ihrer zu schwarzen Haare aus den Rattenschwänzen lösten und ihr vor die Augen flogen, die das Weiße zeigten. Sie rollte sich auf eine Schulter und stieß die gefesselten Beine so lange vor und zurück, bis sie es schaffte, Esther von der Seite fest gegen ein Knie zu treten.

Esther stöhnte auf. Durch die Wucht des Tritts war Charlotte nach hinten gekippt und mit dem Kopf auf dem Beton aufgeschlagen. Jetzt lag sie still.

Esther hob den Schwamm auf, der im Handgemenge dicht neben ihren Füßen gelandet war. »Ich bade dich bloß«, versicherte sie Charlotte. »Es tut nicht weh.«

Die Konkubinen badeten und parfümierten sie und flochten ihr Haar.

»Ich muss dich baden«, sagte sie. »Du musst gereinigt werden.«

Das Mädchen bewegte wieder die Beine, diesmal jedoch langsam, wie erschöpft von ihrem anfänglichen Wutausbruch, stemmte die Füße gegen den Boden, um sich herumzuschieben, ließ den Kopf aber schlaff liegen. Immer noch flach auf dem Boden, drehte sie sich zentimeterweise im Uhrzeigersinn wie ein dicker weißer Goldfisch in einem Koi-Teich. Alle ein, zwei Minuten unterbrach sie sich und lag kurz still, ehe sie wieder anfing. Als sie von Esther abgewandt war, hörte sie auf und blieb ganz still liegen.

Esther stand auf, ging um Charlotte herum, bis sie ihr Gesicht sehen konnte, und fragte sich, ob sich Charlotte wieder zentimeterweise zurückdrehen würde, um ihr zu entkommen. Doch die hielt den Blick auf etwas gerichtet.

Esther kniete nieder, legte ihren Kopf in die Nähe von Charlottes und folgte ihrem Blick. Da sah sie sie. Die Deckel, aufgerollt auf dem Boden, als versteckten sie sich unter dem Bett.

Nein, wie Abfall.

Sie rochen nach Abfall. Der ganze Raum roch danach, es stank ekelerregend süßlich, was Esther zuvor noch nie aufgefallen war. Sie hatte auf einem Bett aus Müll geschlafen. Ihr wurde übel. Sie sah sich in der engen fensterlosen Kammer um. Kein Keller. Auf Meereshöhe kann man keinen Keller haben. Sondern ein Gefängnis. Eine Folterkammer.

Das Bett mit der zerschlissenen Decke. Ihre ganze Welt, so klein.

Als sie wieder Charlotte ansah, war ihr klar, dass die nicht hierher gehörte. Sie würde sich nie in solche Umstände fügen. Sondern alles zerstören, wie sie es schon getan hatte. Sie hatte die Kammer auf den Kopf gestellt, sie irgendwie verändert, wie das gewendete T-Shirt. Fast konnte Esther durch den dünnen Stoff ihrer Wirklichkeit eine Botschaft entziffern, doch die Buchstaben waren spiegelverkehrt und ergaben keinen Sinn. Sie musste alles zurechtrücken.

Sie musste Charlotte loswerden und wusste auch, wie. Zwar wäre es eine Sünde, aber John David hatte ihr schließlich oft genug gesagt, dass sie eine Sünderin war.

Esther schlich sich die Treppe hoch. John David lag still auf dem Sofa, und sie staunte, wie friedlich er aussah. Mit seinem frisch rasierten Gesicht und ohne so wie sonst über ihr aufzuragen, wirkte er eher wie ein Junge als wie ein Mann. Da, genau wie sie sich erinnerte, war die winzige rote Stelle an seinem Adamsapfel, wo er sich beim Rasieren geschnitten hatte.

Er hatte sich *geschnitten*.

Es musste einen Rasierer im Haus geben.

Es lag nahe, im Bad nachzusehen, das von John Davids Schlafzimmer abging, doch das hatte sie noch nie betreten. Alle Schlafzimmer waren verboten, daher wurde ihr schon beim Betreten des dunklen Flurs, der einen Knick machte, ganz mulmig. Sie kannte nur die Küche und den Bunker, durfte hier oben allerdings auch das Gäste-WC statt der winzigen Metalltoilette im Bunker benutzen, für die man das Wasser im Eimer anschleppen musste. Als sie in die Zimmer spähte, die vom hinteren Flur abgingen, dämmerte ihr, dass es ein völlig normales, sogar ganz gemütliches Haus war. Die Betten waren gemacht, mit Bettwäsche und Tagesdecken. Es gab Lampen, petrolfarbene Teppichböden und Tapeten – ein Zimmer mit Blümchenmuster, eins mit Goldranken. Im unbenutzten Zimmer standen ein Bronzehirsch und eine Schachtel Kosmetiktücher mit gehäkeltem Überzug und daruntergenähtem Deckchen auf dem Nachttisch. Das oberste weiße Kosmetiktuch war von einer Staubschicht bedeckt, und ein paar Spinnwebfäden schwebten in der stillen Luft.

John Davids Schlafzimmer sah ganz ähnlich aus. Sie hatte ihn sich immer auf einer Art Pritsche vorgestellt, doch er schlief in einem Doppelbett unter einem Landschaftsgemälde, irgendeine Prärie mit Bergen, das genaue Gegenteil von Houston.

Die Kosmetikschränke im Bad enthielten noch Großeltern-Krimskrams: Halb leere Behälter in unterschiedlichen Stadien von Klebrigkeit. Pipettenfläschchen mit Ohren- und Augentropfen. Silberne Blisterpackungen mit alten verblassten Tabletten. Plastikpillendöschen mit aufgedruckten Wochentagen. Nichts Brauchbares.

Als sie schon gehen wollte, fiel ihr Blick auf etwas anderes: einen Abfalleimer hinter der Tür. Unter einem Haufen Kosmetiktücher und verschlungener Zahnseide erspähte sie gerade noch einen schlimmen Glanz.

Sie blickte auf Charlotte hinab, in deren Augen die Tränen schwammen; ihre mit Augenbrauenstift nachgezogenen Brauen waren in der Mitte steil nach oben gezogen, das Kinn eingedrückt unter dem Klebeband. Esther legte einen Finger an die Lippen. »Psst«, warnte sie sie.

Dann riss sie das Klebeband ab.

Sie starrten sich an.

Charlottes Augen waren so groß, dass der Rest ihres Gesichts kurz dahinter verschwand und Esther das Gefühl hatte, in einen Spiegel zu schauen, in ihre eigenen Augen, vom Rest ihres Körpers losgelöst. Esther zog ein Knäuel gebrauchte Kosmetiktücher aus der Hosentasche und wickelte sie vorsichtig auseinander, bis sie die Rasierklinge in Händen spürte: ein kleines, schlimmes Ding. Eine Sünde.

Sie zeigte Charlotte die Klinge und sagte: »Halt still.« Das Klebeband um Charlottes Handgelenke hatte sich ziehharmonikaartig zu dicken, schweißstarrenden Falten aufgeschoben. Während sie es zersägte, spürte sie den ganzen Widerstand des Mädchens – gegen John David, gegen das Loch, in dem sie steckten, selbst gegen sie, Esther. In Charlottes Handgelenken baute sich Spannung auf. Sie hatte sich gegen John David gewehrt. Sie würde sich gegen jeden wehren und nie aufgeben.

Julie, diese wertlose Hure, hatte sich kampflos niedergelegt.

Die Namen, die Esther in den Sinn kamen, überschlugen sich in ihrem Kopf und verwirrten sie. Jeder Schnitt der Klinge durchs Klebeband befreite sie etwas mehr – obwohl, wen eigentlich? Charlotte? Esther? Oder das andere Mädchen? Sie schnitt immer weiter, hörte das leise protestierende Kreischen des Bandes an der lachhaft kleinen Klinge, während sie geduldig damit hin und her säbelte. Das dicke Band heftete sich an die Klinge und verbog sie, sodass sie immer mal wieder aufhören und sie mit einem kleinen schmatzenden Geräusch lospflücken musste. Nach einer Ewigkeit waren die letzten Fasern auf einer Seite der dicken

Panzerbandmanschette durchtrennt. Charlotte riss sich von ihr los und zerrte ihre Arme so heftig auseinander, dass sich die Haut weiß und rot dehnte, bis sie einen von beiden losbekommen hatte. Dafür, dass sie so kurz und dünn waren, waren ihre Arme überraschend kräftig, aber Esther wusste, dass sie schmerzen mussten, nachdem sie mit Klebeband auf dem Rücken gefesselt gewesen waren.

Charlotte war das tapferste, stärkste Mädchen, das sie je gesehen hatte. Esther kamen die Tränen, und sie wand sich aus ihrem Schlafshirt, so, dass es richtig herum blieb, während sie es sich über den Kopf zog.

»Hier«, sagte sie.

Charlotte nahm ihr das warme Shirt direkt aus der Hand und schlüpfte hinein, ohne auch nur einen Blick auf Esther zu werfen. Dann streckte sie die Hand nach der Rasierklinge aus und hackte damit auf das Klebeband um ihre Schienbeine ein. Esther griff sich das Laken vom Fußende ihres Bettes, wickelte es sich um Rumpf und Schultern und steckte es unter den Armen fest. Ein Laken hatte sie schon oft genug getragen.

»Hilfst du mir mal? Mach das hier ab«, sagte Charlotte, und Esther schälte die feuchten Lagen zerhackten Klebebands von Charlottes Waden, während diese das Band weiter mit der Rasierklinge bearbeitete. »Okay«, sagte Charlotte. »Scheiße, ich seh zu, dass ich hier abhau. Du hilfst mir dabei, oder ich schlitz dich mit der hier auf.« Sie hielt die Rasierklinge hoch. »Kapiert?«

Esther nickte lächelnd. Sie wusste, Charlotte würde ihr nicht wirklich wehtun.

»Wie heißt du?«, fragte Charlotte.

»Esther.«

»Ist das dein richtiger Name?«

Während Esther noch darüber nachdachte, machte Charlotte mit der Arbeit an ihren Knien weiter. »Der Typ ist ein kranker Wichser«, sagte Charlotte. »Los, sag mir deinen richtigen Namen.«

»Ich heiße Esther.«

»Esther? Als ob«, sagte Charlotte und zog die Klinge ruckhaft durch den letzten Strang Klebeband. Als sie sich das Band von den Beinen pulte und aufstand, fiel die Klinge zu Boden. Ein winziger Stoß von Charlottes Fuß ließ sie leicht wie ein Blatt wegrutschen. An einem Hubbel im Beton blieb sie hängen und drehte sich kurz im Kreis, ehe sie zum Stillstand kam. »Komm schon. Schau mal, du hast mir doch geholfen. Du traust dich was. Wir kommen hier raus. Also, wie heißt du?«

Julie wollte antworten, doch Charlotte sah sie nicht mehr an. Sondern blickte auf etwas anderes, direkt hinter ihr, und riss den Mund auf.

15

Im Besuchsraum im Harris-County-Gefängnis herrscht ein höllischer Lärm; es gibt keine Hörer, mit denen man sich durch die Plexiglastrennscheiben unterhalten könnte, und die eingebauten Lautsprecher funktionieren kaum, sodass Dutzende Besucher, etliche davon mit Kindern im Schlepptau, gezwungen sind, durch die Scheiben zu schreien. Nach Toms erstem Besuch sage ich ihm, er soll nicht wiederkommen und Julie um Himmels willen bitte schön auch nicht herkommen lassen.

Stattdessen telefoniere ich mit Jane. Einmal täglich morgens rufe ich sie zu horrenden Gefängniskosten auf ihrem Handy an und höre ihr zu, bis meine Viertelstunde um ist und der Anruf automatisch beendet wird. Sie klingt erstaunlich normal – erzählt mir von ihrem Make-up-Ferienkurs, klagt, dass sie ihre Seminararbeiten noch fertigschreiben muss, überlegt, ob sie einem Kickball-Verein beitreten soll. Als hätte mein Vergehen eine Schleuse in ihr geöffnet, und sie könne mit all den vielen Mitteilungen nicht an sich halten, die ich ihr zuvor einzeln aus der Nase ziehen musste. Ich erfahre in aller Ausführlichkeit von einem Leben, das sich hinter der rebellischen Fassade, etwa gestützt durch Haarfarbe, als herrlich alltäglich entpuppt. Ihre Selbstfindung in Bezug zu einer Person, die nie da und deshalb immer vollkommen war, hat Jane zuvor stark verunsichert. Jetzt, mit einer leibhaftig vorhandenen Schwester, an der sie sich messen kann, braucht sie die großen Gesten offenbar nicht mehr. Nach meinem Eindruck blüht sie regelrecht auf.

Das Zuhören ist ein wenig anstrengend, doch sie vergilt mir die jahrelange Vernachlässigung, indem sie mir keine persönlichen Fragen stellt, nicht einmal ein *Wie geht's dir?*, und ich weiß das zu schätzen. Auch zu Julie fragt sie mich nichts, aber Tom sagt, dass die beiden sich regelmäßig mailen.

(»Natürlich hab ich gewusst, dass sie es war«, gab Jane zur Antwort, als ich mich endlich zu fragen traute, in einem Tonfall, der besagen sollte, dass ich keine schlechte Mutter war, nur dumm. Als ich sie daran erinnerte, dass sie mich schließlich auf Julies Lüge mit dem Handy hingewiesen hatte, sagte sie: »Na und, was macht das für einen Unterschied? Ich lüge andauernd und bin trotzdem noch ich selber.«)

Ein winziges, einsames Stückchen von mir ärgert sich, dass Jane nicht angeboten hat, nach Hause zu kommen, doch ich bin lange Tage in mich gegangen und zu dem Schluss gelangt, dass sie wartet, bis ich sie frage, und solange ich mich noch vor einem möglichen Nein fürchte, sind wir in einer Pattsituation.

Einstweilen kann ich nicht behaupten, ich fände keinen Gefallen daran, so ein bisschen indirekt über Jane an ihrem Leben teilzuhaben. Wie aufregend, wenn man an seine Fähigkeit glaubt, allen fremden Erwartungen die Stirn zu bieten, selbst während man sie – ein Klischee nach dem anderen – erfüllt. Ich habe mein ganzes Leben überall Ausschau gehalten und mich doch immer nur von den eingefahrenen Gleisen meiner eigenen Gedanken und Verhaltensmuster einschränken lassen. Vielleicht ist es eine Nebenwirkung vom Studium der Romantiker, dieser Originalitätsfetischisten, die ungewollt Plattitüden zum Hausgebrauch für die nächsten zwei Jahrhunderte erfunden haben. Vielleicht kann ich deswegen nicht normal auf Menschen eingehen, die mich lieben und die ich liebe. Aber bei Jane versuche ich es. Ich höre ihr zu, ich sehe bildlich vor mir, wie ein nasser Kickball auf einem Spielfeld gegen einen Schuh prallt, und am Ende jedes Telefongesprächs lastet die schäbige, neonbeleuchtete Gefängniszelle noch ein wenig schwerer auf meinen Schultern.

Es gab Zeugen: ein Teenagerpärchen, das in der Nacht über den Rasen angeschlendert kam, um am beleuchteten Wasserfall herumzuknutschen. Der junge Mann, der vorbestraft ist, scheut den Zeugenstand, aber die junge Frau wird aussagen, dass sie aus ihrer Perspektive Julie und mich zwar nicht sehen konnte, das Opfer aber in der Brunnenbeleuchtung gut zu erkennen war, ein Mann, der mit erhobenen Händen um sein Leben flehte. Sie hörte einen Schuss und sah ihn ins Wasser sinken, wählte aber nicht den Notruf.

Das war ich.

Wie es der Zufall will, wurde unserem Fall von großem öffentlichen Interesse eine Exstaatsanwältin als Richterin zugewiesen, die dafür berüchtigt ist, ihre Fälle bei Revisionen bis zur obersten Berufungsinstanz durchzuboxen, sich auf die Seite der Staatsanwaltschaft zu schlagen und denen selbst Belastungszeugen gegen Angeklagte in die Hände zu spielen, die sie bereits verurteilt hat. Außerdem äußert sie sich gern über ihre Beziehung zu Jesus Christus, und ich gehe garantiert recht in der Annahme, dass Chuck Maxwell für ihre Wahlkampagne gespendet hat. Die Vorstellung einer gottlosen Geisteswissenschaftlerin, die im County-Gefängnis, wo es bekanntermaßen nicht eben zimperlich zugeht, vor sich hin schmort und so lange von ihren Zellengenossinnen weichgeklopft wird, bis sie einem Deal mit der Anklage zustimmt, muss Richterin Crofford ebenso zusagen wie den Staatsanwälten, die einen Antrag nach dem anderen stellen, um meine Kautionsverhandlung zu verschleppen. Dazu ist ihnen jeder Vorwand recht, angefangen beim Videomaterial, wie Julie Maxwell etwas ins Ohr flüstert, bis hin zum Anheizen öffentlicher Empörung über diesen Angriff auf eine Stütze der Gesellschaft.

Stimmt zwar, das Gefängnis ist dreckig, überfüllt, demütigend und unsäglich langweilig – man kann nicht angerufen werden, eingehende Briefe dürfen eine bestimmte Länge nicht überschreiten und werden streng zensiert, und das offizielle Verfahren, ein einzelnes Buch genehmigt und beim Verlag bestellt zu bekommen, kann Monate dauern. Ich würde Gott weiß was geben für Lesestoff, der mich von der trostlosen Umgebung ablenkt. Aber wenn Crofford von meinen Mithäftlingen erwartet, dass sie mich schikanieren, ist sie schiefgewickelt. Die Frauen lassen mich in Ruhe. Unter ihnen muss sich ziemlich schnell herumgesprochen haben, dass ich den Mann niedergeschossen habe, der meine Tochter entführt und vergewaltigt hat.

Jedenfalls haben sie dieses Gerücht gehört. Es zu beweisen, wird natürlich sehr viel schwieriger, und meine Notwehr-Verteidigung beruht darauf. Im Verhörraum der Polizei habe ich sie gebeten, seine DNA mit dem Tatort im Bunker in River Oaks abzugleichen, und mein einziges Telefonat dafür verbraucht, Alex Mercado eine Nachricht zu hinterlassen. Zugegeben, auch wenn ich die Ähnlichkeit in der Form von Maxwells tief sitzenden Brauen und schweren Lidern über blauen

Augen erkenne, ähnelt der bärtige Plakatwand-Prediger mit dem kantigen Kinn ansonsten so gar nicht der Polizeizeichner-Skizze eines hageren Kerls mit Pferdeschwanz und Kapuzenpulli nach den Angaben einer zehnjährigen Jane.

Und dann ist da noch Maxwells Behauptung, dass Julie und ich ihn gemeinsam erpresst hätten.

Ja, Maxwell ist noch am Leben, und wie. Nicht dass ich es nicht zu verhindern versucht hätte. Mein Schuss traf ihn in die Schulter, und erst als er gestürzt war und im seichten Wasser auf dem Rücken lag, sah ich, dass ihn die Kugel nicht umbringen würde. Das ist auch besser so, denn wenn ich es gleich gemerkt hätte, hätte ich das Magazin leer geschossen, was nicht so gut gewesen wäre. Nicht weil Maxwells Tod solch ein herber Verlust für die Menschheit wäre, nicht mal, weil ich ihn lieber öffentlich gedemütigt, entlarvt und lebenslang weggesperrt sehen würde als tot. Sondern nur, weil ich, wenn ich ihn erschossen hätte, jetzt unter Mordanklage stünde – und in Texas kann selbst ein Tod, der unbeabsichtigt im Gefolge einer anderen Straftat verursacht wird, mit der Todesstrafe geahndet werden; und Erpressung ist eine Straftat. Als ich abdrückte, stand Selbsterhaltung nicht so hoch auf meiner Prioritätenliste.

Aber jetzt ist alles anders, weil ich meine Tochter wiederhabe.

Ich wünschte, ich könnte sagen, dass es blitzartig passiert ist und ich, während ich an der Waterwall die Pistole auf Maxwell gerichtet hielt, plötzlich die dreizehnjährige Julie im Gesicht der Einundzwanzigjährigen erkannte, wie bei einem Magic-Eye-3D-Poster, das man wochenlang betrachtet hat, bis sich plötzlich ein Bild herausschält. Doch das würde nicht stimmen, weil ich sie immer darin gesehen habe, vom allerersten Moment an, als sie bei uns vor der Tür stand. Ich wusste es; ich habe es nur nicht *geglaubt*. Ihre Lügen und Ausflüchte nährten meine Zweifel, lieferten mir konkrete Anhaltspunkte für Kritik. Meine neue Version von Julie war wie ein Vexierbild des vasenförmigen Zwischenraums zweier Profile. Man stelle sich zwei Gesichter im Profil vor – Julie damals und Julie heute –, die einander über einen klaffenden Abgrund aus Leid ansehen. Bis dahin hatte ich immer nur die hässliche Form dieses Zwischenraums gesehen. Das Negativ des Traumas.

Seit meiner Verhaftung habe ich noch nicht mit Julie gesprochen, weiß also immer noch nicht, was in dem finsteren Abgrund lauert, kann jetzt aber vorbehaltlos akzeptieren, was sich zu beiden Seiten davon befindet: Julie, vorher; Julie, nachher.

In der Voruntersuchung beantragt die Anklage, den Verhandlungstermin zu verschieben. Erst halte ich es für einen neuen Einschüchterungsversuch – lasst sie länger schmoren –, doch dann höre ich die Worte »Mordopfer von River Oaks« und weiß, dass Alex Mercado meine Nachricht abgehört hat. Meine Chefverteidigerin beantragt wieder Freilassung auf Kaution, während die Polizei einer Verbindung zwischen Maxwell, Julie und Charlotte Willard nachgeht, einer Dreizehnjährigen, die etwa ein halbes Jahr nach Julies Entführung aus ihrem Elternhaus gleich hinter der Grenze zu Louisiana im Parish Beauregard verschwand. Deren DNA wurde schließlich den Überresten im Atombunker zugeordnet, unter dem Haus, das einmal Maxwells Großmutter gehört hatte. Vermutlich hat Alex mir Nachrichten dazu auf meinem Anrufbeantworter hinterlassen, das Abhören muss aber noch warten. Ich weiß noch, wie Julie den Bungalow nannte: *unser altes Haus.* Alex hat sich mit Julies Tod geirrt, aber nicht mit allem anderen. Er hat nur die Mädchen verwechselt – wer von beiden geflüchtet und wer tot war. Es hätte ja auch wirklich so oder so ausgehen können. Ich denke wieder an das furchtbare Foto, und das Grauen, das dieses fremde Mädchen, nicht meine Tochter, getroffen hat, schnürt mir die Kehle zu. Ich weine um ihre Mutter und wünsche mir wieder, mein Schuss hätte ihn getötet.

Die Richterin lehnt meinen Kautionsantrag erneut ab, doch meine Anwältin sieht hoffnungsvoll aus. Im Flur erzählt sie mir von einem anonymen Blog-Eintrag: Die Schreiberin behauptet, Maxwell habe sie in der Gate-Kirche sexuell belästigt, und ihre Mutter sei aus der Gemeinde ausgeschlossen worden, nachdem sie eine Beschwerde eingereicht habe. Ein ehemaliges Mitglied der Springshire-Methodistenkirche behauptet, diesmal namentlich genannt, dass Maxwell vor neun Jahren nach kurzer Zeit als Jugendgruppenleiter entlassen wurde, nachdem er ihre Tochter missbraucht habe. Beiden Frauen wurden umgehend von den Gate-Anwälten ein Unterlassungsbescheid zugestellt.

Doch inzwischen haben die Töchter anderer Leute begonnen, sich zu melden.

Als Insassin des Harris-County-Gefängnisses darf ich weder Anrufe noch unzensierte Briefe oder ungenehmigte Bücher empfangen, habe aber ungehinderten Zugang zu sämtlichen Gerichtsakten, die meinen bevorstehenden Prozess betreffen. Bei unserem nächsten Termin reicht mir meine Anwältin einen dicken Ordner. »Das Vernehmungsprotokoll«, sagt sie. »Das sollten Sie besser lesen, Anna.«

Mir ist jede Ablenkung recht, und das sage ich ihr auch.

Sie seufzt. »Was da drin steht – ich muss Sie warnen, das ist keine leichte Kost.«

Beim Durchblättern von etwas, das nach Hunderten von Seiten im Frage-und-Antwort-Format aussieht, sehe ich einen gelb markierten Namen nach dem anderen. Mich packt das kalte Grausen. »Sind das alles Opfer von Maxwell?«

»Nein«, sagt sie. »Nur eins.«

Julie

fühlt sich immer noch an wie eine andere.

Sie ist ich. Ich bin sie. Ich will nicht behaupten, ich wüsste das nicht.

Vielleicht schäme ich mich auch nur. Heute kommt mir Julie so unsäglich dumm vor. Als sie sehr klein war, hatte sie einen Fantasiefreund. Das war ein Pferd aus einem Buch, ich weiß nicht mal mehr, aus welchem. Ein weißes Pferd mit Silbermähne. Wenn sie im Schulbus zur Grundschule fuhr, schaute sie immer aus dem Fenster und stellte sich vor, dass das Pferd daneben hergaloppierte. Im Schutz ihres Ranzens bewegte sie unauffällig die Hände, so als fütterte sie es mit Zuckerwürfeln. Es war nicht bloß Einbildung; sie konnte es regelrecht sehen.

Ich konnte es regelrecht sehen. Das war ich. Ich muss Julies Geschichte so wie meine eigene erzählen. Ihr zuliebe will ich es versuchen.

Ich muss etwa fünf gewesen sein, als ich meine Mom fragte, wer Gott sei. Das zählt zu den frühesten Kindheitserinnerungen von Julie. Von *mir*.

Mom sagte lachend: »Einfach irgendein Typ.« Auf meine Frage, wo er wohne, sagte sie: »Wahrscheinlich in San Diego.« Und dass ich Dad fragen solle.

Das tat ich auch, aber ich kann mich nicht mehr an seine

Antwort erinnern. Mir gefiel die Vorstellung, Gott wohne in San Diego. Meine Großeltern hatten dort ihren Alterswohnsitz – daher wohl der Witz, dort war ja alles so viel besser als in Houston. Damals wusste ich zwar, dass ihre Antwort irgendwie witzig gemeint war, verstand aber nicht, wie. Ich sah nur, dass sie lachte, und dachte, sie lachte mich aus.

Jedenfalls fuhren wir in dem Sommer – oder vielleicht sogar schon früher, genau weiß ich es nicht mehr – wirklich nach San Diego und besuchten Grandma und Grandpa. Sie hatten so besondere Eimerchen, geformt wie Sandburgen. Wenn man die mit nassem Sand vollpackte und umdrehte, sahen sie aus wie Türme mit Zinnen oben am Rand und Vertiefungen an den Seiten, wo die Fenster sein sollten. Ich weiß noch, dass ich Sand ins Auge kriegte, als ich versuchte, durch die unechten Fenster hineinzuschauen, und das tat richtig weh. Dad half mir, die Körner aus den Augen zu spülen, und als ich mit Weinen fertig war, sagte er: »Es macht sowieso mehr Spaß, sich bloß vorzustellen, was drinnen ist.« Daran hielt ich mich. Als Jane am Strand ihre Faust in einen Turm steckte und die ganze Burg einstürzte, machte mir das nichts mehr aus. Ich hatte in Gedanken schon eine neue gebaut, die besser war, weil niemand sie zerstören konnte.

Damit will ich nicht sagen, diese Dinge hätten irgendwas mit den späteren Ereignissen zu tun. Ich führe sie nur als Beleg an, dass Julie eine Vorgeschichte hatte, was Glauben angeht. Sie wollte glauben, dass die Burg ein Innenleben hatte, obwohl sie den nassen Sand selbst in die Form gepackt hatte. Sie wollte glauben, dass Gott ein schöner Mann war, der mit ihren schönen Großeltern an einem schönen Strand wohnte, und dass sie vielleicht eines Tages alle zusammen in der schönen Fantasieburg wohnen könnten.

In diesen Ferien erklärte Dad mir auch, dass Glas aus geschmolzenem Sand hergestellt wird. Wie konnte es schwerer sein, an Gott zu glauben, als an so etwas?

Ich versuche immerzu, das *Vorher* zu finden. Aber wenn einem einmal so etwas zugestoßen ist, gibt es kein *Vorher* mehr. Es nimmt einem das Vorher weg. Und wenn es kein Vorher gibt, gibt es auch keine schlüssige Reihenfolge, in der ich es erzählen kann, und keinen Grund, eher das eine als das andere als Anfangspunkt auszuwählen.

Ich würde mit der Scham anfangen, aber darauf läuft ja doch alles hinaus. Also eilt es damit wohl nicht.

Im Sommer nach der siebten Klasse lernte ich Charlie in der Sonntagsschule kennen, als ich mit Candyce zur Kirche ging.

Ich weiß nicht, ob sich meine Eltern überhaupt an Candyce erinnern. Sie hatte immer so große Schleifen im Haar, die ihre Mom mit einer Heißklebepistole passend zu ihren Outfits bastelte. Darauf war Julie ein bisschen neidisch; also ich, schon klar. Heute ist es für mich undenkbar, dass mir so was wichtig wäre, aber bei Julie war es so. Candyces Mom kaufte ihr hübsche Kleider und bastelte hübsche passende Haarschleifen dazu. Meine Mom sah mich irgendwie immer nur so an, wenn ich mir was Hübsches anzog, mit zusammengekniffenen Lippen. Sie nimmt alles so ernst; sie ist Professorin.

Jedenfalls bin ich mit Candyce das erste Mal zur Sonntagsschule gegangen, und da war er – nicht Chuck Maxwell aus dem Artikel, den ich viele Jahre später fand, noch nicht mal John David, sondern einfach nur Charlie, ein dürrer Typ mit Gitarre, der eine halbe Stunde lang mit der Gruppe Lieder sang. Ich ging gern zur Schule, aber das hier war noch was anderes. In der Schule gab es einen Jungen, der war, ich weiß nicht, wie man dazu sagen sollte, aber in der Siebten sagten sie »zurückgeblieben« und bewarfen ihn im Speisesaal mit Pommes. Er hieß Jason. In der Sonntagsschule saß Jason mit den coolen Kids in der ersten Reihe, und niemand ärgerte ihn, nicht mal die Jungs. Er sah so glücklich aus, wie er mitsang und die Armbewegungen zu den Liedern mitmachte. Fast so, als hätte er Freunde. Bei Charlie fühlten sich alle so.

Alles andere an der Kirche war für mich verwirrend. In den Fluren hingen große Stoffbilder aus Filz, die Bibelszenen darstellten: Frauen, die Babys in Körbe legten und einen Fluss hinabtreiben ließen; Frauen, die Wasserkrüge auf dem Kopf trugen; Frauen, die Jesus die Füße wuschen und mit ihren Haaren abtrockneten. Aber in den Predigten ging es immer um Straßenverkehr, das Fernsehprogramm zur Hauptsendezeit oder einen *Newsweek*-Artikel, was offenbar rein gar nichts mit den Stoffbildern, den Kirchenliedern und den Bibeltexten zu tun hatte. Candyce und ich schalteten dann immer ab und schrieben uns mit den kurzen Bleistiften hinten an den Kirchenbänken Briefchen auf den Gemeindeheften, zeichneten kleine Comics mit Sprechblasen. Ihren Eltern war das egal, solange wir ruhig blieben.

Nach dem Gottesdienst hakten Candyce und ich uns unter und gingen runter in den Sonntagsschulraum, in dem es Sofas, einen Großbildfernseher und Poster an den Wänden gab, die wie Graffiti aussahen, aber mit Versen aus der Bibel. In der Sonntagsschule gab es keine Predigt, nur alberne Lieder und dann das, was Charlie »Klartext« nannte, wozu wir uns im Kreis auf den Boden hockten.

Manchmal kam am Anfang ein Bibelvers, aber die Kids

fingen ziemlich bald an, über ihre Probleme zu reden. Die hauptsächlich mit Mädchen zu tun hatten: was sie anhatten, mit wem sie tanzten, ob sie fromm waren und wenn ja, wie sehr, und wie wichtig das war. Einmal wurde die ganze Zeit nur darüber diskutiert, ob es vertretbar sei, wenn ein Mädchen schwindelte, das Outfit ihrer Freundin würde ihr gefallen, obwohl sie es eigentlich unmöglich fand. Ich weiß noch, als ein Junge aus der Achten mit einer Jüdin ausgehen wollte, wurde eine Stunde lang debattiert, ob Juden in die Hölle kämen oder nicht, und wenn, ob Christen dann nicht erst recht in der Verantwortung stünden, ihnen Jesu Botschaft zu überbringen. Manche im Kreis machten sich Sorgen wegen der silbernen James-Avery-Kreuze, die gerade in Mode waren, ob Mädchen die auch dann tragen sollten, wenn es ihnen dabei nur ums Aussehen gehe.

Ich blieb unbeteiligte Beobachterin. Bei uns zu Hause war meine Mom allwissend, und mein Dad konnte mir jede Frage verständlich beantworten. Doch wie sich nun herausstellte, gab es Fragen, die mir noch nie zuvor in den Sinn gekommen waren, eine ganze Welt, die sich in einer anderen, meinen Eltern offenbar fremden Dimension abspielte. Anscheinend wurden überall um mich her Konflikte ausgetragen, jedes Wort und jede Handlung hatten tiefere Bedeutung, und selbst der Schmuck, den jemand trug, ließ sich mit etwas in Verbindung bringen, das Seelenheil hieß.

Charlie stachelte sie nicht an; er saß bloß auf dem Boden und hörte zu, nickte, wenn es besonders hitzig zuging. Erst gegen Ende der Stunde ergriff er endlich das Wort, und alle wurden still. Dann erklärte er uns, dass Gott uns zusehe und dass Er uns mehr liebe, als wir uns je selber lieben könnten, und wir nur versuchen müssten, uns dieser Liebe würdig zu erweisen, sonst nichts. Jesus, sagte er, sei Mensch geworden, um das Menschsein besser zu verstehen. Er verstehe, wie schwer es sei, nicht zu sündigen, und Er habe den äußersten Preis gezahlt, um uns das zu ersparen. Ende der Stunde.

Mit anderen Worten, Charlie gab uns überhaupt keine Antworten.

Candyce lieferte mir nur zu gern die Antworten, die Charlie schuldig blieb. »Nichts für ungut«, sagte sie eines Tages, als wir nach dem Gottesdienst durch den Flur gingen, »aber wenn's nach der Bibel geht, kommen deine Eltern in die Hölle.«

An dem Tag weinte ich in der Sonntagsschule. Es war mir so peinlich, dass ich kein Wort herausbrachte, als Charlie mich fragte, ob ich danach noch bleiben und mit ihm reden wolle. Aber ich nickte: *Ja*.

Es gibt kein Vorher mehr. In meiner Erinnerung ist alles verfärbt von dem, was passiert ist, wie auf einem alten Foto mit seltsamen Farbtönen. Sein Angebot, mich nach Hause zu fahren, nachdem Candyce die Augen verdreht und gesagt hatte, ihre Eltern würden im Verbindungsgang warten, ob ich mich bitte beeilen könne? Sein Lächeln, als er sagte, Candyce und ich sollten weder unseren Eltern noch jemand anderem sagen, dass er mich nach Hause fuhr, weil er sonst vorher so viele Versicherungsformulare ausfüllen müsse. Seine Beteuerung, als Candyce weg war, dass er es trotzdem wagen wolle – weil ich etwas Besonderes sei.

Also das hat er nicht wörtlich so gesagt, aber stillschweigend angedeutet. Dass ich etwas Besonderes sei. Ich, Julie, ungetauftes Kind kirchenferner Eltern. Eltern, die nicht mal nur zu Ostern und Weihnachten, sondern überhaupt nie in die Kirche gingen.

Als Charlie und ich in seinem Büro saßen, die Tür einen Spaltbreit offen, und ich fragte, wie Gott meine Eltern und Jane in die Hölle schicken könne, sagte er mir, Gott sei alleiniger Richter, und jeder, der sagte, jemand anderes käme in die Hölle, maße sich Gottes Aufgabe an. Was nicht recht sei.

»Aber nicht an Gott glauben ist auch nicht recht«, sagte ich. »In der Bibel steht, dass man an Jesus glauben muss.«

»In der Bibel steht auch: Eher geht ein Kamel durch ein Nadelöhr, als dass ein Reicher in den Himmel kommt«, sagte er grinsend. Ich war mir nicht sicher, ob wir reich waren oder nicht, wusste aber genau, dass Candyce es war; ich hatte oft genug bei ihr zu Hause übernachtet.

Dann sagte er, es komme nicht darauf an, ob jemand anderes verdammt, sondern ob man selbst errettet sei. Er sagte, wie mutig es von mir sei, allein zur Kirche zu kommen. Dass ich die Seele einer Suchenden habe.

Schon mein ganzes Leben lang, so weit ich zurückdenken kann, fand ich die Vorstellung schlimm, dass niemand je wissen kann, was ein anderer fühlt oder denkt. Dass niemand sonst je mit mir in meinem Kopf sein konnte, kam mir so furchtbar einsam vor. Ich wollte so wahnsinnig gern, dass etwas diese Grenzen einfach aufheben könnte. Etwas so Allumfassendes wie Luft, ein Zauber, der die ganze Erde umspannte und jeden und alles miteinander verband.

Wenn Charlie mit mir sprach, sah ich die Grenzen verschwinden.

Jetzt sehe ich, wie ein Sicherheitsabstand schwand.

Charlie fuhr mich dreimal von der Kirche nach Hause. Jedes Mal setzte er mich am Parkplatz neben der CVS-Apotheke in Kirkwood ab, und ich kaufte mir eine Kleinigkeit – Süßigkeiten oder eine Zeitschrift –, damit ich nach meinem Fußweg von vier Häuserblocks bis zur Haustür eine Erklärung hatte, warum Candyces Eltern mich dort rausgelassen hatten. Ich hatte mir die Antwort genau zurechtgelegt, aber meine Mom fragte gar nicht erst. Es war Frühling, und sie war meistens gerade bei der Gartenarbeit, wenn ich mit meiner CVS-Tüte ankam. Sie hat bestimmt nie darüber nachgedacht, wie unbequem es war, in Sonntagsschuhen vier Häuserblocks zu Fuß zu laufen.

Auf dem CVS-Parkplatz wurden meine Gespräche mit Charlie tiefgründiger als die, die wir in seinem winzigen Büro im Gemeindehaus der Kirche führten, wo die Kirchensekretärin immer mal wieder reinplatzte und an den Kopierer ging. Auf dem CVS-Parkplatz verriet mir Charlie, dass er sich nicht mal sicher sei, ob er an die Hölle glaube. Er sagte mir, alle wollten feste Regeln; die Leute wollten eine Gebrauchsanweisung fürs Leben. Sie wollten strikte Anweisungen, was zu tun und zu lassen sei. Doch Jesus sei gekommen, um all das niederzureißen. Jesus sei gekommen, um die Gebote auszuradieren, die auf steinernen Tafeln geschrieben stünden, und sie stattdessen in unsere Herzen einzuschreiben. Er sagte mir, Jesus wolle, dass wir *fühlten*, was richtig sei, tief in uns, wenn wir zu ihm beteten. »Gott hat uns Jesus in Menschengestalt gesandt«, sagte er. »Um uns das Menschsein zu lehren.«

Seine Hand lag auf meiner Rückenlehne, und ich roch, dass er irgendein stechendes Aftershave benutzte, und sah, dass er blaue Augen und überraschend lange blonde Wimpern hatte.

»Vergiss nie«, sagte er mir, und ich habe es mir gemerkt, »die Leute werden dich immer enttäuschen. Candyce wird dich enttäuschen. Deine Eltern werden dich enttäuschen. *Ich* werde dich enttäuschen. Nur Gott ist immer für dich da.«

Ich nickte und sah ihm tief in die Augen. Sein Daumen berührte meine Schulter, nur ganz leicht. Er nahm die Hand von der Rückenlehne und atmete aus.

Ich hatte auch die Luft angehalten.

Als ich wieder in meinem Zimmer war, wechselte ich die Kleidung, doch anstatt nach unten zu gehen, schlüpfte ich ins Bett und zog mir die Decke über den Kopf.

Gott hat uns Jesus in Menschengestalt gesandt, um uns das Menschsein zu lehren.

Wen hatte Gott gesandt, um mich das Frausein zu lehren? Vielleicht Charlie?

Als ich nächste Woche wieder zur Sonntagsschule ging, war er fort.

Eine Kirchenälteste mittleren Alters leitete die Sonntagsschulklasse. Sie sagte uns, Charlie habe aus persönlichen Gründen kündigen müssen. Es sei unwahrscheinlich, dass er diese Arbeit wiederaufnehmen könne. Sie hielten bereits Ausschau nach einem neuen Jugendpastor, und in der Zwischenzeit könnten wir weiter kommen, Mitglieder des Christlichen Erziehungskomitees führten den Sonntagsschulunterricht fort.

»Können wir uns verabschieden?«, fragte jemand.

»Ich besorge eine Karte«, sagte Candyce. »Wir können alle unterschreiben.«

»Das wäre sehr nett«, sagte die Dame. »Und jetzt holt bitte eure Bibeln raus und schlagt den ersten Korintherbrief auf, Kapitel dreizehn.«

Selbst ich kannte den Vers. Er war in den Gemeindeheften abgedruckt, und ein Stoffbild im Flur war damit bestickt. Doch diesmal schienen die Worte direkt an mich gerichtet zu sein: *Und wenn ich weissagen könnte und wüsste alle Geheimnisse und alle Erkenntnis und hätte allen Glauben, sodass ich Berge versetzte, und hätte der Liebe nicht, so wäre ich nichts.*

Charlie hatte gesagt, dass er mich enttäuschen würde. Es stimmte.

Ohne Charlie wurde es sehr langweilig in der Kirche, und ich übernachtete nicht mehr bei Candyce. In der Schule meldete ich mich im Leichtathletik-Team an und wurde aufgenommen. Ich war zwar keine schnelle Sprinterin, aber eine gute Langstreckenläuferin, und ich konnte mich weit abstoßen und mit angewinkelten Beinen über Hürden setzen. Wenn ich mich so unter den Mädchen umsah, mit denen ich den ganzen Sommer trainiert hatte, wie wir alle auf der staubigen Bahn standen, mit unseren dünnen Beinen, die aus Nylon-Laufshorts hervorschauten, wusste ich, dass ich Candyce, die Kirche und Charlie nicht mehr brauchte. In der achten Klasse würde ich Freundinnen haben, richtige Freundinnen, die mir zeigten, wie man sich die Haare frisiert, sich schminkt und mit Jungs quatscht. Die Mädchen im Leichtathletik-Team machten Pyjamapartys und gingen zusammen aus; sie schminkten sich gegenseitig Rallyestreifen und den Nike-Swoosh ins Gesicht, beendeten Sätze füreinander. Sie waren eine Sippe. In der Achten würde mein Leben endlich so richtig losgehen.

Ein paar Monate später bekam ich die Chat-Einladung.

Er hieß John David. Es gab kein Foto, nur einen Kopfumriss mit Fragezeichen drin. Laut seiner Facebook-Seite war er sechzehn, und er hatte null Freunde in seinem Profil.

Ich ging alle Leute durch, die ich kannte und die auf der Highschool waren. Meine Freundin Angela hatte einen älteren Bruder, der John hieß; in den war ich mal verknallt gewesen. Vielleicht war John David ja auch jemand, den ich aus der Schule kannte und der nur bei seinem Alter schwindelte, oder irgendwelche gemeinen Mädchen, die mir einen Streich spielten. Vielleicht sollte ich auf einen »Geheimer Verehrer«-Trick reinfallen, und dann machten sie Screenshots und posteten sie so, dass die ganze Schule es sehen würde. So was Ähnliches war mal einem Mädchen passiert, das ich flüchtig kannte, Rebecca. Mit Rebecca waren auch noch andere Dinge passiert. Ich habe sie bei Facebook entfreundet, um es mir nicht ansehen zu müssen.

Ich lud die Seite neu, erwartete schon halb, dass Hunderte von Freunden im Profil auftauchen würden und ich wüsste, dass er ein Fake war, ein Bot, eine leere Silhouette. Nichts passierte, außer dass es beim zweiten Mal etwas länger dauerte, das Fragezeichen zu laden. Er konnte erst mit mir in Kontakt treten, wenn ich sein Angebot annahm, also klickte ich auf das Fragezeichen, und ein Chatfenster tauchte auf.

Hallo. Wer bist du?, tippte ich. Ich schrieb Wörter immer aus und verwendete Satzzeichen und Großschreibung, selbst in Chats mit Freundinnen. Ich las gerade *Das Tagebuch der Anne Frank* und war entsetzt, wie hässlich das meiste von dem aussah, was meine Freundinnen und ich schrieben, im Vergleich zu diesen Sätzen einer Gleichaltrigen.

Ein paar Minuten blieb das Chatfenster leer. Dann begann es zu blinken, während die Person am anderen Ende tippte. Diese Person hatte es nicht so mit Rechtschreibung oder Groß- und Kleinschreibung.

ich will meinen richtigen namen nicht verwenden

Kenne ich dich?, schrieb ich zurück.

Sein Tippen dauerte lange, so lange, dass ich annahm, er benutzte ein Handy.

wir hatten tolle gespräche zusammen

Ich begann, meine nächste Frage zu tippen, da blinkte das Chatfenster wieder:

seele einer suchenden

Die Hitze durchflutete meinen Körper, von den Zehen aufwärts hoch ins Gesicht, bis es brannte.

Ich tippte: *Charlie?*, beherrschte mich aber noch gerade rechtzeitig, die Enter-Taste zu drücken, und löschte es wieder.

julie? bist du da?

Ich atmete langsam aus und tippte: *Ich glaube, ich weiß, wer du bist. Du hast mich ein paarmal nach Hause gefahren.* Das klang so, als würde ich mit einem Sechzehnjährigen reden. Ich fragte mich, wie alt er wirklich war.

ja

Wo bist du jetzt? Du hast dich nicht verabschiedet.

ich hatte meine gründe. du kennst meine sicht der dinge nicht.

Sicht der Dinge? Stirnrunzelnd tippte ich weiter: *Wo bist du jetzt?*

ich kann dich jetzt nicht treffen oder dir sagen wo ich bin. ich hab meine gründe. du warst immer cleverer als die anderen, wollte mich mal melden

Ich freue mich, von dir zu hören, antwortete ich, weil mir nichts Besseres einfiel.

Wieder eine Pause.

gott ist immer bei dir. ich sehe, dass ER dich umgibt wie ein heiligenschein

Meine Kopfhaut prickelte, und ich spürte plötzlich seinen

Blick auf mir, fast so wie beim letzten Mal, als er mich nach Hause fuhr. Ich fragte mich, wie weit entfernt er war.

Warum bist du weggegangen? Du bist ohne Abschied gegangen.

bald erzähl ich dir alles, versprochen, aber bitte unterhalt dich jetzt einfach nur mit mir. bin einsam

Ich versuchte, ihn mir vor einem Computerbildschirm oder irgendwo über ein Handy gebeugt vorzustellen, aber vergebens. Ich tippte die Worte *Du fehlst mir*, fuhr dann aber mit dem Cursor zurück, bis sie weg waren, und ersetzte sie mit *Du fehlst uns allen*.

Er antwortete *du fehlst mir auch*, ganz so, als hätte er den ersten Satz in meinem Kopf gehört. *Mit mir ist was sehr wichtiges passiert seit wir uns das letzte mal gesehen haben. ich werd dir alles erzählen, gott hat einen plan für mich und für dich auch*

Diesmal brauchte er mich nicht aufzufordern, meinen Eltern nichts zu sagen. Er wusste, dass er sich auf mich verlassen konnte, und ich wusste, dass er es wusste, und obwohl mir das Wort *Gott* den alten Nervenkitzel durch alle Glieder jagte, fingen erst Charlies Glaube an mich und sein großes Bedürfnis den Blitzstrahl ein und verstärkten ihn, weiteten ihn aus, bis mein ganzer Körper erhitzt war.

Und weiter?, schrieb ich.

ich hab in gottes antlitz geschaut, julie. er will etwas von mir. von dir auch.

Von mir? Mehr fiel mir dazu nicht ein.

von uns allen, schrieb er nach langem Warten.

Der Plan fühlte sich an wie ein besonderes Projekt, an dem wir gemeinsam arbeiteten, oder wie ein Spiel. Immer wenn ich mit Charlie chattete – oder John David, wie ich ihn jetzt nannte –, tauchte ich in eine andere Dimension ein. Anfangs bewachte ich den Bildschirm – man konnte ihn von der Tür aus sehen, und ich zuckte jedes Mal zusammen, wenn draußen im Flur die Dielen knarrten. Doch dann gewöhnte ich mich daran, in beiden Welten parallel zu leben: der Alltagswelt, in der ich mit der Familie aß, meine Hausaufgaben machte und nach der Schule zum Leichtathletik-Training ging – und der Welt des Plans.

In der Alltagswelt war ich die Einserschülerin Julie, die Hürdenrennen lief. Meine Noten blieben hervorragend, und ich machte weiter mit meinen Sport- und Freizeitterminen. Das gehörte zum Plan: keine auffälligen Verhaltensänderungen. Ich strengte mich auch mächtig an, nicht abzunehmen, aber irgendwie purzelten die Pfunde immer weiter, egal, wie viel von Dads Lasagne ich verdrückte. Meine Mom gab dem Sport die Schuld und tat mir bei jedem Essen eine zweite Portion auf, aber ich wusste, dass es der Plan war, der in mir arbeitete und mich auf etwas vorbereitete, das John David »künftige Entbehrungen« nannte.

In der alltäglichen Welt war ich die gewöhnliche Julie, aber im Plan erstrahlte ich in neuem Glanz. Er sagte mir, meine Anmut sei wie der dunkle Fleck inmitten eines gleißenden Lichts, wie ein Sonnenfleck. Gottes Feuer strahle von mir ab. Obwohl wir uns nie persönlich trafen oder per Video-Chat kommunizierten – zu gefährlich, meinte er –, wusste ich, dass er mich sehen konnte. Er sagte, er sehe mich, wenn er die Augen schloss und betete; er sagte, er sehe mich vor der Sonne stehen, von ihrem Strahlenkranz umgeben. Und er schien Dinge über mich zu wissen, die er unmöglich aus dem Internet haben konnte. Zum Beispiel, dass ich anfing, meine Beine zu rasieren. Das musste ich, für Leichtathletik; obwohl ich kaum Haare an den Beinen hatte, eigentlich bloß so einen Flaum, der in der Sonne schimmerte, hätten die anderen Mädchen mich ausgelacht, wenn ich mich nicht rasierte. Ihm gefiel die Vorstellung nicht, dass ich eine Rasierklinge an meine Beine ließ. Er sagte mir, danach müsste ich nichts dergleichen mehr tun. Nichts, um der Welt zu gefallen.

Ich wusste nicht, ob er nahe genug war, um mich tatsächlich zu beobachten, oder ob er eine andere Methode gefunden hatte. Ich wollte es nicht wissen. Stattdessen begann ich mir vorzustellen, er könnte mich immerzu sehen, sodass ich seinen Blick wie ein Geheimnis unter meinen Kleidern tragen konnte, auf der Haut. Das machte aus der gewöhnlichen Julie irgendwie eine aufregendere Person. Ich führte für ihn ein Schauspiel meiner Alltäglichkeit auf: im Bad Lipgloss auftragen, mit anderen Mädchen kichern, mit auf dem Polsterhocker hochgelegten Füßen *Wer die Nachtigall stört* lesen, Mom nach dem Abendessen beim Spülen helfen, mir die Haare bürsten, Tagebuch schreiben – alles für ihn. Ich dachte mir sogar ein paar absolut gewöhnliche Tagebucheinträge aus, nur eine Auflistung, was ich an einem Tag machte, lauter Sachen, die die gewöhnliche Julie halt so machte. Ich tat so, als wäre ich in diesen Jungen in der Schule verknallt, Aaron. Ich war mir sicher, dass Charlie wusste, wie gut ich in meiner Rolle aufging, und begann kleine Hinweise und Andeutungen einzustreuen, die nur er verstehen konnte. Ich zeichnete Schafe auf meinen Hefter und stellte mir vor, dass er über den Witz lachte. Beim Anfeuern vor einem Wettkampf ließ ich mir eine Sonne auf die Wange malen, damit er es sah und die Botschaft verstand. Und wenn ich für alle anderen auch nur ein ganz normaler Teenager war, so war er doch irgendwo dort draußen, und solange er mir zusah, war ich göttlich.

Die beiden Welten berührten sich nur nachts, wenn ich im Bett lag. Dann versuchte ich, »Jesus« zu flüstern, und stattdessen kam »John David« heraus. Einmal träumte ich, dass ich fiel, dass ich im Fliegen in eine Million Stücke zerbrach und das Dunkle mitten im Licht wurde. Mit zusammengebissenen Zähnen wartete ich, dass es vorbeiging. Als ich die Augen aufmachte, sah ich rote Sterne.

Da erkannte ich, dass ich in Charlie verliebt gewesen war. Die Scham packte mich. Wie dumm das Ganze war; zu peinlich, allein der Gedanke, sich in einen zu verknallen, der das nie erwidern würde, weil ich doch nur ein dummes kleines Kind war.

Zumindest war es damals so gewesen. Aber jetzt war ich ja kein Kind mehr. Das verblasste Bild von Charlie kam mir nun kleiner vor als damals. Es war Monate her, dass ich sein Gesicht zuletzt gesehen hatte. Ich schwärmte nicht mehr wie ein Schulmädchen für ihn, weil ich kein Schulmädchen mehr war; das war die gewöhnliche Julie. Ich hingegen war göttlich.

Wenn wir chatteten, erinnerte mich die Silhouette eines Kopfs mit Schultern im Profilfenster an einen blauen Schatten, den jemand, den man nicht sieht, auf den Bürgersteig wirft. Der Schatten war John David, und der gewöhnliche, alltägliche Charlie, der den Schatten warf, war nicht wichtiger als die gewöhnliche, alltägliche Julie. John David war anders. Er gehörte dem Licht an, war von Licht umgeben. Kein Schatten, sondern ein richtiger Mensch, direkt vor der Sonne stehend, dessen Gestalt man aus zusammengekniffenen Augen gerade noch ausmachen kann, in blendende Helligkeit getaucht. Mir traten die Tränen in die Augen, und in meiner Brust wurde eine Glut entfacht, die in meinem Herzen aufloderte. Ich schloss die Augen und sah die glänzende Gestalt John Davids, mit Heiligenschein, ein dunkler Fleck inmitten strahlenden Glanzes. Er hatte mich bereits verwandelt. Als ich auf dem Weg, den sein Leuchten bahnte, auf ihn zuschritt, verschmolz ich mit ihm, und unser beider Dunkelheit wandelte sich in pures Licht.

Der Plan war eigentlich das Gegenteil eines Plans. Es sollte eine absolute Hingabe an Gott werden. Mehr wusste ich nicht. John David versprach, dass wir uns gemeinsam der Quelle des Lichts unterwerfen und im Meer Seiner Liebe versinken würden, und danach müssten wir nie wieder irgendetwas planen.

Eines Nachts tippte ich ihm den Vers über die Lilien auf dem Felde ab. Er berichtigte mich:

wir werden keine lilien sein, schrieb er, *sondern nichts. wir werden rein gar nichts sein*.

Am letzten Abend vor dem Plan, beim Zähneputzen, sah Jane mich an und sagte: »Ich weiß was über dich.«

Ich schwieg. Ich zählte gerade bis hundert, wie immer beim Zähneputzen. Im Badezimmerspiegel spürte ich Janes Blick auf mir, stellte mir aber vor, ich wäre allein, damit ich das Gesicht nicht verzog.

»Du glaubst, keiner merkt was«, machte Jane hartnäckig weiter. Zahnpastaschaum träufelte ihr aus dem Mund, und sie spuckte ins Waschbecken. »Du findest dich ja so cool.«

Ich fand mich gar nicht cool. Meine Eltern fanden mich cool. Meine Freundinnen auch, und ein paar von denen waren sogar selber cool. Aber ich doch nicht. Ich tat nur so wegen meiner Freundinnen, die immer an den Wochenenden anriefen, damit ich mit ihnen ins Einkaufszentrum fuhr, wo uns ein älteres Geschwister absetzte, damit wir bei Wet Seal Neckholder-Tops anprobieren und im Sephora an sämtlichen Parfums schnuppern konnten. Das ganze Team machte Pyjamapartys bei Kristian zu Hause, und mit Lauren oder Maya chattete ich spätabends, wobei es manchmal schon um Aaron ging. Ich überlegte, ob es wohl das war, was Jane angeblich wusste. Die erfundene Schwärmerei für Aaron hatte so eine Eigendynamik entwickelt, dass ich manchmal, wenn ich gerade etwas durcheinander war, selbst dran glaubte.

Ich konzentrierte mich wieder auf den Spiegel und merkte, dass Jane immer noch guckte, aber jetzt mit rot angelaufenem Gesicht; in ihren Augen zitterten Tränen. »Warum magst du mich nicht mehr?«

Genau bei diesem Themenwechsel war ich bei hundert angekommen. Ein Zufall war das nicht, so viel wusste ich mittlerweile. Nichts war Zufall. Ich beugte mich vor, spuckte vorsichtig ins Becken, richtete mich wieder auf und wischte mir den Mund mit dem Handtuch ab. »Wie kommst du drauf, dass ich dich nicht mag?«, fragte ich.

»Du hättest einfach sagen können ›ich mag dich doch!‹«, schniefte Jane.

»Ich mag dich doch!«

»Nein, stimmt ja gar nicht«, blieb Jane dabei. Mittlerweile quollen ihr die Tränen aus den Augen und liefen ihr über die geröteten Wangen. Jane heulte jetzt ständig. Mom sagte, sie komme früher in die Pubertät als ich damals, aber wenigstens sei es dann früher damit vorbei. In ihrem Altmännerschlafanzug, wie ich dazu sagte, Flanelloberteil mit Knopfleiste und Hose mit Schnürkordel, beides schlabberig, sah Jane breiter aus als ich, auch wenn sie noch nicht größer war.

Busen hatte sie auch noch keinen, nur so einen Anflug von was Knospendem. Mom sagte, sie könnte mir sogar bald über den Kopf wachsen.

Das werde ich nicht mitbekommen, dachte ich, und es versetzte mir einen Stich.

»Du bist meine Schwester«, erklärte ich ihr. »Ich mag dich nicht, ich liebe dich.« Das sollte witzig klingen, aber als ich es aussprach, wusste ich, dass es stimmte. Wir hatten unsere ganze Kindheit miteinander gespielt, uns gestritten und alles zusammen gemacht, Jane hatte mit Spielzeug geschmissen, wenn ich ihr den Rücken gekehrt und sie nicht beachtet hatte, ich war zu Mom gerannt, wenn Jane sich nicht an Brettspielregeln hielt oder alles hinschmiss, weil sie nicht gewann. Tränen kitzelten mich in den Augen, und ich überlegte mechanisch und unbeteiligt, ob ich sie fließen lassen sollte, ob es dem Plan zugutekäme.

»Warum willst du dann nie mehr was mit mir machen? Du bist immer nur mit deinen neuen Freundinnen zusammen, und ich muss zu Hause bleiben und allein Fernsehen gucken. Du hast den ganzen Sommer über nicht ein Mal *Die Schöne und das Biest* mit mir zusammen angesehen.«

»Der Film ist irgendwie doof, Jane«, sagte ich. »Es ist ein Kinderfilm.«

»Der ist gar nicht doof! Ich mag die Lieder.« Janes Lieblingslied war »Sei hier Gast«. Wenn sie nicht beachtet wurde, fing sie damit an, und wenn man nicht alles stehen und liegen ließ und mitmachte, sang sie immer weiter, immer lauter. Jane hatte nie Angst, nervig zu sein, oder Hemmungen, sich in den Vordergrund zu drängen.

»Ich bin kein kleines Kind mehr, Jane. Ich mag keine Prinzessinnen und Zeichentrickfilme und all so was.«

»Du fehlst mir«, sagte Jane.

Jetzt floss die erste Träne, urplötzlich, als ich schon dachte, die Gefahr wäre gebannt. *Ich bin doch da*, wollte ich schon sagen, aber die Worte blieben mir im Hals stecken. »Ich guck ihn mir dieses Wochenende mit dir an«, sagte ich stattdessen, »versprochen.« Und die Lüge machte mich irgendwie stärker, richtete mich auf.

Die gewöhnliche Julie würde am Sonntagmorgen da sein und ihr Versprechen halten, sagte ich mir. Die gewöhnliche Julie würde dableiben und auf Jane aufpassen, sie behüten, ihr bei den Hausaufgaben helfen und ihr nützliche Tipps geben, wie sie sich anziehen musste, um von den Kids in der Schule nicht gehänselt zu werden.

»Wirklich?«, fragte Jane.

»Ja, klar.« Ich sah sie im Spiegel an. »Was hast du da eben gemeint? Was weißt du über mich?«

Janes Tränen waren versiegt. Sie lächelte zwar nicht, schaffte es aber, so auszusehen, als wollte sie es. »Ich weiß, dass du Leichtathletik eigentlich gar nicht magst«, sagte sie. »Ich weiß, du tust nur so, damit du dazugehörst.«

Ich stutzte. Ich hatte nie groß darüber nachgedacht, ob ich Leichtathletik mochte oder nicht. Mir war es so selbstverständlich vorgekommen, dass man Sport trieb, wenn man *konnte*, ob es einem Spaß machte oder nicht, denn mit einer Schar Freundinnen um einen herum konnte jede Lüge wahr werden. Plötzlich tat mir Jane leid mit ihrem schwierigen Gesicht, an dem alles, was in ihr vorging, sofort abzulesen war.

Jane würde nie gut in Sport sein, dachte ich. Sie würde in der achten Klasse nicht so beliebt sein, wie ich es war.

»Gute Nacht«, sagte ich und umschlang sie rasch mit beiden Armen, lange genug, dass wir beide daran zurückdenken konnten, wie viel Spaß wir früher miteinander hatten. Als ich bereit war, sie wieder loszulassen, zählte ich erst bis drei. Die gewöhnliche Julie würde Jane nicht reichen. Sie wollte immer ein bisschen mehr.

In dieser Nacht wachte ich von einer rauen Hand auf meinem Mund auf. Ich wollte nach Luft schnappen, doch es ging nicht, und noch im Halbschlaf dachte ich kurz, ich würde ertrinken.

Als ich die Augen aufschlug, beugte sich ein bärtiger Mann über mich. Er nickte, und nachdem ich erst wie gelähmt war, erwiderte ich sein Nicken, und er zog die Hand ganz langsam zurück, hielt sie aber noch so nah, dass er mir den Mund sofort wieder zuhalten konnte, falls ich schrie.

Es war Charlie, aber auch wieder nicht. Sein dunkelblondes Haar war strähnig und so lang, dass es zu einem Pferdeschwanz reichte. Sein Bart war dunkler als die Haare, und ein Schnurrbart beschattete seinen Mund. Er roch süßsauer, wie aus dem Eimer mit dem Plastikmüll, wenn ich ihn nach der Schule in die Recyclingtonne leerte.

Das war mein erster Eindruck von John David, und ich wollte sofort losschreien.

Aber ich war die Julie aus dem Plan, und deshalb sagte ich immer und immer wieder zu mir selbst: *Es ist keine richtige Entführung. Es ist nicht echt. Ich laufe weg, um meine Bestimmung zu erfüllen. Ich bin dafür geboren. Ich bin auserwählt. Er erwählt mich.*

Ich lächelte John David zu, versuchte ihm zu zeigen, dass ich mich erinnerte, dass ich Bescheid wusste. Falls er mein Lächeln erwiderte, sah ich es nicht unter dem Bart. Mit zitternder Hand zog er mir die Decke weg; dann reichte er mir die Hand, um mir aus dem Bett zu helfen, doch als ich danach griff, packte er mich stattdessen ums Handgelenk und zog mich langsam, aber energisch auf die Füße.

Wir bewegten uns behutsam, einander nachahmend, glitten gemeinsam über den Boden; ich nahm seine Bewegungen vorweg, sodass er auch nicht den Hauch eines Widerstands spürte. So versessen war ich darauf, es ihm recht zu machen. Wir hielten ständig Blickkontakt, wie beim Tanzen, seine Finger um mein Handgelenk geschlungen, und alles andere war wie elektrischer Strom, der meine Füße lautlos über den Boden führte. Dann sah ich, was er in der anderen Hand hielt.

Obwohl das Wort *Messer* zum Plan gehört hatte, hatte ich es nie tatsächlich mit den Messern in Verbindung gebracht, die in der Küche hingen. Ich hatte mir nie eins davon angesehen, *Messer* gedacht und es mir in seiner Hand vorgestellt. Es kam langsam, fast schon träge weiter rauf, bis es auf meiner Brusthöhe war, und ich dachte: *Er will mir keine Angst machen*, und strengte mich noch mehr an, keine Angst zu haben. Er trat im Halbkreis hinter mich und packte mich mit einer Hand an der Schulter. Ich spürte die Messerspitze an meinem Rücken, nicht fest genug, um zuzustechen, aber so fest, dass sich der kalte spitze Stahl leicht durch mein Schlafshirt bohrte.

Zu meiner Erleichterung wusste ich nun genau, was zu tun war, denn mir blieb keine Wahl.

Ich dachte, ich hätte die Kontrolle schon verloren, als wir anfingen, den Plan zu besprechen, doch das stimmte nicht – es war alles nur ein Spiel gewesen. Erst jetzt, als er unsichtbar hinter mir stand und mich mit dem Druck seiner Hand auf meiner Schulter und einer blanken Messerspitze gleich rechts von meiner Wirbelsäule voranschob, wusste ich, dass die Zeit vorbei war, mich für oder gegen den Plan zu entscheiden. Mir zogen Gedanken durch den Kopf, die sich nicht gut miteinander vertrugen; zum Beispiel wusste ich nicht, wohin er mich brachte, und wo war Jane? *Ach, die liegt gemütlich im Bett.* Jane lag gemütlich im Bett. Dort würde sie immerfort bleiben, gut zugedeckt in einem Leben, das sich nie ändern würde.

Dann tauchte plötzlich Janes Gesicht auf.

Ich entdeckte sie, als wir uns ihrer offenen Zimmertür näherten – wir schliefen meistens bei offener Tür. Ich konnte sie kaum sehen, wie sie sich unten in ihrem Wandschrank versteckte, der einen Spaltbreit offen stand, und mit Augen zu mir hochschaute, die nicht geschlossen und schlafwarm waren, sondern weit aufgerissen und rot gerändert vor Schreck. John David und ich standen auf dem Flur. Jane spähte aus der Schranktür zu mir her und fragte mich stumm und verzweifelt, was sie tun sollte.

Mit einem Blick auf John David gab ich Jane zu verstehen, sie solle sich tiefer im dunklen Schrank verstecken, bevor er sie sah. Wenn sie auch nur einmal schrie, war alles aus. Er würde sich auch sie schnappen. Und wohin er mich auch brachte, was auch immer er mit mir vorhatte, ich ließ nicht zu, dass er es Jane antat.

Kurz bevor John David mich die Treppe hinunterdirigierte, kam ein Geräusch vom Dachboden. Ich spürte, wie der Druck der Messerspitze kurz nachließ, die Hand auf meiner Schulter sich ein klein wenig wegdrehte, und wusste, dass er woanders hinsah. So rasch wie möglich hielt ich mir den Zeigefinger an die Lippen, machte *Psst* und schickte einen sachten Fantasieatemzug durchs Zimmer, um Jane an Ort und Stelle zu bannen, *psst* und leb wohl, *psst*, und leb wohl.

Und so kam es, dass ich in einer Nacht meine Familie, mein Zuhause, mein Leben, mich selbst – einfach alles – verlor.

16

Eines Nachmittags, als ich mit Jane schwanger war, Tom gerade an einem Buchhaltungsseminar teilnahm und wir noch in der kleinen Dienstwohnung in der Nähe meiner Universität lebten, saß Julie in einem Sonnenfleck auf den Holzdielen im Wohnzimmer. Die Beinchen hatte sie vor sich ausgestreckt, und ihre feinen Haarbüschel leuchteten weiß in der Sonne. Voller Konzentration fuhr sie mit einem blauen Wachsmalstift über eine vor ihr liegende Zeitung. Als sie den Stift aus Versehen zu fest aufdrückte und er ihr wegrutschte, weinte sie nicht, und sie griff auch nicht zu einem anderen Stift, obwohl Dutzende davon um sie herumlagen. Sondern sie führte die Finger mit gerunzelter Stirn unbeholfen im Zangengriff zusammen, rutschte dem wegrollenden blauen Stift hinterher und holte ihn sich wieder. Dann malte sie weiter, bis das Ganze wieder von vorn losging.

Ich sah ihr etwa eine halbe Stunde lang zu, bis mir aufging: *Sie mag die Farbe Blau*.

Zum ersten Mal begriff ich, dass es eine eigene Welt in ihr gab, die ich nie zu Gesicht bekommen würde, eine so weit entfernte, so eigenständige Welt, dass mir der Ausdruck, Julie sei mein Fleisch und Blut, ja selbst, dass sie meine Tochter und ich ihre Mutter war, bedeutungslos erschien. In dem Augenblick muss ich sie tiefer geliebt haben als je einen anderen Menschen auf der Welt.

Aber so kann es gehen mit Erinnerungen. Anfangs wollte ich, so wie alle Mütter, die ganze Welt für Julie. Danach wollte ich lange Zeit nur einen Leichnam zum Bestatten.

Jetzt wünschte ich bloß, ich könnte die Zeit zurückdrehen und ihr den verfluchten blauen Malstift reichen.

Während ich das Protokoll lese, nein, verschlinge, erfahre ich die Ausformung ihres Traumas. Ich merke mir die Namen all der Mädchen, in die sie sich verwandeln musste, um zu überleben: Charlotte, Karen, Mercy, Starr, Violet, Gretchen. In ihrer Aussage mühen sie sich ab, sie kämpfen und scheitern, aber vor allem anderen überleben sie. Selbst als ich meine Tränen runterschlucke beim Gedanken an alles, was sie durchgemacht hat, schließe ich jede von ihnen ins Herz, jedes einzelne Mädchen, weil jede eine Schicht meiner Tochter ist, der, die zu Hause mit Tom wartet.

Doch das Mädchen, dessen Geschichte mir am meisten zusetzt, ist und bleibt Julie. Weil ich irrtümlich geglaubt hatte, sie zu kennen. Noch schlimmer, sie hat dafür *mich* gekannt. In dem Bild von mir, das ihre Worte entwerfen, erkenne ich mich nicht wieder. Ich versuche mich an jeden Moment ihrer fortschreitenden Pubertät zu erinnern, den sie beschreibt, an die Rolle, die ich dabei spielte, um mich rechtfertigen zu können, doch das Gefühl der Fremdheit überschattet alles. Ich erkenne die Grundzüge bestimmter Situationen, in denen Jane, Tom und ich zu Figuren in ihrer Geschichte umgemodelt wurden, doch es ist, als sähe ich sie, oder uns alle, durch eine fremde Atmosphäre auf einem weit entfernten Planeten.

Vergebens versuche ich mich daran zu erinnern, wie Julie mich nach Gott fragte. Wer war ich, was habe ich gemacht, dass es mir nicht mehr einfällt? Meine Postdoc-Stelle lief damals aus, und ich habe mich um feste Stellen beworben. *Ich sah nur, dass sie lachte, und nahm an, sie lachte mich aus.*

Meine Mom sah mich irgendwie immer nur so an, wenn ich mir was Hübsches anzog, mit zusammengekniffenen Lippen. Ich brauche keinen Spiegel, um mir diesen Gesichtsausdruck vor Augen zu führen. Ich habe ihn oft genug an meiner eigenen Mutter gesehen, wusste nur nicht, dass ich ihn übernommen habe.

Ich hatte mir die Antwort genau zurechtgelegt, aber meine Mom fragte gar nicht erst.

Und ich hatte geglaubt, mein gutes Beispiel wäre weitaus nützlicher für die Mädchen als meine ungeteilte Aufmerksamkeit.

Sie hat bestimmt nie darüber nachgedacht, wie unbequem es war, in Sonntagsschuhen vier Häuserblocks zu Fuß zu laufen.

Irgendwo habe ich gelesen, dass die Puritaner den Tod eines besonders geliebten Kindes manchmal als Strafe Gottes dafür erklärten, dass die Eltern das Kind zu sehr geliebt hätten. Sie gaben nicht den strengen Wintern, den Malariasümpfen, der mangelhaften Ernährung oder dem unsauberen Trinkwasser die Schuld, sondern einem eifersüchtigen Gott.

Ich habe Julie nie mehr geliebt als Jane, das kann ich mit Sicherheit von mir behaupten. Aber sie hatte doch immer etwas Besonderes an sich. Sie wirkte so in sich ruhend, so gelassen. Zutiefst in meinem Herzen erschien sie mir vollkommen. Jetzt frage ich mich: Hat meine Furcht vor der Entdeckung, dass sie nicht vollkommen war, sie fast umgebracht?

Als sie die Zellentür aufschließen, sagen sie mir nicht, wohin sie mich bringen. Seltsam, wie wenig Häftlinge erfahren, bis auf Anweisungen, sich Handschellen anlegen zu lassen, und wortlosen Richtungsangaben durch die Korridore. Vermutlich will sich niemand in die Nesseln setzen mit dem Ausplappern vertraulicher Informationen.

Ich nehme an, dass sie mich zu meiner Anwältin bringen, weil das jedes zweite Mal der Fall war, wenn ich durch diesen speziellen Korridor geführt wurde. Doch diesmal biegen wir am Ende rechts statt links ab und gehen durch eine Tür mit Drahtglasfenster. Und dann stehe ich plötzlich am Empfangsschalter, und mir werden die Handschellen abgenommen.

Tom steht auch da, verlegen, eine Hand spielt nervös mit dem Schlüsselbund in seiner Hosentasche.

Die Wärterin sagt: »Die Anklage wurde fallen gelassen. Ihre Sachen werden jeden Moment zum Empfangsschalter gebracht, nach Durchsicht müssen Sie ein Formular unterschreiben, dass nichts fehlt.« Ich sehe ihr ganz kurz in die Augen, ehe sie den Blick abwendet. Vielleicht fällt es ihnen schwer, unserem Blick standzuhalten, nachdem wir entlassen wurden.

Sie verschwindet durch die Tür und lässt uns in dem engen Wartezimmer zurück. Die Frau am Empfangsschalter stöbert offenbar woanders nach dem Karton mit meinen Kleidern, Schuhen und der Handtasche, in der noch das halb ausgelesene Buch über Byrons Landschaftsauffassung steckt. Ich verspüre plötzlich den überwältigenden Drang, es auszulesen.

»Maxwell hat gestanden«, sagt Tom. »Er war offenbar auf Psychopharmaka, wegen irgendwas Schizoaffektivem. Aber im Krankenhaus wussten sie das nicht, haben ihm also keine Medikamente gegeben, und noch bevor sie drauf gekommen sind, fing er an, Gott seine ... Sünden zu beichten.«

»Wetten, dass Richterin Crofford nichts von der Medikation gewusst hat.«

»Niemand, nicht mal seine obersten Berater. Mit Medikamenten waren die schlimmsten Symptome unter Kontrolle, aber …« Er schaut zu Boden. »Sieben weitere Opfer haben sich gemeldet.«

Sieben. Und das sind nur diejenigen, die bereit sind, mit der Polizei zu reden.

»Danke, dass du da bist«, sage ich.

»Es war nicht mal Zeit, vorher einen Anruf anzumelden«, sagt er. »Wenn so eine Anklage erst mal fallen gelassen wurde, haben sie es wahrscheinlich eilig, den Steuerzahler zu entlasten.«

»Klingt einleuchtend.«

Wir stehen schweigend unter den Neonlampen.

»Anna«, sagt er.

»Schon gut«, sage ich.

»Es tut mir leid.«

»Du kannst nichts dafür«, sage ich. »Ich war nicht da. Ich hab mich abgekapselt.«

»Das hätte ich nie zulassen dürfen«, sagt er.

»Du bist ein guter Mann«, sage ich, zu erschöpft für das alles. »Du musst immer irgendwem helfen. Weil ich deine Hilfe nicht wollte, hast du sie jemand anderem angeboten.«

»Wenn ich es ungeschehen machen könnte …«

»Sag so was nicht«, unterbreche ich ihn. »Eine Frau hat wegen dir ihre Tochter zurückbekommen. Das würdest du nicht ändern wollen, sag das also nicht, weil du denkst, ich wollte es hören. Es stimmt nicht.«

Er wirkt tief getroffen, und ich ringe mir mehr Sanftheit ab. »Ganz ehrlich, Tom«, sage ich, »es ist eine Erleichterung zu wissen, dass du kein Heiliger bist. Solchen Maßstäben könnte ich nie gerecht werden.«

Ich sage ihm nicht, wie sehr es mich schmerzt, ihn von seinem Sockel stürzen zu sehen. Deshalb brauchen die Leute einen Gott – weil sie schrecklich sind, selbst die Guten. Ich habe mir immer was darauf eingebildet, so rational zu sein, so gegen spirituelle Bedürfnisse gefeit, ohne zu merken, dass meine persönlichen Götter Tom und Julie waren, die Guten. Dabei kann jeder nur nach den Bedingungen gut sein, die die Welt ihm zugesteht.

Endlich taucht die Schaltermatrone mit einer Plastiktüte auf, in der meine Sachen sind. Ich wühle in der Handtasche herum und unterschreibe die Formulare. Dann gehe ich mit den Sachen in eine Besuchertoilette, ziehe meine Straßenkleidung wieder an und lege die blauen Anstaltsklamotten zu einem ordentlichen Stapel zusammen. Als ich herauskomme, sehe ich schon fast wieder wie mein altes Ich aus.

Tom lächelt.

Während ich die Häftlingskluft auf den Schalter lege, frage ich mich, ob es das jetzt war mit Tom und mir. Wenn er so leicht lächeln kann beim Anblick meines alten Ich, bevor all das passiert ist, wenn er mein Gefangenen-Ich so schnell vergessen kann, dann wird er nie begreifen, wer und was ich bin.

Wir treten hinaus in den strahlenden Sonnenschein. Die Sonne knallt auf die Sicherheitsschleuse an der Commerce Street herunter, und die Luft ist brüllend heiß.

»Glaubst du, dass Jane nach Hause kommt?«, frage ich und denke an ihr erstes Date mit dem jungen Mann im Kickball-Team. Ich habe noch nicht gehört, wie es war. Ich habe der Versuchung widerstanden, ihr zu raten, sich an einem öffentlichen Ort mit ihm zu treffen, einer Freundin Bescheid zu sagen, wo sie hinwollen.

Tom windet sich ein bisschen. »Sie bleibt noch etwas länger dort oben, Anna. Sie will das jetzt wirklich geregelt bekommen, die ganzen Prüfungen bestehen und ihren Dozenten zeigen, dass sie sich durchbeißen kann.« Er seufzt. »Tut mir leid. Du kennst Janie ja.«

Und ob ich Janie kenne. Die unabgeschlossenen Module waren bloß ein weiterer Schrei nach Aufmerksamkeit, aber ihr Timing ist miserabel. Jane arbeitet gut unter Druck, hat einen Hang zur Drama Queen und kann selbstlos sein, solange es nicht von ihr erwartet wird. Dann, wenn die Wogen sich glätten und ihre Bühnenshow unterhaltsam wäre, verzieht sie sich wieder in ihre eigene Welt. Mir fallen die vielen Tagebücher ein. »Wart's nur ab. Die wechselt noch vor Jahresende das Hauptfach und nimmt Kreatives Schreiben.«

»Wie kommst du denn darauf?«

»Sie will bestimmt mit ihren Memoiren anfangen.«

Tom lacht, immer noch etwas beklommen, während wir in den SUV steigen. Wir schlagen uns zur I-10 durch; die voll aufgedrehte Klimaanlage erfüllt die Stille mit ihrem lauten Getöse. Es ist kurz nach sechs, die Hauptstoßzeit nach Büroschluss hat sich fast gelegt, doch als wir auf die Umgehungsstraße 610 treffen, setzt der Rückstau ein. Die tief stehende Sonne brennt durch die Windschutzscheibe, unbeeindruckt von unseren Blenden, und durch die getönten hinteren Fenster scheint sich die Hitze nur zu stauen. Als wir irgendwo um die Ausfahrt zur Voss Road fast zum Stehen kommen, lässt die Klimaanlage nach, da der Fahrtwind ausbleibt, und rasselt nur noch schwach. Ich frage mich, ob dies wohl der Sommer ist, in dem unsere Aircondition den Geist aufgibt. Immer passiert so etwas auf genau so einer Strecke.

Plötzlich sage ich: »Fahr rechts ran.«

»Wir fahren an der nächsten Ausfahrt ab.«

»Fahr jetzt rechts ran!«

Er setzt den Blinker. Der Verkehr fließt zäh, aber er schlägt sich durch drei Spuren, drängelt sich vor und winkt dabei mit einer Hand vor dem Rückspiegel. Kaum prallen die Reifen dumpf auf dem Seitenstreifen auf, reiße ich die Tür auf, und Tom steigt voll auf die Bremse, während ich rausstolpere. Mir kommt der Mageninhalt hoch, ich spucke ihn auf den Asphalt.

Viel war nicht drin, ich habe kaum etwas gegessen, aber ich würge immer weiter. In der Hitze wird mir erst rot vor Augen, dann schwarz, und dann ist Tom da, hinter mir auf den Knien, umfängt mich mit seinen großen Armen und stützt mich. Vom Asphalt gehen Hitzewellen aus, die nach Benzin und Erbrochenem stinken und bei mir neuen Brechreiz auslösen, aber seine Hände auf mir sind noch wärmer. Nach einer Weile lasse ich mich gegen ihn fallen wie in einen Lehnstuhl, und er setzt sich unter meinem Gewicht, und da sitzen wir beide auf dem Schotter neben dem Freeway.

»Sie hat uns verlassen, Tom«, sage ich, aber meine Stimme geht unter in der Straßenrandsymphonie aus Hupen und vorbeirauschendem Motorenlärm. Er streicht mir weiter die Haare aus den verschwitzten Schläfen, aber jetzt fröstele ich trotz der Hitze, mir ist heiß und kalt zugleich. Ich mache mich von ihm los, sehe ihm ins Gesicht. Ich sage es lauter, doch er schüttelt den Kopf, versteht mich immer noch nicht. Schließlich beuge ich mich ganz zu ihm vor, zwinge mich, den Mund weit aufzureißen und schreie aus voller Kehle: *»Julie hat uns verlassen!«*

Diesmal versteht er mich, nickt aber nur zur Antwort. »Komm jetzt!«, ruft er und rappelt sich auf, reicht mir eine Hand und zeigt mit der anderen auf das Auto.

Doch das Schreien hat etwas in mir freigesetzt, das vergangene Woche in den schäbigen kleinen Käfig von einer Gefängniszelle gesperrt war. Julies Aussage poltert immer noch in mir herum, und wenn ich das jetzt nicht rauslasse, durchlöchert es meine Lunge, und ich ertrinke. »*Tom!*«, schreie ich. »Sie ist *abgehauen*!«

»Ich weiß!«, ruft er zurück.

»Wie kannst du so ruhig bleiben?«

»Komm schon, Anna, steig ins Auto!«

Doch hier draußen schreit es sich leichter, und ich will das aus mir herausschreien. »Was bin ich für eine Mutter, Tom? Ich hab sie überhaupt nicht gekannt!«

»Was soll ich denn machen?«, brüllt er zurück. »Ich doch auch nicht!«

»Aber ich bin die *Mutter*!«

»Ja, du bist die Mutter!«, ruft er. »Du bist die Mutter, und sie braucht dich jetzt. Also steigen wir in Gottes Namen endlich ein, fahren nach Hause und schreien *sie* an!«

Das Adrenalin lässt nach, und ich folge ihm zum Range Rover, steige ein und spüre, wie der Wagen bebt, wenn die vorbeirauschenden Fahrzeuge beschleunigen. Wir schließen die Türen, und die Stille fühlt sich monumental an.

»Hast du ihre Zeugenaussage gelesen?«, frage ich mit nur ein wenig heiserer Stimme.

»Ich brauchte sie nicht zu lesen. Ich war die meiste Zeit dabei und hab zugehört.«

»Wie konnte ich so blind sein? Wie konnte mir das alles entgehen? Als hätte ich sie überhaupt nicht gekannt.« Ich kann die Tränen heute nicht schon wieder hochkommen lassen und schlucke sie runter. »Ich weiß, dass ich kaputt war, nachdem es passiert ist. Ich weiß, dass ich bei Jane total versagt hab. Aber ich hab gedacht – also vorher –, ich hab gedacht, alles wäre gut. Dass ich eine gute Mutter gewesen bin.«

Nach langem Schweigen sagt er: »Es wäre bestimmt gut genug gewesen, Anna. Aber das werden wir jetzt nie erfahren. Keiner von uns weiß, wie wir gewesen wären. Das hat er uns genommen.«

Tom wirft den Motor an, setzt den Blinker und drängt sich mit dem Auto in den dichten Verkehr. Er hat so einen bewundernswert aggressiven Fahrstil.

Als wir wieder im Verkehrsfluss sind, sagt er: »Kann ich dir was gestehen?« Ich warte. »Ich wünschte, ich hätte auf Maxwell geschossen.«

Ich sehe Tom in der Nacht von Julies Fehlgeburt vor mir, wie er mit der Pistole in der Hand dastand, als ich mich durch die Badezimmertür geboxt hatte, um zu meiner Tochter vorzudringen. Dann beuge ich mich rüber und nehme seine Hand.

Vor unserem Haus steht ein Auto, und im Haus sitzt Julie mit einem Afroamerikaner in T-Shirt und Jeans am Küchentisch. Sobald wir zur Tür hereinkommen, steht er auf.

»Mom, Dad, das ist Cal«, sagt Julie.

»Mr. Whitaker.« Cal reicht Tom die Hand, der sie, wenn auch leicht verwirrt, ergreift. Cal ist fast einen Kopf kleiner als Tom, wirkt aber nicht so, als müsste er sich den Hals verrenken, um ihm in die Augen sehen zu können.

»Freut mich sehr«, sagt Tom, und ich merke, wie Cal mich aus den Augenwinkeln mustert, ehe er sich mir zuwendet.

»Dr. Davalos«, sagt er. Julie muss ihn instruiert haben, wie die richtige Anrede bei mir lautet.

»Wie ich höre, haben Sie Julie aus einer schwierigen Lage geholfen«, sage ich zu Cal.

»Sie auch«, antwortet er schlicht und herzlich.

Ich frage mich: *Geht das jetzt bei mir immer so weiter? Müssen alle Partner Julies meinen Erwartungen gerecht werden? Und weiß irgendeiner von ihnen, wie entschlossen sie mit der Waffe in der Hand dastand, den Finger am Abzug? Wissen sie, wovor ich Julie wirklich bewahrt habe?*

Den Leuten fehlt es an Fantasie, sich vorzustellen, wozu weibliche Wesen wie Julie fähig sind. Mir ging es selbst nicht anders. Jetzt weiß ich es natürlich besser. Aber ich würde den Männern in ihrem Leben, den Toms und Cals, nie ihre Illusion rauben, Julie müsse beschützt werden. Das Nähren dieser Illusion hat ihr geholfen, so lange zu überleben. Ihr diese Taktik zu nehmen, solange sie noch funktioniert, wäre grausam.

Cal sieht älter aus als sie, wie viel älter, ist schwer zu sagen, weil er außer Lachfältchen keine Falten im Gesicht hat. Ich frage mich, ob er an dem Tag bei ihr sein wird, an dem sie der nützlichen Illusion ihrer Zerbrechlichkeit entwachsen wird, und wenn ja, wie er es wohl aufnimmt. Bis dahin kann es noch lange dauern, vielleicht sogar ein ganzes Leben. Vielleicht werde ich es selbst nicht mehr mitbekommen.

Einstweilen bleibt es unser Geheimnis.

»Hat mich sehr gefreut, Cal. Wenn Tom und Sie nichts dagegen haben, würde ich mich gern ein paar Minuten mit Julie unterhalten«, bitte ich ihn. »Unter vier Augen.«

Tom sagt: »Ich wollte gerade was zum Abendessen einkaufen gehen. Kommen Sie doch einfach mit, Cal. Damit wir uns kennenlernen.«

»Klar«, sagt Cal nach einem Blick zurück auf Julie, die nickt. Die beiden Männer gehen aus der Küche.

Nach Ablauf einer vollen halben Minute sehe ich meine Tochter an. Ich weiß nicht, was ich erwarte. Eine Offenbarung? Dass ich ihre Augenfarbe ein für alle Mal bestimme? Ich sehe dieselbe Frau, die ich den ganzen vergangenen Monat angesehen habe, und sie ist mir ein Rätsel wie eh und je.

»Warum bist du nicht wiedergekommen?«, frage ich. »Nachdem du vor Maxwell geflüchtet bist. Warum bist du nicht nach Hause gekommen?«

Es gibt eine lange Pause. »Das wollte ich. Ich hatte es vor. Aber es war so, wie wenn nichts mehr so lief, wie es sollte, nachdem er ... das mit mir gemacht hat. All diese Dinge sind passiert.«

Manches davon ist mir bekannt, und ich möchte nicht, dass sie es noch mal erzählen muss. Andererseits will ich sie nie wieder zum Schweigen bringen. Also warte ich geduldig, und nach einer Weile fährt sie fort, nachdem sie mir einen seltsamen Blick zugeworfen hat, den ich nicht recht deuten kann: »Außerdem hab ich nicht gewusst, ob ihr mich wiederhaben wolltet.«

An meinen nächsten Worten ersticke ich fast. »Wie kannst du so was sagen?«

»Ich hab gedacht, ihr müsst böse auf mich sein«, sagt sie mit merkwürdigem Lächeln. »Ich hab Julie gehasst. Sie war dumm und leichtgläubig. Und sie hat euch verlassen.«

»Du warst noch ein Kind. Er hat dich verschleppt.«

»Ja, hat er. Aber für mich hat es sich angefühlt, als wäre ich selbst ausgerissen.«

»Das wollte er dir einreden.«

»Und dann war da noch Charlotte. Sie war tot, und ich hatte Angst, dass es meine Schuld war.«

»Auch das wollte er dir einreden.«

»Tja, das hat er wohl gut hingekriegt. Oder ich war einfach leichtgläubig.« Resigniert zuckt sie mit den Schultern. »Wie auch immer, wer weiß, ob es mir besser damit ginge, wenn ich keine andere Wahl gehabt hätte. Wenn das stimmt, wenn ich nur ein zufälliges Opfer war, wäre mein Leben völlig grundlos zerstört.«

Das habe ich natürlich immer gedacht. Ich sage es zwar nicht, aber sie kann es mir ansehen.

»Du hast nie an Gott geglaubt. Jane sicher auch nicht. Dad ist es vielleicht egal. Aber bei mir war es anders. Ich wollte da draußen etwas finden. Will ich immer noch, mir fehlt nur eine Bezeichnung dafür.«

»Transzendenz?«, frage ich. »Die gibt es nicht.«

»Vielleicht ja doch«, sagt sie. »Keine Ahnung. Denk doch nur an all die vielen Leute in der Gate-Kirche.«

»Lieber nicht.«

»Musst du aber«, sagt sie. »Du musst. Was suchen sie? Was macht sie dort so glücklich? Wo sonst könnten sie so ein Glück finden?«

»Dichtung«, sage ich. »Musik. Kunst.«

»Das reicht nicht jedem. Mir hat es nicht gereicht.«

Ihr Gesicht wirkt traurig und begierig zugleich, und ich erkenne plötzlich den Abglanz eines Ausdrucks, der mir aus ihrer Kindheit vertraut ist. Früher wusste ich ihn nie zu deuten. Er erinnert mich an etwas.

»Nicht ganz erinnerungslos/Und völlig nackt und bloß:/Wir kommen, goldnen Wolkenzügen gleich«, hier möchte ich aufhören, führe es aber Julie zuliebe zu Ende: »*Aus unsrer Heimat, Gott.* Wordsworth.«

»Warum musst du es in Anführungszeichen setzen, um es zu verstehen?«

»Ich habe nur die Worte anderer Leute, Julie.«

Und im Augenblick lassen sie mich im Stich. Nach einem weiteren langen Schweigen fällt mir ein, dass ich nichts zu verlieren habe, wenn ich einfach frage. »Du bist wegen Maxwell wiedergekommen, weil du diesen Zeitschriftenartikel über ihn gesehen hattest, klar. Aber du hättest nicht als Julie wiederkommen müssen. Wenn du befürchtet hast, wegen Charlottes Tod belangt zu werden, warum hast du der Polizei dann nicht einfach einen anonymen Hinweis gegeben und die ganze Sache denen überlassen? Warum bist du nach so langer Zeit zu uns zurückgekommen, obwohl du gewusst hast, dass du lügen musstest?« Ich hole tief Luft. »War es das Geld? Es ist nicht schlimm, wenn es das war.«

Verwundert blickt sie auf, mit ihren porzellanblauen Augen. »Ihr habt mir gefehlt«, sagt sie.

Das Schlimmste wird nicht einfach so ungeschehen gemacht, aber ich bin wieder zu Hause.

Dank

Die Liebe und Unterstützung meiner Freunde und Verwandten haben dieses Buch möglich gemacht. Ganz besonderen Dank schulde ich außerdem den ausgesprochen talentierten und engagierten Mitgliedern meiner Schreibgruppe: Alissa Zachary, Linden Kueck, Victoria Rossi, Dan Solomon und Paul Stinson; weiter Martin Kohout und seiner verstorbenen Frau Heather Kohout für die Zeit, die ich auf der Madroño Ranch in Medina, Texas, an diesem Roman arbeiten durfte; meiner Agentin Sharon Pelletier bei Dystel & Goderich Literary Management für den ansteckenden Enthusiasmus, mit dem sie dieses Projekt betreut hat; ihrer Kollegin Lauren Abramo, die unermüdlich meine Auslandsrechte vertreten hat, sowie Tim Mudie, meinem Lektor bei Houghton Mifflin Harcourt, der mich geduldig und einfühlsam durch das aufregende Vorhaben gelotst hat, aus meinen Worten ein Buch zu machen. Wir haben es geschafft! Der größte und beste Dank aber bleibt meinem Mann Curtis Luciani vorbehalten, dafür, dass er mich überhaupt zum Schreiben eines Romans ermuntert und an mich geglaubt hat, wenn ich von Selbstzweifeln geplagt war, sowie stets dafür gesorgt hat, dass ich meinen Morgenkaffee und ein Zimmer für mich allein hatte.

15 Tage.
2 Freundinnen.
Ein Mord.

Zehn Jahre ist es her, dass Nic ihre Heimatstadt von einem Tag auf den anderen verließ. Doch die Erinnerungen an die Nacht, in der ihre beste Freundin Corinne spurlos verschwand, haben sie nie losgelassen. Hatte jemand aus ihrem Freundeskreis etwas damit zu tun? Eines Tages erhält sie eine geheimnisvolle Nachricht: »Dieses Mädchen. Ich habe es gesehen.« Nic weiß, dass nur eine damit gemeint sein kann: Corinne. Sie fährt zurück in das von dunklen Wäldern umgebene Städtchen, um herauszufinden, was damals wirklich geschah. Doch schon am selben Abend verschwindet erneut ein Mädchen – das Mädchen, das ihnen allen damals ein Alibi geliefert hatte …

PENGUIN VERLAG